KB267029

나그네가 밤에 쓰는 감회
旅夜書懷
언덕의 가녀린 풀 미풍에 나부낄 새
높이 솟은 돛단배에서 홀로 밤을 지샌다
별 드리운 평야 광활하고
달 솟아오른 큰 강물 출렁이누나
細草微風岸
危檣獨夜舟
星垂平野闊
月湧大江流

絶命門

절명문

절명문 1

진공 新무협 판타지 소설

초판 1쇄 찍은 날 § 2005년 6월 8일
초판 1쇄 펴낸 날 § 2005년 6월 18일

지은이 § 진공
펴낸이 § 서경석

편집장 § 문혜영
편집책임 § 김규진
편집 § 장상수 · 이재권 · 유경화

펴낸곳 § 도서출판 청어람
등록번호 § 제1081-1-89호
등록일자 § 1999. 5. 31
어람번호 § 제2-0618호

주소 § 경기도 부천시 원미구 심곡1동 350-1 남성B/D 3F (우) 420-011
전화 § 032-656-4452 팩스 § 032-656-4453
http://www.chungeoram.com
E-mail § eoram99@chollian.net

ⓒ 진공, 2005

ISBN 89-5831-582-2 04810
ISBN 89-5831-581-4 (세트)

Fantastic Oriental Heroes
진공 新무협 판타지 소설
1
사상 최악의 문파
絶命門
절명문
진공 新무협 판타지 소설
사상 최악의 문파
도서출판
청어람

|목차|

"내 불찰로 만들어진 이 무공은 옷깃만 스쳐도
상대의 목숨을 반드시, 절대적으로, 확실히 앗아가게 된다."
"······."
"이제 너에게 인연이 닿아 이 법을 전수할 것이니
너는 수련에 특별히 힘쓰지 말고, 사람들과 다투지 말고, 화를 억누르고,
될 수 있는 대로 약해지거라."
"크하핫, 그거 농담이죠?"
"······."
—절명문 개파조사 옥창선과 후계자의 대화 中에서.

사부가 말을 꺼냈다.
"옥창선 조사께서 첫 실전을 치른 곳은 조사님의 본가였단다."

*   *   *

정원에 쓰러져 있는 서른 명에 가까운 낭인들을 바라보며 옥창희가 사색이 되어 물었다.
"형님, 아무리 그래도 모두 죽일 것까지는 없었잖습니까?"
동생의 말에 동생보다 이십 년 정도는 젊어 보이는 옥창선이 천천히 고개를 흔들며 침착하게 대답했다.
"창희야, 너는 내가 그간 있던 곳이 어디라 생각하는 거냐?"

“그게, 그러니까… 소림사…….”

“그래, 천하에 다시없을 명문 정종 소림에서 스무 해를 하루처럼 불심을 내고 또한 정종의 심법을 참오하며 지내왔단다.”

“예, 그렇죠.”

그 스무 해 동안 형의 재산을 빼앗은 전과가 있는 동생은 말끝을 흐렸다.

“그런 내가 어찌 함부로 생명을 앗을까? 염려 말거라. 내 스무 해 동안 성취가 적지 않아 스스로 창안한 무공으로 상대했으니 모두 잠시 혼절했을 뿐이다. 조금 시간이 지나면 곧 정신을 차릴 것…….”

자애로운 미소로 쓰러져 있는 낭인들을 가리키며 말을 이어갈 때 낭인 중 한 명이 ‘컥’ 하는 소리와 함께 얼굴의 일곱 구멍에서 선혈을 뿜어냈다.

“……?”

옥창선이 말을 끝맺지 못한 채 멍한 눈으로 바라볼 때 칠공분혈한 낭인은 이내 몸을 부르르 떨고는 축 늘어졌다.

“…….”

두 형제는 장원을 스쳐 지나가는 바람을 맞으며 잠시 침묵을 지켰다.

꿀꺽.

동생 옥창희가 조심스레 형의 눈치를 보다 입을 열었다.

“형님, 저거… 소제가 보기엔 아무래도… 죽은 듯합니다만…….”

그 말에 옥창선이 손가락을 든 상태 그대로 어색한 웃음을 지어 보였다.

“하하, 핫! 내가… 시, 실전에서… 처음으로 손을 썼더니… 손을 과하게 쓴 상대가 좀… 있었…….”

“우웩!”

또 다른 낭인 하나가 피를 토하며 몸을 퍼덕거리다 또다시 축 늘어졌다.

"……."

그것이 신호라도 된 모양이었다.

"크아악!"

"꾸엑!"

"쿨러억!"

곧 쓰러져 있던 서른 명 남짓한 낭인들이 약간의 시간 차를 두고 모두 처절한 비명을 지르더니 칠공에서 피를 흩뿌리며 죽어가기 시작했다.

"이럴 수가……!"

이윽고 시체로 가득한 정원에서 멍하게 그 광경을 지켜만 보던 옥창희가 침을 꿀꺽 삼킨 뒤 조심스레 형 옥창선에게 자신의 견해를 말했다.

"…소제의 눈으로 보자면… 전부 죽은 거 같습니다만……."

"그래, 그런 것 같구나."

옥창선이 멍한 얼굴로 피바다가 되어 있는 장원을 바라보며 중얼거리다 파랗게 질려 있는 동생을 보며 물었다.

"근데 왜 죽었을까?"

"그걸… 소제에게 물어보셔도……."

옥창선은 하늘을 올려다보았다.

'설마… 내가 창안해 낸 무량대자비신공에 문제라도……?'

그는 고개를 절레절레 흔들었다.

"그럴 리가… 그럴 리가 없어……."

동생 옥창희는 갑자기 혼잣말로 중얼거리는 형을 두려운 눈으로 바라보았다. 그의 눈에 형은 서른 명 가까운 사람을 한 번에 살해한 피에 굶주린 대마두로 비춰졌다.

　그때 불안한 표정으로 혼자 중얼거리기를 반복하던 옥창선이 고개를 들고 밝게 웃었다.

　"아하하하, 그래! 설마 내가 만들어낸 무공이 사람을 해칠 리가 없지! 이건 순전히 실수일 거야!"

*　　　*　　　*

　"당신께서 만든 무공으로 첫 실전을 치러내시고 그 결과를 눈앞에서 보게 되신 조사께서는 이 일이 순전히 실수라 믿으셨단다. 그래, 실수는 실수였지. 그때 조사께서 내린 판단, 그거 명백한 실수였단다."

　사부가 하늘을 올려다보며 어린 제자를 향해 중얼거렸다.

　"하긴 정심한 소림 무공에 불문의 깨달음을 바탕으로 세상을 행복하게만 살아 온유하기 그지없는 심성으로 만든 무공인 '무량대자비신공'의 공력이 전문적으로 살아 있는 것들의 숨을 거둬갈 거라고는 상상하기 힘드셨겠지."

　그는 조사의 심정을 이해했다. 그저 그분이 만들어낸 길을 따라만 온 자신도 그렇거늘…….

　그는 상념을 끊어내고 다시 제자를 바라보았다.

　"…여하간 당신께선 스스로 만들어낸 무공에 아무 문제가 없을 거라 굳게 믿으시고 다시 한 번 강호로 나가셨단다."

　어린 제자가 침을 꼴깍 삼켰다.

　"그래서 어떻게 되었나요?"

　"그게 그러니까… 어떻게 되었냐면 말이다."

　거기까지 말하던 사부가 잠시 하늘을 바라보며 중얼거렸다.

　"패주혈신이라는 별호를 얻으셨단다."

“네?”

사부가 깊은 한숨을 내쉬었다.

“조사께서는 창안하신 무공을 사용해서 그저 정당한 비무나 협행을 하려고 하셨다만…….”

거기까지 말하던 사부는 입맛을 다시며 제자를 바라보았다.

“후유! 이건 뭐 조사님에게 닿으면 닿는 족족 죽어 넘어지니 무림인들이 얼마나 놀랐겠냐? 조사님은 또 얼마나 놀라셨겠어?”

“…….”

“그래서 조사님은 무조건 도망가셨고, 도망가는 무림 공적을 잡겠다고 철모르는 무인 협객들이 몰려들다가 또 닿는 족족 죽어 넘어지고……. 도망다니는 살인귀라고 해서 그런 별칭이 붙게 되었단다.”

사부의 한숨이 더욱 커졌다.

“여하간 그 과정에서 결국 조사께서는 확실히 깨달으셨단다. 이유를 막론하고, 무공의 고하를 막론하고 조사가 만들어낸 내력에 당하면 스치기만 해도 사람이 죽는다는 것을.”

그저 스치기만 해도 사람이 죽는다.

무림 역사상 이처럼 광오하고 농담 같은 무위를 지닌 무공은 없었다.

이 같은 초절함은 축복이 아니라 저주였다.

“그때부터 사람이 죽는 이유를 알기 위해서, 그리고 그것을 막기 위해서 고행이 시작되었단다.”

너무나 삭막한 무공.

그 특성상 절명문 최고의 과제도 일반적인 무림문파와는 궤(軌)를 달리하게 됐다.

절명문의 목표는 간단했다.

─어떻게 하면 조금이라도 약해져 사람을 죽이지 않을 수 있을 것인가?

"그래서 조사님은 '무량대자비신공'이라는 이름을 버리고 '목숨을 거둔다'라는 이름에 마(魔)라는 글자까지 더해 자신의 무공을 '멸명마공'이라 고쳐 불렀단다. 스스로를 경계하기 위해서 말이다. 잘 새겨두거라. 앞으로 네가 가야 할 길이기도 하니까."
"네, 사부님."
"그래, 그래."
귀엽게 고개를 조아리는 제자가 기꺼웠는지 사부는 가볍게 어린 제자의 머리를 쓰다듬은 뒤 말을 이어갔다.
"아무튼… 조사님이 돌아가시고… 조사님이 남긴 멸명마공을 대성한 이대 문주께서는 곧 강호로 나가셨단다. 사실 그분께서는 조사님이 남긴 말씀을 곧이곧대로 믿지는 않으셨지."
"어떤 부분을 말인가요?"
"스치기만 해도 목숨이 없어진다는 부분 말이다. 그건 그냥 혈기 넘치는 자신을 다스리려고 조사께서 꾸며낸 말인 줄 알고 말이다. 그래서 그냥 나가신 거지."
제자가 눈을 초롱거리며 사부의 입을 바라보았다.
"그래서 어떻게 되셨나요?"
사부는 한숨을 내쉬었다.
"…실성혼마라는 별호를 얻으셨단다."
"……."
"조사님하고 마찬가지셨지. 가벼운 마음으로 그냥 툭 쳤는데 '억' 하고 죽어. 그냥 닿기만 해도 죽어 넘어지는 거야. 이대 문주님 또한 얼마나 놀라셨겠느냐? 무림인들은 또 얼마나 놀랐겠어?"

"……."

"이대 문주께서도 큰 충격을 받은 뒤 은거하셨단다. 그리고 그때부터 조사님의 말이 장난이 아니라는 것을 깨달으시고 약해지기 위한 방법을 찾기 시작하셨지. 그리고 한 가지 방법을 찾아내셨단다."

"뭔가요?"

"곰곰히 생각해 보시고 공격 초식을 모두 없애 버리셨다. 즉, 삼대 문주님께 권장법을 전수하지 않으신 거였지. 권장의 파괴력이 없어진다면 절명기에 닿아도 사람이 죽지는 않을 거라 생각하신 거지."

또다시 습관처럼 한숨을 내쉬는 사부였다.

"그렇게 공격 초식이 없는 본 문 무공을 전수받으신 삼대 문주께서 강호로 나가셨단다."

"…또 탁 치고 '억' 하며 놀라셨나요?"

"잘 아는구나."

"……."

이후로 이어지는 사부의 설명은 대동소이했다.

첫째, 심법 자체에서 해법을 찾지 못하자 상대방을 해할 가능성이 있는 대부분의 초식과 경신술, 무기 운용술 등을 대대로 실전시키며 무공을 전수했다는 것.

둘째로는, 많은 비전절기들을 버리면서 자신이 충분히 약해졌다는 자신이 선 역대 절명문주들은 가끔 '이 정도면 약해졌을 거야'라는 희망을 품고 슬며시 강호에 나가서 얼마나 약해졌는지를 시험해 보곤 했다는 점이다.

그 결과 역시 똑같았다.

첫째, 나가서 자신의 무공을 시험해 본 역대 문주들이 하나같이 '엄청나게' 놀랐다는 것이다.

둘째, 강호인들 역시 '엄청나게' 놀랐다는 점.

놀랐다기보다 그들은 치를 떨었다.

이해가 불가능했기 때문이다.

병장기면 병장기, 권각이면 권각으로 부딪치는 즉시 상대방이 피를 뿜으며 쓰러지는데 어찌 놀라지 않을 수가 있겠는가?

셋째로는, 역대 절명문주와 조우한 이들 중 상당수가 그 자리에서 즉사했기 때문에 이 가공할 무공의 탄생은 무림에 '전혀' 알려지지 않았으나 때 아닌 혈풍을 몰고 온 대살성들에 대해서는 널리 알려졌다는 점이다.

이렇게 절명문의 역사를 간단히 설명한 사부가 제자를 바라보며 근엄한 목소리로 말했다.

"그러한즉 너 역시 본 문의 법을 이어받아 조금이라도 약해지도록 노력해야 하느니. 알겠느냐?"

멍하게 사부의 말을 듣고 있던 제자가 문득 정신을 차리고 미심쩍은 얼굴로 사부를 바라보았다.

"저… 사부님?"

"왜 그러느냐?"

제자는 잠시 망설이다 의심 가득한 목소리로 질문했다.

"이거 거짓말 아니죠?"

"……."

딱! 딱! 딱!

"우에엥!"

제자 붙잡고 농담하게 생겼냐고 한바탕 두들겨 패는 것은 옥창선 조사

때부터 면면히 이어 내려온 전통이었다.

 절망과 슬픔, 피로 물든 슬픈 역사를 지닌 절명문.
 대대로 무림대살성을 배출해 온 무림명문(?)은 이렇게 또 한 세대의
전인(傳人)을 가다듬고 있었다.

◆ 第一章 ◆
절명문(絶命門) 육대 장문, 제자를 찾다

절명문(絶命門) 육대 장문, 제자를 찾다

"벌써 여름이군."

진현우는 주변 경치를 돌아보다 들고 있던 만두를 먹기 시작했다.

그는 쓰고 있던 죽립으로 몇 번 부채질을 하다 주변에서 들리는 아이들의 소란스러움에 고개를 돌렸다.

"좌군 진격!"

"막아! 뚫리면 다 죽는 거야!"

"가아아아아아아!"

근처 마을에 사는 아이들이 죄 몰려나와 병정놀이를 하고 있었다. 각각 본영에는 군기까지 걸려 있었다.

"애들은 좋겠어."

습관적으로 아이들을 유심히 관찰하며 만두를 우물거리던 진현우는 우물거리던 입을 멈추고 한 아이에게 시선을 고정했다.

깨끗한 옷을 입고는 있었으나 몸이 왜소하고 어딘지 중병을 앓고 난 뒤 보이는 푸석함이 엿보이는 아이로 한구석에 앉아서 뛰노는 아이들을 구경하고 있었다.

어쩐지 쓸쓸해 보이는 아이를 바라보던 진현우는 만두를 한입에 털어 넣고는 일어나 아이에게 다가갔다.

"뭐 하고 있니?"

아이는 낯선 어른이 불쑥 말을 걸어왔는데도 별다른 거부감이나 긴장감이 없었다.

"그냥 쟤들 노는 거 보고 있어요."

진현우는 아예 꼬마 옆에 주저앉고서 말을 붙였다.

"넌 왜 친구들하고 안 놀고 혼자 앉아 있니, 꼬마야?"

수운은 대뜸 자기 자신을 꼬마라고 부르는 아저씨가 별로 마음에 들지 않았으나 평소 귀여움과 예의 바름은 아이들의 인기 척도라고 세뇌당한 상태였기 때문에 마지못해 대꾸를 해야 했다.

"꼬마 아닌데……."

"어딜 봐도 훌륭한 꼬마다."

"벌써 아홉 살이라구요, 저."

"그래, 그래서 훌륭한 꼬마라고."

수운은 잠시 우물거리다 입을 삐죽 내밀고 말했다. 그에게도 이름이 있었다.

"꼬마라고 하지 마세요. 이름 있어요."

"알아야 말할 수 있지, 꼬마야."

중년인은 짓궂은 미소를 띠고 있었다. 누가 봐도 어린이를 놀려먹는 어른의 얼굴이었지만 수운은 입을 삐죽이는 것으로 대응한 뒤 예의 바른 아이답게 이름을 알려주었다.

"유수운이라고 해요."

"흐음, 유수운이라……. 좋구나. 그래, 아무튼 수운아, 넌 왜 여기 혼자 앉아 있는 거냐?"

"좀 아팠거든요."

"오, 그래? 많이 아프니?"

수운이 생각하기에 아무래도 인지 능력이 많이 떨어지는 어른 같았다.

"아냐, 아저씨. 말을 잘 들으셔야지요. 아픈 게 아니라 아팠다니까요?"

수운이라는 꼬마가 정색을 하고 도리질을 하는 모습을 진현우는 재미있게 바라보았다.

"그래, 아저씨가 잘못 알아들었구나. 아무튼 이제는 다 나았다는 얘기냐?"

"네, 다 나았어요. 이제 아픈 건 없고 그냥 힘이 좀 없는데 엄마가 아직 다 안 나았다고 나가서 뛰지 말라고 해서요."

중병 끝인 건가? 진현우는 수운이라는 아이의 말을 듣고 대강 전후 사정을 꿰맞춰 보았다.

"뭐… 그래도 심심해 보이는데 조금 놀아보지 그러니?"

"안 돼요. 말 안 들었다간 혼나거든요."

진현우가 피식 웃었다.

"뭐 어떠냐. 어머니가 너 놀았다는 거 아는 것도 아니고."

그 말에 수운이 짓궂게 코끝을 찡그렸다.

"그야 엄마가 모르면 상관없긴 한데요… 저기… 둘째누나가 감시하거든요."

수운이 가리킨 손가락 끝에는 활달하고 기가 세게 생긴 여자 아이 한 명이 걸려 있었다. 손에 목검을 들고 뒤에서 소리를 치며 아이들을 사지로 몰아넣고 있는 모습이었다.

"호오, 그래, 감시꾼이 딸려 있었구나. 그건 그렇고… 자, 꼬마, 아니, 수운아, 아저씨가 잠깐 손목 좀 잡아봐도 될까?"

수운이 고개를 끄덕이고 손을 내밀자 진현우는 아이의 앙상한 손목을 잡고 진맥을 해보았다.

"흐음……."

'화기가 지나치게 솟아 단전이 메말라 있는 걸 보니 심하게 앓은 게 확실하군. 신장이 상해 있고 족태양방광경도 아직 완전히 정상이 아니로군. 끌끌, 아이 아플 때 뭔가 약재도 잘못 먹였는지 아직 약기도 완전히 소화 안 되고 경맥을 떠돌고 있구먼. 여러 의원에게 손을 쓰게 한 모양이야.'

그는 진맥하던 아이의 손을 놓은 뒤 팔짱을 꼈다.

'괜찮은데?'

현재 절명문의 육대 문주인 진현우는 유수운을 바라보며 그렇게 생각했다. 그가 습관적으로 아기들을 관찰하는 이유는 후계자를 찾기 위해서고, 이 아이는 사문이 바라는 조건 중 상당수를 갖추고 있었다.

절명문의 제자 선별 기준은 난해했다.

이는 절명문의 특징인 '누구든 절명문의 무공을 대성하면 천하의 그 누구라도 그의 손짓 한 번을 버틸 수 없다'라는 특징 때문이었다.

자칫 타고난 살성이라거나 세상을 뒤집어엎겠다는 야심을 가진 이에게 맥이 전해진다면 그 폐해는 이루 말할 수 없을 것이다.

진현우의 스승은 전통대로 그를 떠나보내며 제자 문제에 대해 이렇게 말했었다.

"마땅한 이가 없으면 차라리 절전시키는 게 나으리라. 전하고 난 뒤 제자가 빗나가면 자신의 손으로 전통을 거둬오겠다는 각오를 해야 할 것이다."

이런 저런 이유로 절명일문의 제자 구하기는 난해한 데다 혼란스러우며 모순되는 험난한 작업인 것이다.
지금까지 여섯 대가 거쳐 오면서 형성된 절명문의 제자 선정 기준을 추려보자면 대략 다음과 같다.

첫째, 뛰어난 무골은 제외한다.
무학에 뛰어난 자질을 보일 만한 신체를 지니고 있으면 가뜩이나 강해서 문제인 절명문에 골칫거리만 늘릴 뿐이라는 선대들의 고심이 담겨 있다.
둘째, 천재는 제외한다.
말할 것도 없다. 절명문의 비전절기 멸명마공의 심오한 가결(哥訣)을 극성으로 깨우치게 되면 그 화가 무궁하리라는 것이 조사들의 공통적인 결론이었다. 물론 진현우 스스로도 그렇게 생각하고 있다.
셋째, 수재도 제외한다.
무엇 하나에 진득하게 붙어 십 년이고 이십 년이고 파고드는 노력을 보이는 아이도 제외해야 마땅하다. 멸명마공은 기본적으로 깨달음을 중요시하는 불문 무공.
경우에 따라 무학 천재보다 더 더욱 위험할 수가 있다는 것이 면면히 전해 내려온 선대들의 판단이었다.
넷째, 둔재도 제외한다.
멸명마공은 심오하다.
비록 실제로 몸을 쓰는 체술이나 몇몇 무공의 경우 '고의' 로 절전시켜 막상 남은 것은 멸명마공의 본 줄기가 거의 전부이지만 그 정심박대(情深

博大)한 무학을 깨우치려면 머리가 아주 나빠서는 불가능한 일이다.

다섯째, 명문의 아이는 제외한다.

집이 명문일 경우 그만큼 풍파를 많이 겪게 된다.

만약 절명문도의 집이 뭔가 권세 다툼에 휩싸였을 때, 최악의 경우 멸문이라도 당할 경우를 생각해 보면 명문의 아이가 왜 제외되어야 하는가는 명백했다.

여섯째, 가난한 집의 아이도 제외한다.

세상에 원한을 가질 확률이 높아지며, 가진 자들에 대한 편견이 생길 우려가 높다.

애석하게도 무림인들 대부분이 잘살고 있으므로 그들과 충돌할 가능성이 그만큼 높아진다.

일곱째,

…….

이렇듯 많고 많은 제외 조건을 모두 적용하고 보면 남는 아이가 거의 없었다. 이것은 확률적으로 천고의 기재를 찾는 것과 거의 비슷한 일이다.

즉, '천고에 보기 드문 보통 아이'를 찾는 것이 절명문의 제자 고르기였다.

진현우가 보기에 유수운은 우선 중병을 앓고 난 뒤여서 몸은 바싹 말라 있었고, 또한 선천적으로 타고난 빈골은 아무리 봐도 무골은 아니었다.

우선 그 점이 마음에 들었다.

게다가 말하는 품새를 보아하니 제법 야무진 것 같기도 하고, 옷 입은 모양새를 보아하니 아주 가난한 것 같지도 않고, 비록 어린 계집애라고 하나 나무 작대기를 휘두르며 아이들과 어울려 놀고 있는 꼬마의 누나를 보아하니 명문가도 아닐 확률이 높았다.

'그러니 꽤 괜찮은 아이처럼 보인단 말이지.'

가던 길을 멈추고 살펴볼 가치는 충분했다. 설령 헛수고가 된다 하더라도.

'뭐, 어차피 당분간은 할 일도 없으니까……'

유수운은 자신에게 이것저것 물어보다 맥까지 짚어본 사람이 뭔가 혼자 중얼거리자 고개를 갸웃거렸다.

'아버지가 혼잣말은 나쁜 버릇이라고 했는데……'

그가 막 앞의 중년 남자에게 말을 걸려고 할 때 중년 남자가 입을 열었다.

"수운아, 너희 집이 어디니?"

낯선 사람을 따라가거나 집을 알려주지 않는 것은 아이들이 듣고 배우는 첫 번째 목록이다.

수운은 수상한 눈으로 그를 바라보았다.

"집은… 왜요?"

이제껏 별 거부감이 없던 아이의 눈에 경계심이 돌자 그게 더욱 진현우의 마음에 들었다.

몸이야 어떻게 되었든 멸명미공의 오의를 터득하기 위해서 어느 정도의 총기는 필요했으니까.

"괜찮다. 이 아저씨는 의원이야. 뭐하면 저기 네 누나도 부르려무나."

잠시 머뭇거리다 누나를 부르기 위해 아무 생각 없이 뛰어들었다 혼전 중인 적진 한복판으로 돌입한 유수운은 가차없이 포로로 잡혀 울기 시작했다.

"으음… 야무지다는 평가는 보류해야겠는걸?"

진현우는 땅에 내려놓은 봇짐을 짊어지며 피식 웃었다.

유수운을 따라 그의 집으로 가보니 제법 큰 집으로 역시 어느 정도 지역 유지 정도의 부는 쌓아놓은 듯 보였다.

과연 기다리는 동안 얘기를 들어보니 수운의 아버지 유정은 제법 큰 포목상을 하고 있다고 한다.

"의원… 이시라고요?"

"네. 요즘은 주변을 정리하고 새로이 의학에 정진하기 위해 잠시 세상을 떠돌고 있습니다."

"그러시군요. 한데 무슨 일로……?"

"우연히 지나가다 아드님을 보게 되었는데 조금 마음에 걸리는 점이 있어서 말입니다."

그 말에 가만히 듣고 있던 유정의 아내 한씨가 조심스럽게 끼어들었다.

"마음에 걸리는 점이라니… 어떤 점이 말입니까?"

진현우는 잠시 대답을 길게 끌며 긴장감을 고조시킨 뒤 입을 열었다.

"처음 아드님을 봤을 때 미간에 검은 탁기가 고여 있기에 맘에 걸려 잠시 진맥을 해봤습니다. 그 결과……."

있지도 않은 탁기를 들먹이며 두 사람의 근심을 끌어내는 데에 성공한 진현우는 적당한 거짓을 둘러댔다.

"이전에 앓던 병은 거의 완치가 된 듯하지만 말씀드린 대로 뭔가 좋지 않은 기운이 몸 안 깊숙한 곳에 숨어 있는 듯해서……. 아마 그것이 탁기의 원인 같습니다. 무릇 의원 된 몸으로 그냥 지나칠 수가 없는 일인지라……."

아무래도 아이들의 건강이 위협받는 상황에서는 어머니들이 먼저 겁을 먹고 나서는 것이 일반적이다. 아니나 다를까, 한씨가 조심스레 끼어들었다.

"의원님 말씀은… 우리 수운이가 어떻게 되기라도 한다는……?"

"아니, 그런 건 아닙니다. 그저 어릴 때 근본을 다스려 놓지 않으면 언제 어떻게 악영향을 끼칠지 몰라서 신경이 쓰이는 겁니다."

진현우는 눈을 지그시 감고 한마디 덧붙였다.

"설마 큰일이야 있겠습니까만… 저도 옛날과 같은 실수는 두 번 다시 하고 싶지 않아서…….'

'옛날과 같은 실수'가 뭔지는 모르지만 몹시 불길하게 느껴지는 그들이었다.

"험험, 그렇다면 의원님께서는 그 탁기를 몰아낼 수 있으시다는 것인지요?'

"한동안 지켜보고 원인을 알아내 처방을 해야겠지만… 아마 그럴 거라 생각됩니다."

유정이 고개를 모로 꼬았다.

"이건 의원님을 모독하는 말이 아니라 제 아들놈이 심하게 아팠던지라 근동 용하다는 의원들은 모두 찾아가 봤습니다만 그 누구도 의원님 같은 진맥을 한 일이 없는지라…….'

'쩝, 멀쩡한 아이 신맥하고 그린 판단을 내린 놈이 있다면 그거야 말로 돌팔이지.'

진현우는 내심 그렇게 중얼거리면서도 겉으론 온화한 미소를 띤 채 고개를 끄덕였다.

"물론 그랬겠지요. 아이가 심하게 아팠고 그 증세가 너무 뻔히 보이는지라 깊숙이 숨어 있는 작은 탁기는 못 보고 지나쳤을 겁니다. 저도 아이가 심하게 아팠을 때 진맥을 해봤다면 찾지 못하고 지나쳤을 겁니다. 모두 부처님의 공덕이겠지요."

"흐음……."

유정이 팔짱을 끼고 뭔가 속으로 계산을 하는 틈에 다시 한씨가 끼어들었다.

"의원님께서는 고쳐 주실 수 있으신 게 맞는 건가요?"

"그럴 거라 믿고 있습니다."

유정이 뭐라고 조급히 말하려는 자신의 안사람을 눈짓으로 말린 뒤 진현우를 바라보았다.

"갑작스러운 일이라……. 이 일은 조금 더 상의해 봐야겠습니다. 괜찮으시겠지요?"

"아, 물론입니다. 불쑥 찾아와 귀한 아드님을 보겠다는 사람을 함부로 믿을 수 없다는 건 저도 알고 있습니다."

"의원님을 믿지 못한다는 것이 아니라……."

"하하, 알고 있습니다. 마침 저도 일어나려는 참이었으니 두 분이 얘기를 나눠보십시오. 아, 그리고 혹시 오해하셨을까 봐 드리는 말씀입니다만 수운이의 몸을 살펴보는 일은 오랜 시간이 걸리는 일이라 만약 두 분이 허락해 주신다면 근처 객잔에 방을 임대해서 묵으며 낮에만 가끔 아이를 돌볼 생각입니다."

"아니, 그러실 수는……."

한씨가 다시 뭐라고 말하려 했으나 유정이 눈으로 말리자 우물쭈물 뒤로 물러섰다.

"그럼 멀리 나가지는 않겠습니다."

"그럼 내일 다시 뵙겠습니다."

두 사람은 진현우를 내보내고 난 뒤 서로를 마주 보았다.

“수상한 사람이구먼. 믿어도 되겠어? 사기꾼 같은데. 거 왜, 멀쩡한 사람 병났다고 약 팔아먹는 사기꾼.”

“그럴 사람 같아 보이진 않았는데요?”

“나참. 아니, 그러면 무슨 이득이 있다고 의원이 지나가다 들른단 말이야?”

“그거야······.”

한씨가 정색을 했다.

“인연이라잖아요.”

“…인연?”

“인연이 얼마나 무서운 건데요. 당신, 인연이 뭔지 알아요? 그러니까, 사람이 현생에서 소매라도 한 번 마주치려면 전생에서 일겁 년 동안······.”

“이 사람아, 나도 인연이 뭔지는 알지. 그런데 세상이 어디 그래? 당신도 알잖아. 얼마 전에도 푸줏간 허씨가 아버지 살리겠다고 지나가던 돌팔이한테 기백 냥 털어 넣고 쫄딱 망한 거. 내 말은 저 사람도 그런 부류 같다 이거지.”

“아니면요? 아니면 어떻게 해요?”

그 말에 유정이 입을 다물었다.

“우선 며칠 맡겨봅시다, 네? 보아하니 딱히 돈을 요구하는 것도 아니고 들어와 살겠다는 것도 아니니까 며칠 하는 양을 보고… 그 다음에 결정해 봐요.”

“음······.”

한씨가 하는 말에 유정이 머리를 벅벅 긁었다. 매사에 딱 부러지는 그도 귀여운 막내둥이가 걸리자 망설이는 기색이 역력했다. 아마 그 의원이 자신에게 ‘죽을병에 걸렸다’ 라고 말했다면 코웃음 한 번 안 치고 내

쫓아 버렸을 것이다.

"내 눈에도 그리 나쁜 인간으로 보이진 않았으니 얘기라도 들어본 거지만… 어디 나쁜 놈이 '나 나쁜 놈이요' 하고 써 붙이고 다니던가?"

유정은 누구에게랄 거 없이 중얼거리다 입맛을 다셨다.

"좋소. 우선 며칠 두고 봅시다. 그러면 믿을 만한 사람인지 아닌지 알 수 있겠지."

결국 유정 내외는 가장 간단하면서도 미적지근한 결론에 도달할 수밖에 없었다.

다음날 다시 찾아온 진현우에게 유정은 딱 부러지게 말했다.

"솔직히 의원님을 믿지는 못하겠소."

그야 진현우로서도 충분히 이해가 되는 일이었다.

수많은 사기꾼들이 도사, 중, 의원으로 꾸미고 다니며 되도 않는 은근한 협박으로 돈을 뜯어먹고 있지 않은가?

게다가 자신 역시 현재 사기를 치는 중이다.

"이해합니다."

"그래서 집 안에 들이지는 못하고… 아이를 돌볼 때도 항상 우리 가술이 지켜보고 있을 때만, 그것도 집 안에서 해주서야겠소. 그럴 수 있으시겠소?"

"당연한 일이지요."

"또한… 약을 처방할 때 간단한 약재는 우리 집에서 부담하겠으나 그 뭣이냐, 영약이라 불리는 터무니없는 약재는……."

"알겠습니다. 걱정 마세요. 말씀드렸듯 그저 아이를 살펴볼 뿐입니다. 적어도 당분간 약재를 쓸 일은 없습니다."

이 외에도 몇 가지 조건이 유정의 입에서 흘러나왔으나 그때마다 그는 맞장구를 치며 고개를 끄덕였다. 오히려 유정이 무안할 지경이었다.

"한데… 저도 약간의 부탁 말씀이 있습니다만……."

"무엇인지……?"

너무나도 수월하게 자신의 조건들이 통과되자 다소 허탈한 표정으로 입맛만 다시던 유정이 이제야 본색을 드러내는 거냐는 듯 눈을 빛냈다.

"다름이 아니라… 제가 비록 의원 된 몸이지만 좀 복잡하게 자란 터라 옛 성현들의 말씀이나 몸을 튼튼하게 하는 방법에도 약간의 견문이 있습니다. 양해해 주신다면 제가 틈틈이 학문의 길과 기초적인 손발 놀리는 법을 알려주고 싶은데… 괜찮겠습니까?"

이 말은 그가 무림에 몸을 담았었다는 이야기나 진배없어서 유정은 잠시 놀라는 낯빛을 보였다.

잠깐 속으로 몇 가지 계산을 해본 유정은 손해 볼 것이 없다는 판단으로 고개를 끄덕였다.

"그렇게까지 해주시겠다면 오히려 부탁을 드려야겠지요."

"그렇습니까? 그렇다면 오늘은 준비할 것도 있고 하니 이만 물러가겠습니다. 내일부터 수운이를 잠시 돌보겠습니다."

"그럼."

인사를 하고 나오며 진현우는 한숨을 내쉬었다. 그래도 일이 잘 풀렸다.

아이의 품성을 관찰하고 오성을 확실히 알려면 직접 가르쳐 보는 것이 제일 좋았다.

거절당하면 또 다른 방법으로 접근해 보고, 그래도 안 되면, 뭐, 가던 길을 가려고 했는데 그런대로 잘 풀렸다.

"그럼 이제부터 아이를 살펴보는 일만 남았군."

시간은 많았다.

서두르지 않고, 다투지 않고, 드러내지 않고, 욕심내지 않음을 강조하는 절명문의 장문인답게 항상 느긋한 성격의 진현우였다.

"어림잡아 육 개월 정도라……. 혹시 모르니까 그 약도 준비해 둬야겠군."

갑자기 오늘부터 공부를 하라는 아버지의 말에 축 처진 수운은 아이들이 주로 쓰는 작은 글방으로 향했다.

'그동안 공부 안 해서 좋았는데…….'

수운은 문 앞에서 기침을 한 뒤 문을 열고 안으로 들어갔다. 새로운 글선생이 기다리고 있다고 했는데…….

낯익은 얼굴이었다.

"어?"

"그래, 아저씨를 기억하나 보구나?"

"예, 의원 아저씨."

"아아, 의원 아저씨가 아니라… 이제부터 아저씨가 수운이 공부를 봐주게 됐단다."

그 말에 수운이 입을 삐죽거렸다.

"치이, 또 글 배워야 돼요? 엄마가 좀 더 나중에 배워도 된다고 했는데……."

진현우가 수운의 머리를 쓰다듬었다.

"염려 말거라. 이 아저씨, 아니, 이제 아저씨가 아니라 스승님이라고 불러라. 아무튼 나는 아이들을 자유롭게 가르치는 방법을 선호한단다. 재미있을 테니 염려 말거라."

"진짜요?"

미심쩍다는 듯 눈을 치켜뜨는 수운을 보고 진현우가 피식 웃어 보였다.

"물론이지. 공부도 좋지만 애들은 우선 건강해야지. 자, 그럼 우리 수운이, 뭘 얼마나 배웠는지 알아볼까?"

그 말에 수운이 머리를 긁적였다.

"응… 천자문은 거의 다 배웠어요. 조금만 더 했으면 책거리했을 텐데 그때부터 아파서 못 끝냈구요."

진현우가 고개를 끄덕였다.

'뭐, 그럭저럭……'

그럭저럭 유복한 상인 집안의 아홉 살짜리 꼬마가 일반적으로 했음직한 성취였다.

"그래, 그러면 천자문을 마저 떼고 소학으로 넘어가면 되겠구나."

고개를 끄덕이던 진현우가 가만히 창밖을 바라보았다.

"그전에… 오늘은 날씨도 좋으니 글공부보다는 마당에서 햇볕이나 쬘까?"

"정말요?"

"그럼."

밖으로 나선 진현우가 처음 가르친 것은 햇볕 아래서 낮잠을 자는 방법이었다.

시간은 잘도 흘러갔다.

진현우는 글을 가르치며 아이의 이해력과 공부에 임하는 자세, 그리고 암기력 등을 유심히 살폈다. 물론 심성이 어떤지 살피는 것도 잊지 않았다.

이 부분이 검증되지 않으면 나머지는 살펴볼 필요도 없었다. 이 부분에서 조건에 부합되지 않는다면 '아드님의 몸은 완전히 건강해졌습니다' 하고 한마디만 하고 떠나면 그뿐이었다.

다행히 특별히 처지는 구석도 없었고, 적어도 글공부에 한해서는 집요함도 보이지 않았다.

'우선 머리는 합격이로군.'

한 달 정도 유수운을 살펴본 그는 유수운의 두뇌가 완벽히 보통이며 딱히 모난 구석이 없다고 결론을 내렸다.

'그러면… 본격적으로 살펴봐야겠군.'

그렇게 결론 내린 진현우는 건강을 위해서라며 일반적인 도인토납술과 그저 그런 도인체조 몇 가지를 가르치기로 했다.

유수운의 신체적 능력과 무학에 대한 감각을 동시에 살피기 위함이었다.

"자, 오늘도 마당으로 나가자꾸나."

"또 자는 거예요? 자꾸 자는 것도 이제 심심한데……."

"오늘은 재밌는 거 해보자꾸나."

"재밌는 거요?"

"그래. 우리 수운이, 요즘 집 밖으로 자주 못 나가서 심심해 보이니까 이 스승님이 특별히 가르쳐 주는 거야."

그 말에 수운의 눈이 반짝였다.

'뭐, 애들이란 게 노는 거랑 먹는 거만 제압해 주면 끝인 거지.'

밖으로 나간 진현우는 손수 유수운의 팔다리를 교정해 주며 아주 간단한 삼재권의 형을 알려주기 시작했다.

"여기선 다리에 힘을 좀 더 빼야 한다."

"웅… 그러면 주저앉을 거 같은데……."

"그러니까 주저앉기 직전까지만 힘을 빼는 거지."

자세한 전수가 끝나고 유수운의 삼재권 시연이 펼쳐졌다.

'…엉망이군.'

아직 중병을 다 회복하지 못한 몸에 빈약한 뼈, 약해질 대로 약해진 근육, 그리고 몸을 움직이는 능력 또한 최악이나 마찬가지였다.

'이건 좀… 문제가 있는데……'

생각보다 몸을 움직이는 능력이 너무 처졌다.

'아냐. 오늘 하루만으로 판단할 수는 없는 일이지. 좀 더 두고 보자. 시간은 많으니까.'

진현우가 내심 한숨을 쉬고 유수운이 혼자 신나서 세 번째 시연에 들어갈 무렵 우연히 외출하려던 유수헌이 그 광경을 목격하게 되었다.

"어라? 수운아, 너 뭐 하냐?"

"어, 형. 봐, 스승님이 권법을 알려주셨어."

"권법?"

수헌의 눈이 반짝였다. 그의 나이 벌써 열일곱. 게다가 어릴 때는 마을에서 한주먹 하던 그였다.

수헌은 은근히 진현우에게 들러붙었고, 진현우는 유씨 집안 내에서의 인기 관리 차원에서 간단한 권장법 몇 가지를 전수하기 시작했다.

수헌의 재질 하나는 진현우가 내심 감탄할 정도였다. 수운과 비교해 보사면 하늘과 땅이라고나 할까?

'아깝군. 어렸을 때부터 체계적으로 배웠으면 무명을 떨칠 만도 할 텐데……'

공부와 무술 수련을 병행하기 시작한 지 한 달이 더 지났으나 수운에게 내려진 최초의 평가는 아직 그대로였다.

'몸을 움직이는 게 너무 서툴러. 감각도 없고. 뭐, 그래도 노력으로 보통 사람의 진도를 따라잡는 것 같으니 좀 더 두고 봐야겠는데?'

이렇듯 두 달이 더 지나갈 무렵 처음엔 경계심을 풀지 않던 유정 일가도 그를 완전히 신뢰하게 되었다.

어거지로 간단한 무술을 배우던 유수헌에 이어 수운의 두 누나 역시 진현우에게 글을 배울 정도가 된 것이다.

가끔 유정이나 한씨가 수운의 건강 상태에 대해 물어오면 진현우는 '제가 잘못 안 것이 아닐까 싶을 정도로 건강해지고 있습니다만… 아직은 주의가 필요할 듯합니다. 조금만 더 지켜보고 싶습니다' 라고 명확한 대답을 피하며 부부의 양해를 구했다.

물론 유정 내외로서야 나쁠 게 없었다.

그렇게 여섯 달이 지나갔다.

가부좌를 하고 진현우가 알려준 진기토납법으로 숨을 내쉬는 수운을 바라보고 있던 그가 문득 중얼거렸다.

"이 아이로 하자."

긴 시간이었다.

그러나 진현우로서는 전혀 아깝지 않은 시간이기도 했다. 유수운의 학문적 자질과 육체적 능력을 세심히 측정한 진현우는 이 정도의 자질과 심성이면 절명문의 오의를 전해도 되겠다는 마음을 굳혔다.

두뇌, 심성, 가문, 가족 관계, 신체 능력, 사상…….

신체 능력이 조금 걸리기는 했으나 다른 모든 부분에서 선대들이 제안했던 조건들을 만족하는 아이였다.

"이 아이로 하는 거야."

이제 유수운을 데리고 갈 방법을 생각해야 할 때였다.

"제가 일이 생겨 한 사나흘 자리를 비워야 할 듯싶습니다."

자신을 반가히 맞이하는 유정 내외에게 진현우는 공손히 인사를 한 뒤 그렇게 말문을 열었다.

"혹시… 아주 가시는 건가요?"

한씨가 조심스레 물었다. 사실 진현우가 계속 유씨 집 아이들을 돌보며 남아 있어야 할 이유는 없었다.

"아닙니다, 부인. 옛날 돌보던 환자가 기별을 넣어왔군요. 잠시 돌보고 와야겠습니다."

유정이 그 말을 듣자 잠시 안으로 들어가 작은 비단 주머니를 들고 돌아왔다.

"진 선생, 세상일이란 게 한 치 앞도 알 수 없으니 일단 이걸 받아주시면 고맙겠군요."

"아니, 저……."

"따지고 보면 그간 우리 아이들을 돌봐주셨는데 변변히 책거리도 한 번 못했습니다그려. 제 손 부끄럽게 하지 마시고 일단 받아주십시오."

몇 번에 걸쳐 사양하던 진현우는 결국 돈주머니를 받아 들고서야 유씨 집 대문을 넘어올 수 있었다.

"거참……."

따지고 보면 자신은 일문의 복석을 위해 아이들을 돌보는 것 뿐인데 그들이 너무 고마워하니 미안한 마음을 금할 길이 없었다.

게다가,

"지금부터 그 아들을 데려가려고 하는데 말이지……."

진현우는 잠시 동안 손바닥 위에 놓은 돈주머니를 보다가 한숨을 내쉬었다.

"아무튼… 가봐야지."

주머니를 갈무리한 진현우는 그 밤을 새워 산으로 들어갔다. 자신을
데려온 사부가 했던 방법을 그대로 써먹으려고 마음먹었기 때문이다.

"시작해 볼까?"

진현우는 아주 오래간만에, 햇수로 근 삼 년 만에 멸명마공을 일으켰
다.

"그 녀석이 어디쯤에 있으려나……."

말이 끝나기도 전에 진현우의 몸이 원래 있던 자리에 잔상만을 남기고
사라졌다. 밤의 장막이 지배하는 어두운 산에 때 아니게 야생 동물들이
절규하는 소리가 울려 퍼지기 시작했다.

그렇게 이틀을 헤매던 진현우는 간신히 자신이 찾아 헤매던 '그것' 을
발견할 수 있었다.

"찾았다."

모종의 목표를 달성한 진현우가 돌아온 지 하루가 지났다.

"오늘은 근처 산에서 도시락을 까먹으며 놀자꾸나."

"진짜요?"

"내가 언제 거짓말하는 거 봤냐?"

"헤, 아니요."

"내 어제 우리 수운이 어머님께 부탁을 해놨단다. 가서 도시락 받아오
너라."

"네."

수운은 신이 나서 달음박질쳐 나갔다. 문 앞에는 어제 부탁한 마차가
대기하고 있었다.

진현우는 돌아오자마자 유정 부부에게 수운을 데리고 잠시 '산의 기
운' 을 쐬게 한 뒤 진맥을 해보고 그래도 이상이 없으면 떠나야겠다고 말

을 꺼냈었다.

　유정은 한 번 믿음을 준 이상 끝까지 사람을 믿는 편이어서 진현우가 수운을 데리고 근처의 산으로 가겠다는 것을 선선히 허락해 주었다.

　마차를 타고 두 시진이나 이동한 진현우는 지루해서 몸을 배배 꼬고 있는 유수운을 업고는 한참을 느긋하게 산으로 산으로 들어갔다.

　"스승님, 배고파요. 어디까지 가시는 거예요?"

　"넌 배만 고프지? 난 다리까지 아프다."

　"헤헤, 저 그냥 내려서 걸을게요."

　"괜찮다. 그리고 이제 거의 다 왔으니까 그만 투덜거리거라."

　"네에."

　진현우의 말대로였다. 언덕이라고 해도 될 만한 하나의 큼지막한 바위를 넘어서는 순간 그들은 진현우가 지난 며칠간 지겹도록 찾아 헤매던 '그것'과 마주 서야 했다.

　크르르르!

　낮은 경고음.

　곰이었다.

　그것도 겨울잠을 앞두고 신경이 날카로워진 거대한 곰.

　"스, 스승님!"

　진현우는 태연히 바짝 얼어버린 수운을 등에서 내려놓았다. 수운의 눈은 곰에게 고정된 채로 심하게 떨리고 있었다.

　"고, 고……"

　"괜찮다. 거기 서 있으면 된단다."

　유수운은 곰이 내뿜는 살기와 그 거대함에 경기를 일으킬 정도로 놀랐으나 진현우는 긴장감없이 수운의 머리를 쓰다듬으며 뒤쪽으로 슬며시 밀었다.

"수운아, 잘 보거라."

그리고 진현우는 곰 앞으로 느긋하게 걸어갔다.

곰 입장에선 어이없는 일이었기에 곰은 노호성을 내지르며 벌떡 일어섰다.

곰의 공격 단계에서 가장 무서운 순간이었다. 곰이 후려치는 손은 말조차 단 일격에 그 목을 꺾어버릴 정도로 위력적이었다.

"아아아아아악! 스승님!"

집채만한 곰이 일어서서 앞발로 후려치는 순간 뒤에 서 있던 유수운이 눈물 섞인 비명을 내질렀다.

"자식이 울기는……."

피식 웃으면서 진현우가 느릿하게 손을 뻗었다. 곰의 엄청난 힘이 실려 있는 앞발을 막기에는 누가 보더라도 계란으로 바위를 치는 꼴이었다.

꽝!

뜻밖에 굉음이 울렸다.

그리고 한동안 곰도 사람도, 누구도 움직이지 않았다.

크르!

먼저 움직인 것은 곰이었다.

곰은 비칠거리며 뒤로 물러났다. 곰이 말을 할 줄 안다면 '어라? 이럴 리가 없는데?' 라고 중얼거리기 딱 좋은 장면이었다.

'퍽' 하는 소리와 함께 곰의 입에서 한 덩어리의 핏덩이가 튀어나왔다.

그것이 시작이었다.

끄으!

거대한 곰의 입에서, 눈에서, 코에서 진득한 핏물이 배어 나오다 전신의 뼈마디가 녹아 내리기라도 한 듯 자리에서 허물어졌다.

"흠……."

진현우는 처참하게 쓰러진 곰을 바라본 뒤 시선을 뒤에 서 있는 유수운에게 돌렸다.

입을 딱 벌린 채 자신과 곰을 번갈아 바라보고 있었다.

'나도 저랬었지.'

그랬다.

진현우의 사부도 진현우 앞에서 이런 시위를 해 보였었다. 멸명마공에 대해 호기심을 갖게 하고, 동시에 멸명마공의 위력을 각인시켜 함부로 무공을 쓰지 못하게 하려는 의도인 것이다.

그렇게 유수운의 뇌리에 멸명마공에 대한 경각심과 호기심을 심어놓는 작업을 마친 진현우가 천천히 유수운에게 다가섰다.

그리고 입을 딱 벌린 유수운에게 물었다.

"배우겠느냐?"

곰을 처음 본 수운은 혼이 날아갈 정도로 놀랐었다.

노란내를 풍기며 괴성을 지르던 곰은 옛날이야기에서만 듣던 악귀 그 자체였다.

그런데 그런 곰이 글선생 진현우가 내뻗은 손짓 한 번에 구겨져 버린 것이다.

진현우가 다가와 그에게 물었다.

"배우겠느냐?"

유수운은 한참 동안 정신을 차리지 못하다가 그의 질문을 듣자마자 정신없이 고개를 끄덕였다.

당연했다.

정말로 배우고 싶었다. 이건 옛날얘기에서나 듣던 신선들의 재주였다.

정신없이 고개를 끄덕이는 수운을 보고 진현우가 속으로 미소를 지었다. 뭐라 해도 어린아이. 호기심이 왕성할 때 이처럼 신기한 재간을 봤으니 이 정도 반응은 당연한 일이었다.

그는 엄숙하게 다음 말을 이어갔다.

"무척 힘들 것이다. 그리고 훗날 나를, 우리 일문을 원망하게 될지도 모른다. 배우겠느냐?"

조금 정신을 차린 듯 그를 빤히 바라보던 유수운이 다시 고개를 끄덕였다.

"십여 년간 집을 떠나 있어야 할 것이다. 배우겠느냐?"

이 질문에 어린 유수운은 한참을 고민해야 했다.

집.

채 열 살도 안 된 아이에게는 세상 모든 것이나 다름없었다.

유수운은 추운 산 위에서 한 시진이나 고민에 고민을 거듭하다가 발개진 얼굴로 고개를 끄덕였다.

"그래, 그러면 이제 나에게 아홉 번 절을 하거라."

이렇게 산에서 간단히 사제지연을 맺은 진현우는 우선 유수운에게 한 가지를 다짐받았다.

"내려가서 부모님께 내 제자가 되었다는 사실을 말하지 말거라."

"왜요?"

"…사부가 하라면 무조건 하는 것이 제자의 길이다."

"그래도……."

"휴우, 그야 당연히 부모님이 걱정하실 테니 당분간 비밀로 하란 말이다. 알겠느냐?"

"네에……."

부모님에게도 비밀을 엄수하라는 말에 조금 시무룩해진 수운에게 진현우는 거듭 이 사실을 부모에게 말하면 안 된다는 것을 강조했다.

산에서 내려간 진현우는 보름 정도 상황을 살피다 유정 부부에게는 날벼락 같은 선언을 했다.

"이런 말씀 드리기 쉽지 않습니다만……."

그가 심각한 얼굴로 말문을 열자 유정과 부인 한씨도 긴장된 얼굴로 진현우의 입을 주시했다.

"아무래도 우려했던 일이 사실이 되어버린 듯합니다."

한씨가 울 듯한 얼굴로 진현우를 바라보았다.

"우려했던 일이라면……."

"이번에 산에 다녀오면서 수운이의 얼굴에 서려 있던 탁기의 정체를 완전히 알아냈습니다."

"설마… 아주 안 좋은 겁니까?"

유정이 조심스레 묻자 진현우가 침울한 표정으로 고개를 끄덕였다.

"아무 조치도 취하지 않는다면… 스물을 넘기기 힘들 것 같습니다."

"아……!"

귀여운 막내가 스물을 넘기지 못한다는 얘기를 듣자 충격을 받은 듯 한씨가 힘없이 주저앉아 혼절을 했다. 한동안 물을 떠오고 유정이 내자의 손발을 주무르는 등의 소동이 벌어진 후 부인 한씨는 곧 정신을 차렸다.

"스물을 못 넘긴다니… 그게 무슨……?"

"제 소견으로는… 수운이가 앓고 있는 것은 태음절맥이라는 것인데…

아주 희귀한 병입니다. 이를테면 반 갑자에 한 명 나올까 말까 할 정도로 희귀한 병이라 할 수 있지요."

내심 미안했으나 어차피 거짓말인 이상 마음 놓고 허풍을 떠는 진현우였다. 그는 태음절맥이라는 병의 증상과 이 병에 걸린 이들이 모두 스물을 넘기지 못했다는 말을 던진 뒤 한 걸음 뒤로 물러섰다.

"하지만… 제가 틀릴 수도 있습니다. 아니, 제가 틀렸기를 바랍니다. 두 분은 다른 곳의 명의들에게 다시 진맥을 받아보시는 게 좋겠습니다."

"물론이오!"

유정이 단호히 답하며 고개를 끄덕였다.

"진 선생, 내 그간 진 선생을 믿어왔으나… 만약 진 선생의 말에… 다른 의도가 있다면 내 용서치 않을 것이오!"

유정이 이글거리는 눈으로 그렇게 쏘아붙였다.

"저는 그저… 수운이가 무사하길 바랄 따름입니다."

진현우는 유정의 눈을 피해 고개를 숙였다.

사실 이 속임수를 위해 진현우는 어린 제자에게 태음단이라는 환약을 먹여놓은 상태였다. 태음단을 복용하면 일시적으로 기경팔맥의 흐름이 원활하게 이뤄지지 못하며 음기가 상단전에 몰리고 양기가 헛되이 흩어지는 증상이 나타난다.

그렇기 때문에 설마 싶었던 유정 부부가 유명한 의원들에게 찾아다니며 아이가 절맥을 앓고 있느냐고 물을 때마다 고명한 의원들의 고개가 모로 꺾이는 것도 당연한 일이었다.

그들은 '몸에서 양기를 찾아볼 수 없으며 전신 대혈이 굳어 있고 세맥이 방종하게 날뛰니 이는 의서에서나 보던 절맥의 증상이 맞는 것 같다'고 진단하며 자신들의 능력으로는 이를 고칠 수 없다며 고개를 저었다.

여러 의원들을 찾으며 이런 일이 반복되자 유정 부부는 실의에 빠지게
되었다.

"제가 틀리기를 바랐습니다만… 역시……."

"진 선생, 무슨 방법이 없겠습니까?"

"방법이 아주 없는 것은 아닙니다만……."

"방법이 있단 말입니까?"

진현우는 흥분한 유정 내외를 진정시킨 뒤 말을 이어갔다.

"양기가 충만한 곳에서 제가 생각하고 있는 치료법을 사용한다면 완
치가 가능할지도 모르겠습니다. 사실 이전에 이 절맥으로 잃은 아이가
있어 양기를 북돋우는 무림의 내가심법도 얻어놓은 상태고……."

"오오……!"

"다만 한 가지 문제가 있습니다."

"문제라니요?"

"시간입니다. 완치까지 족히 십 년은 걸릴 것입니다."

"십 년……."

침묵을 지키고 있는 그들에게 진현우가 조심스레 말을 걸었다. 여기가
고비인 것이다.

"저는… 수운이를 만난 게 뭔가 대단한 인연이라고 생각하고 있습니
다. 십 년……. 긴 세월이고 두 분이 아이를 떠나보내기 힘들다는 것도
잘 알고 있습니다. 하지만 제가 데려가 제자로 키우겠습니다. 그리고
반드시 절맥을 완치시켜 두 분께 되돌려 드리겠습니다. 이건 약속입니
다."

장삿속이 밝은 아비 유정과 인연을 맹신하던 어미 한씨는 눈물을 흩뿌
리면서도 유수운을 떠나보낼 수밖에 없었다.

한마디로 사기였으나 스승 진현우나 제자 유수운이나 별다른 죄책감

을 느끼진 않았다.

그리고 칠 일 동안 눈물 속에 좋은 음식을 해 먹이던 한씨 부인은 아들이 진현우와 떠나는 날 몸져누웠고, 유정은 포목점에 틀어박혀 한동안 바깥 걸음을 하지 않았다.

긴, 아주 긴 이별이었다.

◆ 第二章 ◆
유수운, 입문하다

유수운, 입문하다

진현우는 아함경 중 '중도'를 설파하는 대목을 쉽게 풀이해서 수운에게 가르치고 있었다.

불경을 공부하다 보면 살심을 누르고 복수심을 사그러들게 하는 효험이 있기에 절명문도들은 제자를 들이자마자 부처님의 가르침을 가르치는 것이 관례처럼 되어 있었다.

물론 개파조사인 옥창선이 불문인 소림 출신이라는 것도 한 이유가 되긴 했지만.

"…그러자 부처님이 말씀하셨지. 줄이 너무 팽팽해도 너무 느슨해도 악기에서 좋은 소리가 안 나잖느냐. 깨달음도 그런 거니까 너무 자신을 괴롭혀도, 아니면 너무 즐겁게만 살아도 깨달음에는 다가설 수 없다. 그러니까 사람은 중간을 취해야 깨달음에 다가설 수 있다, 이렇게 말이지."

진현우는 거기까지 말한 뒤 어린 수운의 머리를 쓰다듬으며 물었다.

"어떠냐? 이 이야기의 뜻을 알겠느냐?"

“네, 평소 사부님이 얘기하신 것과 똑같은 얘기 같아요.”

“그래?”

“네, 어디 가서라도 중간만 하라는 거 아닌가요? 나서지 말고, 그렇다고 너무 처지지도 말고 적당히.”

“…뭐, 꼭 그런 뜻은 아니다만…….”

진현우는 똘망한 눈으로 자신을 바라보고 있는 어린 제자를 바라보며 쓴웃음을 지었다.

‘함부로 힘을 드러내지 마라’ , ‘어디 가서도 네가 특별하다는 것을 남들에게 말하지 말아라’ 라는 이야기는 처음 수운을 데리고 올 때부터 귀에 못이 박이게 하던 이야기였다.

수행에 있어서 중도를 택하라는 교훈이 있는 이야기를 ‘어디 가도 중간만 가라’ 라고 해석하는 제자에게 뭐라 할 말이 있겠는가?

“그래, 뭐, 그렇게도 생각할 수 있겠구나. 자, 이제 육합권을 배워보자꾸나.”

그 말에 수운은 얼굴에 화색이 돌며 밖으로 나섰다. 열 살짜리 어린 제자의 뒷모습을 바라보는 그의 얼굴은 조금 어두웠다.

‘아직도 몸을 움직여 무술을 배우는 것을 좋아한다. 좀 더 무공에 대한 관심을 떨어뜨려야 안심이 되는데……. 뭐, 다행이랄까? 신체적인 능력이 많이 떨어지니까 큰 상관은 없지만 말이야.’

그는 하늘을 바라보았다.

“그나저나 수운이를 데려온 지도 벌써 일 년인가? 이제 본격적으로 가르칠 때가 됐군.”

수운을 앞쪽에 앉히고 나서 진현우가 운을 뗐다.

“본격적인 수련에 앞서 우선 본 문의 역사와 무공의 특징에 대해 정확히 알아둘 필요가 있다. 그간 많이 궁금했지?"

"헤헤헤."

수운은 웃으며 머리를 긁적였다. 그간 기초적인 심법과 육합권 같은 기초 무공을 배우면서 '지금 배우는 무공이 어떤 것이냐'고 많이도 캐물었던 것이다.

"우리 문파의 이름은……."

진현우는 '절명'이라는 단어를 떠올리자 문득 우울한 표정이 되었다.

"절명문이라고 한단다. 이 사부는 절명문의 제육대 문주고 넌 이 사부의 유일한 기명제자란다. 알겠니?"

"네에."

"본 문의 개파는 옥창선 조사님이 하셨단다. 비록 그분 스스로 원한 일은 아니었지만. 자, 외워두거라. 옥 자, 창 자, 선 자… 이 글자를. 외웠니? 그럼 계속 하자꾸나. 본 문의 이대조는 사유라는 분으로……."

진현우는 초대부터 자신에 이르는 짧은 문주 목록을 죽 불러주었다. 어린 수운이 모두 외운 듯이 보이자 진현우는 다시 문파의 역사 속으로 들어갔다.

"개파조사이신 옥창선 조사께서는 부유한 가정에서 태어나셨단다. 그리고 너보다는 좀 많은 나이에, 열여덟에 소림사에 속가제자로 들어가셨지."

사실 옥창선이 소림에 보내진 것은 그 아버지의 욕심 때문이었다. 인근 표국주가 소림 출신인 것을 알고는 그와의 결속을 좀 더 두텁게 다지고, 더불어 소림의 힘으로 가문의 위세를 더욱 떨치기 위해 제법 많은 시주를 들려서 소림 속가로 떠나보낸 것이다.

"적당히 시간만 보내다 오면 된다. 조용한 산사에서 몇 해 요양한다고 생각하거라.”

아직 혈기 왕성한 청년인지라 불만에 가득 찬 옥창선에게 부친은 그렇게 말한 뒤 곧바로 떠나보냈다.

“헤에, 꼭 하기 싫은 공부 억지로 하라는 것 같잖아요?”

“그렇지. 자고로 하기 싫은 일 억지로 시키는 것만큼 짜증나는 일도 없단다.”

“그래서 어떻게 되었나요? 조사님이 도망치시나요?”

“어허, 조사님이 너 같은 천둥벌거숭이더냐. 아니다. 사실 조사님이 소림에 보내진 게 우리 절명문이 탄생하는 데 결정적인 역할을 하게 되거든.”

그렇게 진현우는 절명문의 탄생 비화를 제자에게 말하기 시작했다.

“옥창선 조사께서 첫 실전을 치른 곳은 조사님의 본가였단다.”

적당히 소림 속가라는 이름만 받아오길 원했던 부친의 속셈과는 반대로 옥창선은 점점 소림에서 보내는 시간이 마음에 들었다.

그는 소림에서 조용히 명상과 무공 수련으로 시간을 보냈다.

나서기 싫어하는 성격 탓에 소림의 눈에 크게 들지는 못했으나 제법 괜찮은 자질을 가지고 있다고 인정도 받았다.

유유자적한 소림 생활의 첫 십 년간.

이 기간 동안 많은 일이 있었다. 우선 옥창선 스스로 집안의 경제권을 포기했고, 그에 따라 암암리에 집안의 재산을 노리던 옥창희가 옥가의 실권을 틀어쥐게 되어 사실상 옥창선은 소림에 버려지게 되었다.

소림에서도 옥창선에 대한 옥가의 경제 원조가 끊기자 그저 그런 속가로 취급하기 시작했다.

그럼에도 옥창선은 고요함에 머물러 있었다.

오히려 그 무렵부터 옥창선은 직선적인 소림 무공과 불성 가득한 불문의 교리, 행복한 자신의 심경을 바탕으로 자신만의 무학 체계를 만들어 나갔다.

시간도 많았고 누가 뭐라는 사람도 없었으며 무엇보다 자신만의 무학을 만들어 나가는 것은 그야말로 신선놀음이었다.

그렇게 다시 십여 년간 자신만의 세계에 푹 빠져 있던 그는 결국 자신이 생각하던 무공의 미진한 부분을 모두 해결하고 결말을 지었다.

이름하여 무량대자비신공.

"멋있는 이름이네요!"

정신없이 듣고 있던 수운이 탄성을 내질렀다. 무슨 뜻인지는 잘 모르겠지만 긴 데다 뭔가 큰 대(大) 자가 들어가 있지 않은가?

"험, 뭐, 당신께서는 너무 치기 어려운 이름이라고 생각하셨지만… 애초에 아무에게도 알리지 않을 생각이셨으니……."

무량대자비신공.

확실히 거창한 이름이었으나 누구에게 밝힐 것도 아닌 탓에 홀로 자신의 무학에 그런 이름을 붙인 옥창선은 세상을 다 가진 것마냥 행복해했다.

그 무학의 이론은 자비의 무학이었고, 자신에게 적의를 품은 상대방을 온전히 무력화시키는 것이 무공의 요체였다.

그 누구에게도 말하지 않았기에 무량대자비신공의 실전성은 검증되지 않았으나 옥창선은 부지런히 자신이 창안한 이론에 따라 무공과 심법을 연마해 나갔다.

　기본적인 행공 단계는 겉으로 보기에 소림의 무학과 큰 차이가 없는데다 남들 눈에 띄지 않을 때만 수련을 행했기에 옥창선의 무학은 누구에게도 알려지지 않았다.

　그는 오히려 같은 항렬의 속가들보다 낮은 무위를 지녔다는 평가를 받았다.

　"그러던 중에 일이 생겼단다. 조사님의 집안은 장사로 부를 축적했던 상인 집안인데 한동안 어려움이 없다가 갑자기 강력한 적수가 나타났단다. 원래 근처에서 같이 장사를 하던 호적수 상가였는데, 그쪽도 가주가 바뀌면서 전혀 다른 방법으로 옥가 쪽 상권을 침범하기 시작했단다."

　"어떻게요?"

　"떠돌이 낭인들, 칼잡이들, 시전 건달들을 고용해서… 그러니까 폭력으로 상권을 잡아먹기 시작한 거지."

　궁지에 몰린 옥창희는 그래도 소림 속가인데다 소림에서 이십여 년이나 무예를 닦아온 형에게 도움을 청하는 수밖에 없었다.

　원래는 소림의 고명한 무승을 청하려 했지만 옥창희가 가문을 이어받은 후 십 년간 소림에 형식적인 시주밖에 하지 않은 터라 그 정도 지원을 받아낼 수가 없었다.

　오히려 옥창선을 불러내는 데에도 상당한 눈치를 받을 정도였다.

　"오랜 세월이 흘렀으니 가족을 만나고 오라."

　여느 때와 다름없이 불경을 뒤적이며 시간을 보내던 옥창선은 속가를 담당하던 집법승의 말에 고개를 갸웃거리며 행장을 꾸렸다.

　이렇듯 자신만의 무학을 완성한 옥창선은 소림에 들어온 지 이십삼 년 만에 산문을 나서게 되었다.

“그리고 집에 도착한 조사님이 근 이십 년 만에 가족들과 회포를 풀고 계실 때 그 일이 일어난 거지.”

수운의 눈이 더욱 집중하는 것을 보고 진현우는 침을 한 번 삼키고 이야기를 이어나갔다.

“조사님이 가족들과 한담을 나누고 있을 때 경쟁 상가에서 수십 명의 낭인들을 보내 집을 습격했다. 그냥 저냥 떠돌이들이 아니라 어디 가서 충분히 행세할 수 있는, 제법 수위에 오른 고수들만 추려서 말이다. 어떻게 되었겠니? 옥가가 제법 위세를 떨치던 집안이라지만 그 정도 무사들을 당해낼 수는 없었던 거다. 하인들이 죄 도망가고, 옥가에서 고용한 호원 무사들도 곧 모두 쓰러져 버리고, 마침내 내원에 있던 조사님과 가족 몇 명만이 무려, 무려 삼… 아니, 백 명에 달하는 칼잡이들 앞에 서게 된 거다!”

진현우는 말을 하다 스스로 감정이 격해졌다.

그리하여 원래 옥가장을 습격한 서른 명 남짓한 낭인들의 수를 무려 백여 명으로 늘려 버렸다. 언젠가 유수운이 제자를 맞아들여 이 이야기를 전할 날이 온다면 또한 이백 명의 낭인 습격으로 늘어날지도 모른다.

“그리고 그들은 말로 해결하길 바라던 조사님의 뜻을 감히 거역하고 무노하세도 칼을 들이밀고 들이닥쳤다! 더 이상 말로 해결할 수 없음을 깨달으신 조사님께서 드디어 무량대자비신공을 펼쳐 덮쳐 드는 낭인들을 계도하시니 백여 명의 낭인들은 하찮은 꽃잎처럼 제대로 손써보지도 못하고 바닥으로 바닥으로 떨어져만 간 것이다! 알겠느냐! 그것이 바로 우리 절명문 무공의 위력임을!”

“네! 네!”

두 사제가 동시에 얼굴이 발갛게 상기되어 주먹을 불끈 쥐었다.

“험험, 그런데 말이다……”

진현우는 주먹을 풀면서 어린 제자 앞에서 같이 흥분한 것이 무안한 듯 헛기침을 했다.

“무량대자비신공은… 어떤 무학이라고 했지?”

“그러니까… 자비로운 무공이죠.”

“그래, 자비. 자비로운 무공이어야 했지.”

그는 이야기를 잠시 멈춘 채 제자를 바라보았다.

“그래서 비극이었다. 세상 어느 것보다 자비로운 무공이 되었어야 할 그 무공에 당한 낭인들, 그 낭인들이 단 한 사람도 살아남지 못했단다.”

진현우는 말없이 수운의 머리를 쓰다듬으며 말을 이어갔다.

“내가 쓰러뜨린 곰이 생각나느냐? 그날 그 낭인들 모두 그 곰처럼 처참하게 죽어갔다. 무려 서른 명이.”

나름대로 영특한 수운은 사부의 말에서 이상한 점을 발견하곤 곧 지적했다.

“저, 백 명 아닌가요, 사부?”

“…백 명이 그렇게 죽어갔단다.”

그 싸움 이후 옥창선은 참담한 심정이 되어 거의 넋이 나간 채 집을 빠져나왔다.

어째서 정심한 소림 무공에, 불문의 깨달음을 바탕으로 세상을 행복하게만 살아 온유하기 그지없는 심성으로 만든 무공이 이처럼 독할 수가 있단 말인가?

“뭐가 자비란 말인가? 난 뭘 만들어낸 거야?”

그렇게 중얼거리다 ‘목숨을 거둔다’ 라는 이름에 마(魔)라는 글자까지 더해 ‘멸명마공’ 이라 이름을 바꾸었다.

옥창선은 먹을 것도 먹지 않고 목적지도 없이 발길 닿는 대로 걸었다. 정신과 몸 모두 피폐해질 대로 피폐해져 갔다.

그러다 그날이 왔다.

그날,

옥창선은 평소와 마찬가지로 굶으면서 어느 산길 근처 이름 모를 나무 밑에 쓰러져 '내 무공 어디에 잘못이 있는 걸까' 하는 점을 궁리하고 있었다.

그 근처로 한 젊은이가 도망쳐 들어왔다.

나중에 알았지만 그는 근처에서 작은 무관의 관주로 길을 지나다 녹림도들과 싸움이 붙었고, 결국 중과부적으로 깊은 부상을 입은 채 도주 중이었던 것이다.

생사지경을 헤매고 있을 때 옥창선이 비틀거리며 일어나 도적 떼의 앞을 막아섰다.

도적들은 비웃었다.

옷은 언제 빨았는지 꼬질꼬질했고, 먹을 것도 제대로 먹지 못한 옥창선은 영락없이 떠도는 거지였다. 그렇게 비리비리해 보이는 인간이 막아섰는데 웃지 않는다면 녹림도로서의 자각이 없는 것이다.

그러나 비웃음의 대가는 처참했다.

스무 명에 가깝던 도적의 무리는 서너 명이 피를 토하고 쓰러질 때쯤 모두 겁에 질려 도망갔다.

"고, 고맙습니다."

감사의 인사를 하는 젊은 관주 앞에서 옥창선은 배가 고파 정신을 잃었다. 옥창선은 그렇게 세상을 떠돌다 굶어 죽을 무렵에 창주 부근의 작은 무관과 인연을 맺게 되었다.

그가 인연을 맺은 무관의 이름은 ‘정법무관’ 이었고 작고 보잘것없는 곳이었다. 옥창선은 오히려 그것이 좋았다. 그는 무관주의 청으로 정법무관의 식객이 되어 눌러앉았다.

옥창선은 자신이 창안해 낸 무공이 희대의 살공으로 남는 것을 두려워했지만, 또한 이 희대의 절공을 이대로 묻어버릴 수도 없다고 생각했다.

결국 문제는 멸명마공의 살상력이 너무 강하다는 점이었으므로 이를 조금만 참오하여 완화시킬 수 있으면 원래의 이념에 맞게 덤벼드는 적수를 온전히 무력화시킬 수 있을 것이라 생각했다.

“그리하여 고심에 고심을 하던 옥창선 조사께서는 드디어 결심을 하시고 개파를 하기로 하늘과 땅에 고하셨단다. 그게 바로 우리 절명문이지.”

지그시 눈을 감고 뭔가 감동스럽다는 듯 분위기를 잡고 있는 진현우였으나 막상 수운은 멀뚱히 사부를 바라볼 따름이었다.

“이렇듯 너무 강해서, 너무나 독해서 태어난 게 우리 절명문인지라… 옥창선 조사께서는 우리 일문이 나아갈 바를 한마디로 전하셨단다. 너역시 이제 어엿한 절명문도인즉 그 길을 가야 할 것이다.”

“그게 뭔가요, 사부님?”

“약해지는 거다.”

“……?”

수운은 눈썹을 찡그렸다.

“왜 그러느냐? 못 알아들었니?”

“아니, 그게 아니고요, 사부님. 무술은 강해지려고 배우는 거 아닌가요?”

“그래.”

“그런데 약해지는 걸 목표로 수련하는 건 이상하잖아요.”

수운이 도무지 이해할 수 없다는 듯 묻자 진현우가 그의 머리를 쓰다듬는 손에 약간 힘을 넣었다.

"그러니까 말했잖느냐. 본 문의 무공을 익히면 말이지, 무림에 나가서 적이 없다. 적은커녕 만나서 싸우는 족족 다 시체야. 옛 성현들이 이르시기를 넘침은 모자람만 못하다 하지 않았느냐. 그러니까 당연히 사람을 죽일 수 없을 정도로 약해져야 마땅하지. 알겠느냐?"

수운은 잠깐 생각해 보다가 고개를 흔들었다. 아무리 생각해도 일부러 약해진다는 게 마음에 들지 않았다.

"그렇다면 이렇게 생각해 봐라. 너, 친구들 있지?"

"네."

"친구들과 가끔 싸우기도 하지?"

수운은 고개를 끄덕이는 것으로 대답을 대신했다.

"그런데 그 친구를 툭 건드렸더니 친구가 죽으면 좋겠냐?"

"……."

"그래, 좋을 리가 없지. 마찬가지다. 무릇 생명을 함부로 뺏을 권리는 누구에게도 없는 거란다. 아아, 오해할 건 없다. 너에게 약해지라는 게 아니다. 본 문에 내려오는 무공을 약하게 만들라는 거다. 이제껏 누구도 성공치 못한 일이지. 알겠느냐?"

"네."

"자, 어쨌거나 조사께서 후계자로 점찍으신 분이 바로 이대 문주가 되었지. 사씨 성에 유 자를 쓰시는 분이다. 아까 외웠겠지?"

옥창선이 절명문을 개파한 후 선택한 후인은 그 젊은 무관주였다. 그는 사유를 지도하면서 자신이 만든 무공의 결함을 찾아낼 수 있다고 확신했었다.

그러나 모든 것을 다 전수할 때까지도 옥창선은 도무지 해법을 찾아낼 수 없었다. 스스로 만들어낸 가결과 원류를 모두 뒤져 봐도 어느 한 군데 살기라곤 없었다.

그런데 어째서 이 무공이 사람을 그다지도 처참하게 죽일 수 있단 말인가? 도무지 알아낼 수가 없었다.

고심이 과한 탓인지 옥창선은 희대의 고수임에도 비교적 일찍 세상을 떠나야 했다.

"조사께서는 세상을 떠나시는 날 '수련에 특별히 힘쓰지 말고 모쪼록 약해지려무나' 하는 유시를 남기셨단다."

사부의 씁쓸한 목소리를 들으니 아직 뭔가를 잘 모르는 수운도 왠지 슬퍼졌다.

"그리고… 이때부터 역대 사조 분들이 멸명마공의 힘을 억누르기 위해 많은 궁리를 하셨단다."

옥창선 사후 절명문의 역사는 버림의 역사가 되었다.

절명문 이대 문주가 된 정법무관의 관주 사유는 조사의 한을 풀기 위해 고심했으나 심법 자체에서 해법을 찾지 못하자 결국 초식의 신묘함을 줄이면 상대방을 해하기 어려울 거라 판단해 대부분의 초식을 버렸다.

삼대 절명문주는 마음속에 살심이 일었을 때 적들을 추격하는 일을 할 수 없도록 경신의 술을 버렸다.

사대 절명문주는 단순히 무기 운용술을 버렸다.

멸명마공을 운용할 때 일어나는 속칭 절명기는 무기를 타고서도 상대방에게 전해져 상대를 해하기 때문에 무기를 맞대는 일을 원천 봉쇄한 것이다.

결국 칠대제자인 유수운에게 전수된 것은 멸명마공의 심법과 한 가지 구명절초인 신법뿐이었다. 그러나 그렇게까지 했음에도 멸명마공은 여전히 강했고, 절명문의 후계자들은 고심에 빠져야 했다.

칠대까지 오면서 멸명마공에서 진보한 부분은 단 하나, 절명기에 노출된 사람이 죽을 때 칠공에서 피를 뿜는 게 아니라 그저 편안하게 죽는다는 것뿐이었다. 마치 안락사처럼.

이렇게 절명문의 역사를 간단히 설명한 사부가 제자를 바라보며 근엄한 목소리로 말했다.

"그러한즉, 너 역시 본 문의 법을 이어받아 조금이라도 약해지도록 노력해야 하느니. 알겠느냐?"

멍하게 사부의 말을 듣고 있던 제자가 문득 정신을 차리고 미심쩍은 얼굴로 사부를 바라보았다.

"저… 사부님?"

"왜 그러느냐?"

제자는 잠시 망설이다 의심 가득한 목소리로 질문했다.

"이거 거짓말 아니죠?"

"……."

진헌우가 한숨을 내쉬며 '이것도 이어받아야 할 운명이란 말인가?' 라고 중얼거린 뒤 조용히 손을 들어 올렸고, 조용한 산속에 목탁 두드리는 듯한 소리와 앳된 비명 소리가 요란히 울렸다.

콩! 따닥! 픽!

"갸아아!"

잠시 후,

아직도 눈물이 그렁그렁한 채 머리 위의 혹을 어루만지던 수운이 아주 조심스럽게, 정말 조심스레 다시 진현우에게 말했다.

"저… 사부님, 근데요. 정말, 정말 부딪치기만 하면… 다 죽어요? 진짜로요?"

자신이 바라보자 움찔하는 유수운을 보며 진현우는 씁쓰레한 미소를 지어 보였다.

"못 믿겠니?"

"……."

"이 사부를 따라오기 전에 이 사부가 곰을 잡는 것을 봤지?"

"네."

"그래, 그때 이 사부가 곰을 때렸든 때리지 않았든 그 곰이 사부의 몸에 손을 댄 순간 그 곰은 죽은 거야. 알겠니?"

그 말에 수운은 쉽게 고개를 끄덕이지 못했다.

"그래, 그렇겠지. 직접 보기 전까지는 믿지 못할 거야."

그는 고개를 끄덕이다 제자에게 자신을 따라오라고 말하며 자리에서 일어섰다. 진현우는 수운의 손을 이끌며 조용히 말했다.

"사람에게는 쓸 수 없으니… 아, 물론 짐승에게도 함부로 쓰면 안 되겠지만 네가 멸명마공의 무서움을 알아야 하기 때문에 어쩔 수 없이 보여주는 거란다."

수운은 사부가 가는 방향으로 시선을 올려 보았다. 분명 그쪽은 얼마 전 사부가 잡아온 노루와 산양들이 있는 곳이었다.

"…다시 한 번 잘 보거라."

그날, 유수운은 다시 한 번 멸명마공의 힘을 보고 주저앉아 울어야 했다. 그리고 다시 시간이 흘렀다.

◆ 第三章 ◆
절명문 칠대 장문, 강호와 만나다

절명문 칠대 장문, 강호와 만나다

하늘이 맑았다.

새들이 기분 좋게 울고 있었고, 파란 하늘에 그린 듯한 흰구름이 유유히 떠다녔다.

그래서인지 그날 아침에야 진현우는 제자 유수운을 떠나보낼 결심이 섰다.

"십 년이로군."

그를 가르친 지 벌써 십 년이 지났다는 걸 떠올리자 세삼 세월이 흐르는 물과 같다는 것이 실감났다.

제자를 처음 발견했을 때의 일이나 그를 가르치던 일, 수운이 외로움을 참지 못하고 집에 가겠다며 울며 도주했던 일, 도주하는 제자를 잡아 꽁꽁 묶어놓고 '세상이란 게 어차피 세월 지나가면 다 그렇고 그런 거다' 라고 가르치던 일 등이 주마등처럼 스쳐 갔다.

무엇보다 십 년 전 처음 수운을 만났을 때의 일이 선명히 떠올랐다. 중병을 앓고 난 뒤 빼빼 마른 꼬마 아이.

그 일도 떠올랐다.

'그래, 그날… 나무 그늘 밑에서 만두를 먹고 있었지. 그리고 놀고 있는 꼬마들을 봤고.'

인연은 그렇게 시작되었다.

그렇게 작게 시작된 인연이었다. 실제로 그 아이에게 자신의, 절명문의 모든 것을 전하게 될 것이라고는 확신하지 못했었다.

"후우……."

여하간 십 년이 흘렀고, 제자는 자신이 배워야 할 것은 다 배운 상태였다. 처음 데려올 때 약속한 십 년 기한도 찼으니 이제 떠나보내는 일만 남은 것이다.

그는 방문을 열고 밖으로 나섰다.

나한권과 육합권을 연마하라고 일러놓았기 때문에 연무장에서 구슬땀을 흘리고 있을 제자에게 하산 소식을 전하기 위해서였다.

작은 초막 뒤켠을 연무장으로 쓰고는 있으나 연무장이라는 말이 부끄러운 작은 공터에 들어선 진현우는 제자를 발견하고는 발걸음을 멈췄다.

"……."

유수운은 나무 아래에서 기분 좋게 낮잠을 자고 있었다. 진현우는 수련에 게으른 제자를 바라보며 화를 내지는 않았다. 잠시 졸고 있는 제자를 바라보며 고개를 내저으며 중얼거렸다.

"뭐, 별수있나. 십 년간 입만 열면 한 말이 대충 해라였으니……."

그렇지만 적당히 가르친 것처럼 보인 그 십 년은 고심하고 참오하며 선대의 꿈을 이루기 위해 매진한 충실한 나날들이었다.

무엇보다 절명문의 후계자에게 무공의 욕심과 과다한 노력은 '절대 금기'나 마찬가지였다.

그렇기는 하지만…….

"……."

진현우는 자고 있는 제자 앞으로 다가선 뒤 강한 살기를 방출했다. 근처 나무에 있던 새들이 일제히 푸드덕거리며 날아올랐고, 풀들조차 놀라 곧추설 정도의 기세였다.

그러나 그뿐이었다. 진현우의 기세로도 유수운의 편안한 잠을 방해하지는 못했다.

"…완전히 무방비로군."

한참 동안 유수운의 하는 양을 바라보던 진현우는 살기를 갈무리하며 중얼거렸다.

"아무리 그래도 무인 된 몸으로 이렇게 무딘 건 좀……."

그는 입맛을 좀 다시다가 혀를 차고는 자고 있는 제자의 얼굴을 들여다보았다.

사실 무디다는 점까지 포함해서 유수운은 여러 가지 면에서 흡족한 제자였다.

특별히 오성이 뛰어나지도 않고, 근골이 우수하지도 않으며, 야심이 많은 것도, 영민하지도 않았고, 예민하지도 않았다. 그럼에도 불구하고 남에게 마구 휘둘릴 정도로 눈치가 없지도 않았고, 귀가 얇지도 않았다.

진현우 자신이 그랬던 것처럼 여러 가지 면에서 '평범', 혹은 '평범 이하'의 자질을 지니고 있었고, '판단 보류' 능력이 뛰어났다. 모든 면에서 절명일문이 원하는 그런 후계자였다.

"그래도 이 정도면 그나마 세상 사는 데 편할 테지. 나나 선사님들처럼 회한에 싸여 사는 것보다는……."

새삼 제자의 잠든 얼굴을 보니 그가 훗날 세상에 나서서 겪어야 할 고난과 역경에 대해 생각하게 되었다. 자주 했던 생각이다. 그 스스로 겪었던 심적 고통과 부담이 제자에게도 천형처럼 되물림될 것을 생각하며 간간이 긴 밤을 홀로 새곤 했었다.

달게 자고 있던 수운은 뭔가가 자신의 이마를 '딱' 하고 때리는 순간 '누구냐!' 라고 외치며 벌떡 일어섰다.

"누구……? 사부님?"

"잘하는 짓이다."

사부의 가벼운 질책을 받자 수운은 가볍게 머리를 긁으며 미소를 지어 보였다.

"이런 놈을 강호로 내보내도 되는 건지 모르겠구나."

"네? 사, 사부님, 방금 뭐라고?"

"잠이 덜 깼느냐? 네 녀석이 집으로 돌아갈 때라고 말하는 거다."

그 말에 수운은 사부 앞에 무릎을 꿇고 머리를 조아렸다.

"사부님."

"그간 고생했다. 어느덧 너와 약속했던 십 년이 지나갔구나. 이제 너에게 뒷일을 맡기고 이 사부는 편히 쉬어야겠다."

"사부님, 아직 이 제자는……."

"제자 유수운은 명을 받들라."

돌연 진현우가 엄한 목소리를 내자 유수운은 다시 고개를 조아렸다.

"지금 이 시간부로 제자 유수운에게 절명문 제칠대 문주의 위를 맡긴다."

처음 자신이 그 산에서 절명문도로 받아들여질 때와 똑같았다. 복잡한 절차도 엄숙한 당부의 말도 없었다.

그러나 그만큼 필사적인 사부의 마음을 느낄 수 있었다.

"이것이 장문영부다. 뭐, 제자라고 너 하나밖에 없으니 별 쓸모는 없겠다만… 언젠가 본 문 무공의 약점을 극복한 이후 많은 제자를 받는 날이 오면 쓸 수 있을 거다."

"반드시 그런 날이 오도록 만들겠습니다, 사부님."

"그래."

반드시 절명문의 부흥을 이끌겠다고 다짐하는 제자를 보며 진현우는 어쩐지 회한 같은 것이 들었다. 생각해 보면 자신이 하지 못한 일을 억지로 후대에 미루는 것 같았다.

전대 문주들도 모두 이런 기분을 느꼈으리라.

미안한 마음도 없지 않았지만 절명기가 자기 대에서 실전되는 것만은 막았다고 볼 수 있다. 이제 계승자는 계승자의 길을, 자신은 자신의 길을 걸을 때가 온 것이다.

"이제… 헤어져야 할 때로구나. 세상에 끝없는 잔치란 건 없지……."

유수운은 사부의 이런 심사를 짐작하는지, 혹은 고향에 돌아간다는 생각에 가슴이 떨려서 그러는 것인지 그의 앞에 머리를 조아린 채 미미하게 몸을 떨고 있었다.

진현우는 침묵을 깨고 그의 사부가, 그리고 사부의 사부기, 멀리 거슬러 올라가면 그들의 조사가 제자에게 전했던 문규를 읊조렸다.

"너는 수련에 특별히 힘쓰지 말 것이며, 사람들과 다투지 말고, 화를 억누르고, 시비에 휘말리지 마라. 여하한 경우라도 너의 생명이 위급해지기 전까진, 죽음에 노출되기 전까지는 멸명마공을 사용하지 말고. 그리고 끊임없이 절명기가 약해질 수 있는 방법을 찾아내라. 알고 있지? 너는 이미 본 문의 칠대 장문 직을 맡았으니 알아서 잘 처신하리라 믿는다."

유수운은 그 사실을 열 살 때 진현우에게 들어서 알고 있었다.

그리고 지금, 사부는 그에게 절명문 칠대 문주위를 전하며 새삼스레 다짐하고 있는 것이다.

"염려 마세요, 사부님."

그가 절하며 사부의 말을 모두 잘 지키겠다고 말하자 사부가 안쓰러운 눈길을 감추지 않으며 몸을 일으켰다.

진현우가 문득 질문을 던졌다.

"네 멸명마공이 이제 몇 성이지?"

사부가 몰라서 물을 리가 없었다.

"제자 불민하여… 이제 겨우 사성에 이르렀습니다."

"그래, 불민… 아니, 충분하구나."

"……."

"크험, 잘하리라 믿는다."

이제 새로이 장문위를 맡았으나 말이 오간 대로 유수운은 아직 멸명마공을 대성하지 못했다. 대성은커녕 지난 십여 년의 수행으로 겨우 사성의 성취를 보였을 뿐이다.

또한 멸명마공의 특징—절명기에 노출 시 필사(必死)—을 제외하고 그 내공의 수위를 일반적인 공력으로 환산해 보자면 고작 오에서 십 년 수위나 다름없었다.

명가의 내공심법이 십여 년 수행에 반 갑자 이상의 내공을 보장한다는 점을 생각한다면 강호를 횡보하기에 터무니없이 모자라는 내공이었다.

그러나 사제(師弟) 모두 이 점에 대해 털끝만치도 걱정하지 않았다.

사성의 성취라 해도 절명기에 노출된 사람이 결국 죽음에 이르게 되는 것은 마찬가지였다.

그저 죽음의 시간이 불규칙하게 찾아온다는 것이 다를 뿐이었다.

여섯 대가 내려오며 연구된 멸명마공에 대한 궁리로 밝혀진 사실은 여러 가지가 있는데, 그중 하나가 멸명마공의 연성 수위에 따른 사망 시기와 영향이다.

멸명마공의 성취가 삼성에 머무를 때 상대방을 가격할 경우 상대방의 내력이 자신보다 높으면 역류한 절명기에 자신이 필사한다. 이 사실은 사대조의 참을성없는 제자가 무림인과 시비가 붙은 탓에 알려지게 되었다.

그러나 사성부터 칠성까지는 상대방의 내력에 따라 사망하는 시간이 조금씩 달라지긴 하지만 일단 절명기에 노출당하면 그가 천하제일인이든 신선이든 한 달 내에 필사하고 만다. 이 사실은 여러 대에 걸쳐 고루 관찰되었다.

그리고,

팔성부터는 격중당한 즉시 사망하게 되며 멸명마공을 대성하게 되면 이른바 뜻만으로 상대를 격살할 수 있게 되리라 예측되고 있다.

마음에 살기가 일면 상대의 목숨이 없어진다. 옥창선 조사는 임종 시 이런 말을 남기며 어떻게든 본인이 창안해 낸 무학을 바로잡기를 바랐다.

그리하여 후계자들은 언제나 사성이나 칠성 수준에서 수련을 그만두고 심법을 참오하며 어딘가 붙어 있을 살기를 씻어내는 일에 여생을 비쳤으며, 이제 제자를 떠나보낸 후 진현우가 가야 할 길도 바로 그것이었다.

"네가 세상으로 내려가서 절명문 칠대 문주로서 행해야 할 일은 잘 알고 있겠지?"

"예, 사부님."

"그래, 본 문의 특성상 제자들이 강호에 나가 해야 할 일이 많지는 않지. 정체를 밝히지 않고 강호에서 삼 년간 돌아다니는 것, 두 번째는 언제가 되었든 창주의 정법무관을 찾아가 보는 것, 마지막으로는 문의 법맥이 끊기지 않도록 좋은 제자를 구해 전통을 계승하는 것, 이 세 가지뿐이니 너는 반드시 이를 지켜내도록 해라.”

“네.”

그는 ‘정말 어렵겠지만’이라는 말은 속으로 삼켰다.

“자, 이제 가거라.”

진현우는 자신에게 절을 한 뒤 눈물을 한 번 훔치고 머뭇머뭇 자신을 바라보는 제자를 바라보았다.

“어허, 약한 모습을 보이다니……. 네 마음은 짐작하니 이만 떠나거라. 어서.”

“저…….”

“끌끌, 이리 마음이 약해서야…….”

“저, 사부님.”

“그래, 네 마음 안다. 그래도 이렇게 머뭇거려서는…….”

“…노자를 주셔야죠.”

“…….”

노자와 짐 보따리를 챙긴 뒤 경쾌한 발걸음으로 떠나가는 유수운의 뒷모습을 바라보던 진현우는 문득 한숨을 내쉬었다.

“신났구먼.”

지금 수운의 마음이 어떨지 짐작하는 진현우로서는 한숨이 절로 나올 수밖에 없었다.

그는 이제 고향으로 떠나갈 제자가 부딪칠 ‘현실’을 누구보다 잘 알고 있는 사람이었으니까.

그는 절명문의 후계자로 세상을 살아가는 일이 얼마나 힘든 일인지 잘 알고 있었다.

"네가 가는 길은… 인내의 끝을 봐야 하는 길이란다."

진현우는 자신도 모르게 중얼거린 뒤 한마디를 덧붙였다.

"미안하다. 너만은 제발 성공적으로 약해졌으면 좋겠구나."

험난한 세상으로 떠나는 제자에게 하기엔 뭔가 이상한 사부의 축원을 발걸음에 붙이고 절명문 칠대 장문인 유수운은 고향으로 향했다.

유수운이 사부의 곁을 떠나 집이 있는 강서성 쪽으로 향한 지도 어언 보름이 흘렀다.

말을 빌릴 생각은 아예 하지도 않았다.

그간 산에서 무공 연마―혹은 무위도식―만을 했던 수운에게 세상 구경은 즐거운 것이었으니.

그렇다고 마냥 미적거린 것은 아니었다.

사부를 따라나선 지 십 년이 지났다.

말이 좋아 십 년이지 강산이 변할 정도의 세월이니 젊은 그에게는 영원과도 같은 시간이었다.

이제 긴 세월이 지나 사문의 절기를 모두 아우르고 그리운 집으로, 따듯한 가족의 품으로 돌아가는 것이니 세상 구경을 한다 해도 적당한 이동 속도는 지키고 있었다.

"형이랑 누나들은 다 잘 있겠지?"

가벼운 발걸음을 이어가며 수운은 자신도 모르게 빙그레 웃었다.

어릴 때는 부모님과 형, 누나들이 보고 싶어 울기도 많이 울었었다.

'엄마야' 하고 울다가 사부님에게 머리통이 밥통이 될 때까지 두들겨 맞기도 많이 맞았다.

'딱' 하는 소리를 내며 머리를 울리던 사부의 주먹을 생각하며 유수운은 몸을 부르르 떨었다.

한 번 가족 생각이 나자 이제껏 느긋했던 발걸음이 조금 빨라졌다. 수운은 아예 만두와 육포를 사서 봇짐에 쟁여 넣고 관도를 두고 지름길인 산길로 노선을 변경했다.

"여기만 넘어서면… 집까지 얼마 남지도 않았구나."

유수운의 발걸음은 가볍기만 했고 곡조도 맞지 않는 콧노래가 절로 흥얼거려질 정도로 즐거운 기분이었다.

'가족들을 만난 다음에는 무얼 할까?'

지금 당장은 딱히 떠오르는 일이 없었다.

"뭐, 가서 좀 지나보면 떠오르겠지."

조용한 산길로 접어들고 집이 가까워질수록 이런 저런 생각이 많아지는 수운이었다.

사문의 일, 가족의 일, 자신의 일.

'날 미워할지도 모르겠구나' 하고 말하던 사부의 얼굴도 떠올랐다.

"으음."

수운은 발끝에 채이는 잔돌을 톡 차버리고는 뻐근한 목을 가볍게 풀어봤다.

'참는다는 게 그렇게 힘든 일일까?'

사부의 쓸데없는 걱정이라고 치부해 버릴 수도 있겠지만 한가닥 불안이 스며드는 것은 어쩔 수 없었다.

사부는 이렇게 말하곤 했다.

"참는 것은 힘든 일이 아니다. 그러나 네가 참고 있다는 걸 들키지 않는 것은 몹시 힘든 일이지. 그리고 네가 참고 있다는 걸 들키면 참는 일은 그 순간 몇 배로 힘들어질 거다. 결국 언젠가는 네가 참기 힘든 순간이 올 것이다.

곤란한 점은 참기 힘든 순간이 언제 올지 아무도 모른다는 것이지. 그 순간을 어떻게 보내느냐, 어떻게 판단하느냐… 그거, 쉽지 않단다."

지난 십 년간 귀에 못이 박이도록 들었던 말이지만 지금 생각하면 썩 공감 가지 않는 말이었다.
모르는 척 시침 떼고 사는 게 뭐 그리 힘들단 말인가? 오히려 즐겁지 않을까?
수운은 상상의 나래를 펼쳤다.

"크아악!"
"으악!"
정의의 편에 선 무인들이 악의 세력에게 일방적으로 내몰리고 있다.
"고향의 내 연인에게 안부를……."
"아앗! 고향에서부터 십 년째 같이 무공을 연마한 나의 절친한 친우가 심장 옆을 찔려 죽다니! 이 나쁜 무리들! 정의의 이름으로 너희를 용서할 수 없다!"
동료들의 죽음에 피눈물을 흘리면서도 물러서지 않고 악의 세력과 맞싸우는 정의의 무사들!
그러나 대세를 거스를 수는 없다. 진멸까지도 생각해 봐야 할 순간,
"멈춰랏!"
비장함을 강조하며 자신이 나선다.
물론 자신이 나서는 걸 보고 정의의 무사들이 놀라며 자신을 말린다.
"이, 이보게, 수운이, 자네의 정의로우며 하늘을 찌르는 그 용맹한 기상을 모르는 바는 아니나 자네에게는 무공이 없지 않은가. 저 비열하고 저열하며 악하기까지 한 악의 세력은 우리에게 맡기고 자네는 속히 몸을

빼게나."

그때 자신이 감춰뒀던 멸명마공을 펼치며 악의 세력으로 돌진해 들어간다.

탁!

"억!"

턱!

"끄아!"

스윽!

"캑! 크으! 우아아악!"

그야말로 일수일살(一手一殺), 일견일살(一見一殺), 때로는 일수십살까지도!

"오오오옷!"

"무림의 구성이다!"

사람들이 환호한다.

그리고 평소 자신을 우습게 보고 농락하던 하룻강아지—대략 정의의 세력 우두머리의 아들 정도로 정해놓았다—가 무릎을 꿇는다.

풀썩!

그리고 평소 자기의 눈이 썩은 동태와 같아 고인을 알아보지 못했다며 참회의 눈물을 흘린다.

바짓가랑이를 붙잡고 용서를 비는 하룻강아지를 적당히 다리 한두 개 분질러 버리는 정도로 용서하는 넉넉한 마음의 수운.

그 모습을 보던 숱한 미인들의 방심이 흔들린다.

너무 멋진 분이야!

그런 여인들을 날카로운 시선으로 제압하는 무림제일의 미녀가 있으니, 그 별호는 무림제일화.

그녀가 나서자 다른 미인들은 꼬리를 감춘다. 뭇 여인들을 제압한 무림제일화가 자신에게 다가와 속삭인다.

"무림을 구하셨으니 이 무림영패를 드리겠어요. 상으로 저도……."

"우히히하하하하카카카캇!"

망상 끝에 수운은 기괴한 웃음을 흘리며 몸을 배배 꼬았다.

'뭐… 이렇게 쉽진 않겠지만……'

혼자 실없는 상상을 하던 수운은 겸연쩍게 입맛을 다셨다.

그렇지만 충분히 가능성이 있었다. 비록 선대 문주들이 강호에서 사고(?)를 몇 번 치긴 했으나 고의로 그런 적은 한 번도 없었고, 무엇보다 강호에서 절명문을 아는 이들은 없다.

그러니 눈에 띄지 않게 생활하다 무림이 위험에 빠지는 결정적인 순간에 나서 분란을 해결하고, 마두를 쓰러뜨리고, 아리따운 처자와 은거하여 행복한 생활로 말년을 보내는 이 각본은 충분히 가능할지 모른다.

거기까지 생각하던 수운이 어깨를 으쓱거렸다.

"뭐… 걱정은 나중에 하자."

그때였다.

칭!

"병장기 소리?"

희미하지만 공기를 타고 오는 이 소리는 분명히 금속이 부딪치는 소리였다.

그는 잠시 고개를 갸웃거렸다.

험한 산길이긴 하지만 적어도 강서성 부근인 이곳은 치안이 괜찮은 편이었다.

비단 강서성만이 아니었다.

명조가 들어선 이래 나라는 비록 부침을 거듭하고 있었으나 강호가 정
마련으로 통합되면서 적어도 백주대낮에 녹림도들이 날뛰는 일은 드문
편이 아닌가?

'그리 생각하면 본 문의 역할도 나름대로……'

강호의 초거대 조직인 정마련의 결성은 월광사신(月光死神)이라는 희
대의 사신 때문이었다.

그가 일으킨 월광혈사 때문에 무림은 엄청난 피를 뿌려야 했고, 그를
당해낼 수가 없자 무림은 정, 사, 마를 막론하고 하나로 뭉쳤다.

목적은 단 하나, 월광사신을 죽인다는 것뿐이었다.

그러나 월광사신은 곧 종적을 감췄고, 당금 강호에 그 정체를 아는 자
는 아무도 없었다.

절명문의 제자들을 제외하고는.

'후유, 그분도 많이 놀라셨겠지.'

선대 조사들의 무림 활동을 떠올리며 잠시 우울해하던 수운의 귀에 금
속이 맞부딪치는 소리가 들려왔다.

채챙!

호기심에 귀에 멸명마공을 잔뜩 끌어올리자 또다시 험하게 병장기가
맞부딪치는 소리가 들려왔다.

"싸움인가?"

귀에 못이 박이도록 '시비에 휘말리지 말라'고 사부가 가르쳐 왔으나
유수운은 아직 한창 호기심이 왕성한 나이였다.

그는 잠시 망설이다가 결국 마음을 굳히고 병장기 소리가 나는 곳으로
조심스레 발걸음을 옮겼다.

수운은 곧바로 전장 쪽으로 향하고 있었다. 무림의 시비에는 될 수 있

는 대로 가까이하지 말라는 사부의 당부가 있긴 했지만 아직 젊은 데다 무림에 대한 한가닥 환상이 그를 소리가 나는 쪽으로 이끌고 있었다.

'무슨 일인지 확인만 하고 지나가면 되겠지.'

일 다경도 지나기 전에 그는 싸움터를 발견할 수 있었다.

"어라라?"

검은 복면을 한 두 명의 괴인이 두 명의 청년과 한 명의 여인을 몰아치고 있었다.

'아니, 저런 도둑놈들이 백주대낮에……'

주변을 돌아보자 바닥에는 큰 부상을 입었는지 한 젊은이가 쓰러져 숨을 몰아쉬고 있었다.

그 뒤에서는 다른 복면괴한 둘이 묵묵히 싸움을 바라보고만 있는 모양으로 봐서 지금 싸우고 있는 젊은이들이 어찌어찌 자신들을 몰아붙이는 괴한들을 이겨내도 그들에게서 벗어난다는 것은 불가능해 보였다.

아니, 그전에 지금 싸우고 있는 젊은이들이 복면괴한들을 이겨낸다는 자체가 망상일 듯했다.

수운의 눈으로 보기에도 복면괴한들은 세 명의 젊은이를 완연히 압도하고 있었다. 마치 고양이가 쥐새끼를 몰아붙이듯 차분히 공격하고 있는 것과 바닥에 쓰러져 있는 다른 청년들이 살아 있는 걸로 봐서는 죽일 생각은 없는 것 같았다. 그들이 죽이고자 했으면 싸움은 시작하기도 전에 끝이 났을 듯했다.

유수운은 눈이 어지러울 정도로 현란한 싸움을 주시하며 눈을 동그랗게 떴다.

눈이 어지러울 정도의 현란한 검식, 유려하고 사나운 몸놀림, 산이라도 깨부술 듯한 힘.

그는 이 중 어느 것과도 인연이 없는 것이다.

'쩝…….'

왠지 그들의 현란함이 부러워 내심 입맛을 다시던 수운이었지만 크게 상관하지는 않았다.

그는 천하에 적수가 없는—그래서 문제인—절명문의 칠대 장문인이었다. 사부 진현우가 해가 뜨기만 하면 수운에게 주입했던 말이 '네가 무공을 펼치면 다 억 하고 죽으니까 참을 만하면 참아봐라' 였다.

그러니 제법 날고 뛰며 싸우는 고수들이라 하더라도 그저 약간 배가 아플 뿐 아무 위협도 느낄 수가 없었다.

'날고 뛰어봐야 실전이면 한주먹에 끝날 싸움.'

이게 그의 속마음이었다.

어쨌거나 숨을 죽이고 부러움을 애써 달래가며 싸움을 관전하던 와중에 일방적인 싸움은 이미 끝을 향해 전진하고 있었다.

차차창—!

꽝!

굉음과 함께 삼 인 중 두 남녀가 칼을 늘어뜨린 채 허겁지겁 물러나는 모습이 보였다.

'저런!'

이미 저항할 힘을 잃은 두 남녀가 지켜보고 있던 다른 복면인에 의해 순식간에 제압당해 가는 광경을 보자 그는 내심 안타까운 비명을 질렀다.

홀로 남은 청년 혼자 안쓰러이 저항을 계속하고 있었으나 그 역시 금세 제압당할 것임은 분명했다.

'어쩔까?'

수운은 잠시 고민에 빠졌으나 결론은 금세 나왔다.

'무릇 위기에 빠진 자를 구하는 것이 영웅 된 도리!'

그는 주먹을 불끈 쥐어 보였다. 이것이 그가 써 나가는 영웅담의 첫머리가 되려는 순간 걱정 가득한 눈으로 자신을 바라보는 사부가 떠올랐다.

"시비에 휘말리지 말아라. 진정 위험한 상황이 아니면 무공을 꺼낼 생각도 말아라. 너 스스로 무공이 없다고 생각해라. 하물며 타인의 일이라면 백번 생각하고 끼어들어라. 판단하는 것은 어려우나 일을 벌이고 수습하는 것보다는 쉬우리라. 잊지 말거라. 선악의 구별은 쉽지가 않고 세상에 죽어 마땅한 사람도 흔치가 않은 것이다. 무릇 눈앞의 일만 보고 나아가 해결하려 한다면 본 문 무공의 성격상 더욱 엄청난 희생만 생길 수 있단다. 보고, 판단하고, 생각하고 또 생각하거라."

"음… 사부님, 근데 제가 끼어드는 게 아니라 누가 시비를 걸어오면 어떻게 해요?"

사부가 눈살을 찌푸렸다.

"시비거리 근처에는 가지도 말아야지."

"그러니까 만약에 시비에 휘말리면요?"

진현우가 태연히 말했다.

"도망가라니까."

"못 가면요?"

"빌면 되겠지."

"그래도 안 되면 어떻게 해요?"

사부는 끝까지 말꼬리를 잡는 맹랑한 어린 제자를 바라보다 피식 웃으며 그의 코를 잡아 비틀었다.

"그러면야 어쩔 수 없겠지."

빨개진 코를 움켜쥔 유수운이 눈물이 글썽한 눈으로 진현우를 올려다

보자 그는 유수운의 머리를 쓰다듬었다. 그리고는 조금 굳은 듯한 목소리로 말했다.

"하지만… 알고 있겠지? 손을 댄다……. 우리 일문에선 어정쩡한 징벌은 아예 내릴 수가 없다. 절명문의 문도가 손을 들 때에는 반드시 핏값을 받는 거야. 그 정도로 우리 일문의 힘은 너무 강렬하단다. 그러한즉, 도망가고 도망가는 거란다. 피하고 또 피하고, 계속 피하다 결국 외통수에 걸릴 때만이……."

그가 수운의 머리에 손을 올리며 강한 눈빛으로 제자를 바라보았다.

"절명문의 제자가 손을 드는 순간이란다."

피할 수 있으면 피하라.

수없이 반복하던 사부의 충고가 머리에서 맴돌았다.

'조금만…….'

망설이던 수운이 주먹을 풀었다.

'조금만 더 살펴보고 목숨이 위험하다 싶으면 그때 끼어들자.'

그가 흥분된 마음을 가라앉히며 다시 장내로 눈을 돌리는 순간 드디어 마지막 청년이 검을 놓치며 제압당했다.

"크윽!"

분한 듯 이빨을 악무는 청년이었으나 진정 역부족이었다. 흉험한 전투가 끝이 나자 괴한들은 쓰러져 있던 남녀 모두에게 다가가 한 명씩 꼼꼼히 점혈하기 시작했다.

"제압, 완료했습니다."

한 괴한이 공손히 뒤쪽에 서 있던 복면인 중 하나에게 머리를 숙이며 보고를 했다.

'저게 대장인가 보군.'

자신도 모르게 움켜쥔 주먹에서 흥건히 땀이 흘러나왔다. 저 두목의 행사에 따라 이곳의 운명이 뒤바뀌게 된다.

일반적인 무림인의 시각으로 보자면 상당히 건방지게 느껴지는 수운의 심사는 아랑곳없이 두목으로 보이는 복면인이 느긋한 걸음으로 쓰러져 있는 젊은이들에게 걸어가기 시작했다.

팔짱을 끼고 마지막까지 분투하던 청년 앞에 선 모습이 뭔가 대화를 시작하려는 듯한 모습이라 유수운은 급히 모든 주의를 청력에 집중했다.

그가 쌓은 공력으로는 간신히 말소리가 들릴 정도의 거리인 터라 고도의 집중력이 필요했다.

내공을 있는 대로 끌어올리고야 복면괴한의 비웃는 듯한 목소리가 가늘게 들려왔다.

"이제야 서로의 흉금을 털어놓고 대화하기에 적절한 모양새가 되지 않았나? 응?"

마지막까지 분전한 청년이 독한 눈으로 복면괴한을 노려보며 외쳤다.

"누구냐! 누구기에 감히 백주대낮에 우리를 암습한 것이냐?"

"암습? 누가 암습을 했다는 건가? 정당히 모습을 나타내고 정당히 싸웠잖은가. 이런 볕 좋은 오후에 말이야. 오히려 쪽수로 밀려고 했던 건 그쪽 나리들 아니신가?"

그 말에 일순 할 말이 없었는지 청년이 으드득 이를 갈아붙이는 순간 홍일점인 여인이 입을 열었다.

"흥, 앞에서 한 명이 나타나 주의를 빼앗고 배후를 찔러 선수를 친 주제에."

"그거야 자네들 다치게 하기 싫어서 취할 임시방편 정도로 생각하게나. 어쨌거나 자네들은 우리랑 같이 좀 가야겠어. 너무 염려 말게. 할 말이 좀 있을 뿐이니까. 싫어도 할 수 없고.”

대충 들어보니 목숨까지 위협하는 상황은 없을 듯했다. 실제로 복면괴
한들이 저 청년들을 해하려 했으면 자신이 이곳에 도착하기도 전에 모두
도륙되었을 것이다. 잠시지만 훔쳐서 본 괴한들의 무공은 그 정도로 대
단했다.

‘뭐, 들키기 전에 이쯤에서 물러서야겠지.’

사부의 가르침도 있고 절명문에서 대대로 내려오는 충고도 있다. 복면
을 했어도 사람을 함부로 죽이지 않는 걸 보니 아주 몹쓸 인간들은 아닌
것 같으니 끼어들 필요도 없었고, 십 년간 아침, 저녁으로 ‘사고 치지 말
거라’를 들어온 그에게 물러남은 당연한 일이었다.

스윽―

그가 조용히 몸을 돌려 물러나려고 할 때 그의 발길을 붙잡는 청년의
목소리가 들려왔다.

“할 말이라고? 네놈, 내 신분을 알고 있나 보군. 대체 뭘 노리는 거
지?”

“노리는 거야 많지. 넌 맡으면 안 될 일을 맡았으니까 당하지 않아도
될 일을 당하는 것뿐이지.”

복면인은 그렇게 말한 뒤 청년 쪽으로 슬쩍 몸을 숙였다. 목소리를 죽
였는지 뭐라고 하는지 잘 들리지가 않았다.

‘뭐야? 무슨 음모 같은 거라도 있는 거야?’

호기심에 유수운은 좀 더 내력을 돋운 채 자신도 모르게 한 걸음 앞으
로 나섰다.

딱―

그때 작은 잔가지가 유수운의 발에 밟혀 부러지며 맑은 소리를 냈고,

그 순간 뒤에 도열해 있던 삼 인의 복면인이 일제히 유수운이 있는 쪽으로 신형을 날렸다.

숨 한 번 들이쉬기도 전에 벌어진 일이었다.

복면인들의 손에는 어느새 흉한 빛을 흩뿌리는 장검이 들려 있었고, 공중에서 완벽히 합격진을 형성하며 유수운에게 쏘아 들어왔다.

"쥐새끼!"

"끄흭!"

너무 순간적으로 벌어진 일에 심장이 튀어나올 정도로 놀란 유수운은 공격이 그에게 닿기 직전 그에게 전해 내려온 유일한 구명신법인 절대부동(絕對不動)을 펼쳤다. 십 년을 하루같이 닦아온 신법이라 몸이 알아서 반응한 것이 다행한 일이었다.

절대부동은 소림의 '금강부동신법'에 그 뿌리를 두고 있으며 순식간에 상대방의 등 뒤로 돌아갈 수 있도록 만들어져 있었다.

삼대 절명문주가 경신술을 버릴 때 대부분의 장거리나 단거리를 위한 경신술은 모두 버렸으나 근접전과 호신에 필요한 단 하나의 신법이라 판단하여 후대에 남긴 것이다.

스슥—

유수운의 잔상이 복면인들의 공격을 고스란히 맞는 순간 공터 한구석에 그가 사람의 형상을 만들어내며 불쑥 튀어나왔다.

적어도 그렇게 보였다.

"금강부동?"

유수운의 신법을 본 우두머리 복면인이 놀랍다는 듯 중얼거렸다.

"금강부동이라……. 소림 문하인가?"

"아니, 그게, 저……."

그는 복면인의 질문에 대답도 제대로 못하고 주변을 두리번거렸다.

몸을 빼려다 갑작스런 상황을 당한 탓에 당황스런 마음이 아직 가라앉
지 않았다.

게다가 이 상황은 무엇인가?

기본적으로 공격자의 뒤를 점하는 절대부동의 특성상 현재 유수운은
아까 싸움터 쪽으로 튀어나와 복면인들에게 포위된 형상이 되어 있었다.

사부가 혀를 차는 소리가 귀에 들리는 듯했다.

'시비에 휘말리지 말고 정체도 드러내지 말며, 어지간하면 아예 나다
니지도 말아라' 라는 것이 사부의 가르침이었는데 지금은 그 가르침을 정
면으로 어긴 것이 되어버렸다.

'어쩔까?'

몸을 빼기로 마음먹었던 그가 이렇게 노출된 상태에서는 어떻게 해야
하나 궁리하기 시작했을 때 삼 인의 복면인은 검을 든 상태로 신중히 포
위망을 좁히고 있었다.

그만큼 조금 전 유수운이 보여준 신법 '절대부동' 은 결코 녹록해 보
이지 않았다.

"말이 없는 걸 보니 금강부동이 틀림없나 보군. 검조차 없으니 박투술
에 일가견이 있을 테고. 그렇군. 역시 소림인가? 소림이 틀림없겠어. 실
력은 출중해 보이는데 안됐군 그래. 이런 곳을 어슬렁거린 걸 보면 운도
어지간히 없는 모양이야. 지금 이 일은 사람들이 알면 안 되거든."

복면인은 유수운이 대답을 않자 스스로 결론을 내리고 곧 유수운의 운
명까지 결정을 내린 듯했다.

그러자 땅에 쓰러져 있던 청년이 유수운의 뒷모습에 대고 안타까운 듯
외쳤다.

"소협, 빨리 몸을 빼시……!"

그의 말과 거의 동시에 유수운 역시 단호히 입을 열고 있었다.

"누구에게도 말하지 않겠습니다!"

"…십시오! 응?"

"…응?"

쓰러져 있던 청년과 복면인 역시 동시에 황당하다는 듯한 신음성을 냈다. 그러거나 말거나 수운은 말을 이어갔다.

"전 이 일을 모르는 겁니다. 그러니 그냥 이대로 가면 안 될까요? 사실 지금도 그냥 가려고 했었거든요."

복면인이 유일하게 드러난 얼굴 부분, 즉 눈으로 어이없다는 표정을 내 보이며 고개를 흔들었다.

"지금 그걸 말이라고 하나?"

"소협, 그걸 말이라고 하시오!"

복면인과 쓰러져 있는 청년의 입에서 동시에 말이 튀어나왔고, 수운은 조금의 망설임도 없이 고개를 끄덕였다.

"물론입니다."

복면인은 한숨을 내쉬었고, 청년은 '무림 정의' 어쩌고를 떠들기 시작했다.

"후유! 이보게, 젊은이. 만에 하나 젊은이 말이 사실이라 치더라도 내 어릴 때부터 마음이 비뚤어져 축생이 아닌 사람을 믿지 못하는 나쁜 습관이 있다네. 그러니 누굴 탓하겠나. 자네는 그냥 부처님께 인사나 드리고 극락정토로 떠나게나."

"경고드립니다만… 많은 사람 다칠 결정 쉽게 내리지 마시지요."

그 말에 마주 서 있던 이가 헛웃음을 흘려냈다.

"허, 무작정 도망치려던 사람 입에서 나올 대사는 아니로군."

그렇게 말하며 그는 유수운의 뒤쪽에 포진해 있는 삼 인에게 눈짓을 보냈다.

스슥—

삼 인이 말없이 각자 점하고 있는 위치를 좁혀왔다.

'어쩔 수 없군.'

분위기가 삭막하게 돌아가자 유수운도 망설임을 버릴 수밖에 없었다.

후우—

그는 멸명마공을 극성으로 끌어올려 공격에 대비했다. 절명기가 충만해지며 그의 눈빛이 침착하게 가라앉으며 정순하게 빛났다.

"다시 한 번 말하지만 이쯤에서 접는 게 서로에게 이로운……."

"쥐새끼 주제에 말이 많군."

뒤에 있던 삼 인 중 한 명이 다가서며 말했다.

기척을 지우지도 않고 다가오며 말하는 그의 목소리엔 여유가 지나쳐 권태로움마저 스며 있었다.

유수운의 신법이 뛰어나 보이긴 했지만 자신들의 상대는 아니라고 생각한 것 같았다.

'확실히 그런 자신감을 가질 만도 하지만…….'

앞으로 나선 복면인은 특별한 긴장감도 없이 검을 치켜드는 듯했는데 그 순간 쭉 뻗어나간 검은 한 치의 오차도 없이 유수운의 심장 어림을 노리며 날아들었다.

칭—

검이 요동치며 울고 있었다.

아찔한 소리와 함께 다가오는 검은 기쾌했고, 멸명마공의 호심공으로 침착, 대담해진 유수운조차 순간 움찔할 만큼 요사한 구석이 있었다.

"흡!"

눈 한 번 깜박할 사이에 검이 바로 눈앞까지 도달하자 나름대로 만반의 준비를 갖추고 있던 수운이 다급한 숨을 들이켰다.

‘절대부동!’

파치칫—

간발의 차이였다.

다급히 펼친 절대부동이 괴한의 검을 떨쳐 내었고, 그 검은 헛되이 잔 상만을 갈랐다.

“훗.”

순간적으로 유수운의 행방을 놓쳤으나 복면인은 조금도 당황하지 않고 오히려 비웃는 듯 검의 방향을 틀었다. 그의 검이 이빨을 드러내며 허공 한곳을 짓이겨 갔다.

그곳은 정확히 유수운이 다시 실체화될 요처였다.

“크윽!”

설마 절대부동의 행적이 간파당할 줄 생각지 못한 수운은 간신히 몸을 틀어 심장으로 들어오던 검을 피해냈지만 검은 집요하게 따라붙어 어깨를 슬쩍 스쳐 갔다.

“밑천은 금강부동보 하나인가? 안 되지. 이미 한 번 보여준 보법으로 언제까지 피해볼 생각인가? 이럴 땐 다른 신법을 적절히 섞어 써야 하는 법이라네. 눈에 익으면 절세의 보법도 파해당할지 모르니까.”

관전하던 두목 복면인이 어깨를 부여잡고 당황해하는 수운을 바라보며 느긋하게 훈수를 두었다.

“…명심해 두겠습니다.”

“명심할 것까지는 없네. 어차피 극락으로 가면 무공이 무에 필요하단 말인가?”

수운은 어깨에서 손을 떼며 슬쩍 상처를 살폈다. 중하지는 않았지만 어깨의 옷이 날카롭게 베어 있었고 그 안에 혈흔이 비쳤다.

유수운은 슬며시 어깨를 움직여 보았다.

‘손해를 보긴 했지만… 이 정도면 다행이로군.’

다행히 피륙만 상한 듯했고, 이는 사부가 알려준 것에 어긋남이 없었다.

“멸명마공은 태생 자체가 호신과 적을 무탈하게 제압하는 데 그 묘용을 두었다. 게다가 멸명마공의 원류를 찾자면 정심박대하기로 유명한 소림이 그 뿌리. 멸명마공의 절명기는 그 자체로 심오한 호신기공이 된단다.”

“호신기공이요?”

“간단히 말하자면 말이다, 절명기만 두르고 있으면 어느 정도 맞아도 안 죽는다는 얘기지.”

사부의 말대로 심오한 절명기의 호신 능력이 절반, 상대가 절대부동의 행적을 완전히 파악하지 못한 게 절반이었다.

정확히 심장에 검이 틀어박혔다면…….

‘호신기공이고 뭐고 다 뚫려 버렸을지도.’

생각만 해도 소름이 돋았다. 그는 강호에 등장하지도 못한 채 이런 외진 산골에서 뼈를 묻을 뻔했던 것이다.

그러나 수운은 비록 놀라기는 했을지언정 몸을 떨지는 않았다. 천하제일문의 제자라고 십여 년 주입받은 교육 덕분에 이렇게 생각했을 따름이다.

‘강호는… 넓은 거로군. 감히 대절명문 칠대 문주인 나를 상대로 이 정도로 몰아붙이다니 말이야.’

“음…….”

싸움을 지켜보면서 내내 태연하던 복면인들의 눈길이 갑자기 찌푸려졌다.

놀라운 솜씨로 유수운의 어깨에 상처를 냈던 복면인이 더 이상 공격을 않고 가만히 서 있었기 때문이다.

"삼로, 시간은 그만 지체하고……."

우두머리 복면인의 말이 그쳤다.

털썩―

삼로라 불리운 복면인이 풀썩 무릎을 꿇고 가래 끓는 듯한 숨소리를 내기 시작했기 때문이다.

"히이이……."

그는 숨 쉬기가 힘겨운 듯 간신히 목으로 깔딱거리다 검까지 버리고 가슴을 움켜쥐었다.

"끄흐으… 무… 짓을……."

삼로는 부들부들 떨며 자꾸 떨어져 내리는 고개를 쳐들려는 듯 안간힘을 쓰고 있었다.

"후우……."

그의 반응을 무거운 마음으로 지켜보던 유수운이 침통한 표정으로 우두머리를 바라보았다.

사부가 전해주었던 이야기, 그리고 보여주었던 광경이 새롭게 머리에 스쳤기 때문이다.

"멸명마공을 익힌 뒤 절명기를 운용하고 있을 때 상대가 공격을 하면 그 반탄력만으로도 그는 죽음을 면치 못한다. 이는 권장뿐 아니라 도검을 아우르니 너는 어떠한 경우에도 멸명마공 자체를 일으키면 안 된다."

이미 알고 있었으나 복면인의 모습을 보니 새삼스레 멸명마공의 무서움을 깨달을 수 있었다.

자신의 손에 사람 하나가 저렇게 되었다.

절명기를 이룬 이후 사부가 구해온 동물을 통해 멸명마공에 당한 생물이 어떻게 되는지 알고는 있었지만 인간에게 직접 손을 쓴 것은 처음인 탓에 유수운은 복잡한 심경이 되어 있었다.

"이제 그만 하는 건 어떻겠습니까? 전 애초에 아무 상관도 없는 사람이잖습니까?"

그 말과 동시에 삼로의 고개가 푹 떨궈졌다.

"히이! 히이!"

그의 목에서 격한 숨소리가 흘러나왔다. 아직 숨을 거두지는 않은 것 같지만 저래서야 죽은 목숨이나 마찬가지다.

"……."

갑작스런 침묵이 공터를 타고 돌았다.

히이거리는 가쁜 숨소리와 멀리서 들리는 새소리만이 사람들의 귓전을 간지럽힐 뿐.

얼마나 지났을까? 긴장해서 길게 느껴지긴 했으나 몇 호흡 지나지 않았을지도 모른다.

침묵을 깨고 대장 격인 복면인이 무겁게 입을 열었다.

"갑자기 저런 증상이라면……. 독이냐? 소림 문하인 줄 알았는데 아니었나? 그러면 넌……."

"독은 아닙니다."

"독이 아니라……. 그러면 뭘까?"

"알려줄 의무는 없습니다만……."

"흐음……."

유수운의 말에 홀로 고개를 끄덕이던 우두머리가 왼손을 앞으로 내밀었다.

휘류우루루루!

얕은 바람 소리와 함께 그의 왼 손바닥이 붉게 물들어가기 시작했다.

그와 동시에 숨을 죽인 채 급박하게 돌아가던 장내 상황을 주시하던 청년이 짤막한 비명을 내뱉었다.

"그건 홍류마장! 탁살장 마우?"

우두머리가 잠시 청년을 바라보다 다시 고개를 돌렸다.

"여하간 네가 반드시 죽어야 할 이유가 방금 하나 더 생겼구나. 아아, 억울한 표정 짓지 말거라. 어차피 넌 죽을 목숨이었으니. 게다가 그만 합시다? 허허, 한가닥 믿는 구석이 있다고 해서 그런 건방진 말을 내뱉으면 안 되는 거였다. 강호에서 그런 만용을 부리면 어떻게 되는지 똑똑히 알려주마."

내색하지는 않았으나 수하가 쓰러진 것이 몹시 못마땅했던지 탁살장이라 불리운 복면인은 이를 부득 갈아붙이며 한 걸음 앞으로 나섰다.

뒤쪽의 두 복면인도 일제히 한 걸음 앞으로 나서 유수운을 견제하며 혹시 있을지도 모르는 도주행을 막았다.

"받아보거라."

탁살장이 절대적 자신감을 품은 목소리로 그렇게 말한 뒤 고개를 갸웃거리다 한마디를 더 보탰다.

"받을 수 있다면 말이지만."

그 말의 울림이 끝나기도 전에 탁살장 마우의 신형이 빛처럼 쏘아져 왔다.

파라라락!

'빠, 빠르……'

그 쾌속함에 수운은 처음으로 가슴이 서늘해졌다. 이번엔 절대부동을 시전할 틈도 없었다.

뿌득.

수운은 이를 앙다문 후 절명기로 몸을 보호하며 되는대로 손을 휘저었다.

쿠앙!

벼락과도 같은 일격!

둔탁한 폭음과 함께 유수운이 삼 장이나 뒤로 굴러갔다. 머리는 산발이 되어 있었고 입가에서 한줄기 선혈을 흘리는 품이 엄청난 충격을 받은 듯했다.

'뭐, 뭐야, 이건? 왜 하늘이 보이지?'

그는 반쯤 누운 상태로 하늘을 올려보다 그대로 핏덩이를 내뱉으며 자신에게 일장을 가한 탁살장을 바라보았다.

'멸명마공으로… 막은 것 같았는데…….'

일신 공력을 있는 대로 끌어올린 상태로 대비했는데도 자신을 공격한 상대의 손끝조차 잡아내지 못했다.

"으윽……!"

충격으로 혼란해진 머리를 흔들며 수운은 '끄응' 소리를 내면서 머리를 들어 탁살장 마우를 바라보았다.

"호오, 그래도 맷집은 제법 쓸 만한가 보구나. 내 일장을 견뎌내다니."

"그보다 강하군요, 당신."

복면인은 장하다는 듯 고개를 끄덕여 보이더니 스산한 목소리로 유수운의 운명을 예고했다.

"그래도 이제 갈 때가 되지 않았나? 내 손수 보내주는 것이니 저승 가서도 섭섭하진 않을 게야."

"그거 내가 할 말 같은데……."

그의 좌장이 더욱 붉어졌다.

"까불지 말고 이만 죽어라!"

휘류우루루루!

눈매를 잔인하게 굳힌 채 다가오는 그의 손에 맺힌 붉은 기가 요동을 쳤다.

그리고,

"…응?"

문득 그의 발걸음이 멎었다.

"이게……?"

그의 손에서 요사스럽게 뛰어놀던 붉은 기가 한순간에 사라졌다. 탁살장은 그저 멍하니 선 채 수운을 바라볼 따름이었다.

"흐으… 읍……."

풀썩!

탁살장의 두 무릎이 꺾였다.

"흐으… 어, 언제… 흐으……."

그는 꺾인 무릎을 일으켜 세우려 안간힘을 쓰면서 자신이 언제 무슨 수법으로 이렇게 당한 것인지를 확인하고 싶어했다.

그러나 유수운은 그 말에 답할 생각이 없는 듯 그저 가만히 몸을 일으긴 뒤 서서히 의식을 잃어가는 탁살상을 바라볼 따름이었다.

그러다,

"것 보라니까. 내가 할 말이라고, 그거."

그렇게만 말하고 입가에 묻은 피를 닦아낸 유수운은 아직도 현재의 상황을 이해하지 못한 채 멍하니 자신을 바라보고 있는 두 명의 복면인을 바라보았다.

피하려고 할 만큼 해보았다.

‘하지만 계속 몰아세웠다.’

도망치려고 해봤다.

‘먼저 내 목숨을 노렸다.’

그는 진탕되어 있던 몸속이 어느 정도 가라앉았다는 것을 확인한 뒤 결의를 다져야 했다.

이제 서로 웃으며 손을 흔들고 헤어질 때는 지났다.

알고 있었지만 두 사람의 목숨을 거둔 뒤에야 그 말의 무게가 실감이 되었다. 유수운은 새로운 마음으로 멸명마공을 끌어올리며 복면인들을 노려보았다.

“와라.”

복면인들은 두 팔을 엉거주춤하게 들어 자세를 취한 유수운을 보며 혼란에 빠져 있었다.

저 엉성한 자세, 느껴지는 내공의 수위. 어느 것 하나 특별한 것이 없었다. 그럼에도 동료와 탁살장 마우가 쓰러져 바닥을 뒹굴고 있는 것이다.

복면인들은 서로 눈빛을 주고받더니 침중히 자세를 잡았다.

왼쪽에 위치한 복면인이 서서히 돌아들어 유수운의 뒤쪽을 선점할 때까지도 유수운은 미동도 않고 정면의 복면인만 바라보고 있었다.

싸움터에는 갑작스레 찾아든 침묵만이 공간을 지배했다.

새소리도 풀벌레 소리도 짙은 살기에 질식이라도 한 듯 스러져 있었고, 바람도 자리를 비켜가는 듯했다.

오직 쓰러진 복면인 두 명이 불규칙하게 들이쉬고 내쉬는 숨소리만이 이 장소에 사람이 존재한다는 것을 상기시켜 줄 따름이다.

정면에 위치한 복면인의 검이 뭔가에 눌리기라도 한 듯 아래쪽으로 무겁게 가라앉았다.

유수운은 검을 바라보지 않았다.

어차피 그가 펼칠 검식, 알아볼 수도 없고 파훼할 수도 없다는 건 누구보다 자신이 가장 잘 알고 있었다. 삼로라 불리운 검객의 기이한 검격은 구명절초인 절대부동을 파악하고 어깨에 그 흔적을 남겼고, 탁살장 마우의 공격에는 아예 반응 자체를 하지 못했다.

자신의 앞뒤에 늘어서서 가공할 경력을 흩뿌리고 있는 둘의 무위는 절대 그들보다 떨어지지 않았으므로 유수운이 할 수 있는 일은 없었다.

사부가 설하던 경전의 내용이 떠올랐다.

무아에 놀기 때문에 나 아님이 없고, 나 아님이 없기 때문에 섭수(攝受:돌보고 보호함)하지 않음이 없다.

'최대한 몸을 굳히고 공격을 받는다.'

지금으로서는 그 방법밖에 없었다.

복면인들의 가늘어지는 숨소리만이 시간의 흐름을 알려주고 있었다. 어느 정도 시간이 흘렀는지 한계까지 집중력을 올린 유수운은 알지 못했다. 흘러내리는 땀 한 방울이 왼쪽 눈가를 스쳐 지나갔고, 그는 본능적으로 눈을 꿈틀거렸다.

깜박.

찰나였다.

그러나 그 순간 정면의 복면인이 움직였다. 그의 검은 처음 겨뤄본 복면인의 검과 같았다.

웅웅웅!

요요로웠고, 격했으며, 사랑스러웠다.

마음이 동한다.

쿠와아앗!

동시에 뒤에서 머리털이 곤두설 정도의 경력이 밀어닥쳤다.

“지금!”

마음을 냄과 동시에 몸이 움직여 절명문 유일의 구명절초 절대부동이 환상처럼 펼쳐졌다.

스컥!

“큭!”

절명기로 가득 찬 그의 등을 적의 검이 깊게 훑어 살점을 갈라냄과 동시에 유수운의 신형이 훅 꺼졌고, 거의 동시에 그의 신형이 등을 공격한 복면인의 배후도 홀연히 떨어져 내렸다.

쓰촹!

정면에서 다가오던 복면인의 검이 기다렸다는 듯 그가 떨어져 내린 자리를 훑었다.

슛!

있는 힘껏 뒤로 몸을 날리는 순간 검이 심장 부근의 피부를 갈라내며 스쳐 지나갔다.

복면인들은 뒤로 허둥지둥 물러서는 유수운을 몰아치지 않고 냉철한 표정으로 관찰하고 있었다.

서두르지 않는다고 그들은 내심 그렇게 생각하는 듯했다. 앞서 두 명이 쓰러진 과정이 불분명하다. 암기가, 혹은 암격이 있을 테니 섣불리 몰아치는 우를 범하지는 않겠다는 생각이 틀림없었다.

그들은 상의가 피로 물들어가는 유수운을 바라보며 다시 합격진 형태로 천천히 움직이기 시작했다. 암수만 조심하면 충분히 상대할 수 있다. 그들은 그렇게 판단했다.

“제길…….”

긴장된 상황에서 유수운이 고통으로 얼굴을 찌푸리며 상처 부위를 손으로 눌렀다.

"집으로 가다 말고 이게 무슨……."

신중하게 다가서는 복면 이인조는 안중에도 없는 듯한 태도였다.

"애송이, 뭘 숨겨놨는지 모르겠지만 아주 간이 배 밖으로 나왔구나. 곧 그 때깔을 확인해 주마."

"맘대로 해요."

"어린 놈이 심기를 흐트러뜨리는 솜씨가 제법이구나."

마지막 비아냥에 대꾸 않고 등 부위의 상처를 쓰다듬으며 빼꼼히 고개를 돌리는 엄청난 빈틈을 드러내자 그 틈을 놓치지 않고 복면인들이 일제히 유수운에게 몸을 날렸다.

털썩!

털퍼덕!

검이 사람 몸에 꽂히는 소리가 아니었다.

피와 살로 이루어진 무언가가 땅에 틀어박히는 소리였다.

"하아, 그러게 내가 그냥 가랄 때 갔으면……."

수운은 바닥에 그 기세 그대로 땅에 처박힌 두 복면인을 돌아보며 고개를 내저었다.

"어… 떻……?"

그들은 믿을 수 없다는 듯, 아니, 인정할 수 없다는 듯 안간힘을 써서 일어서려 했지만 곧 몸을 땅에 뉘였고, 다른 복면인들과 마찬가지로 거친 숨을 몰아쉬며 혼절해 갔다.

"후유!"

그들을 바라보며 유수운은 깊게 한숨을 내쉬었다.

다행히 작전대로 최소한의 상처를 입고 적들을 상해할 수 있었지만 다시는 겪고 싶지 않은 경험이었다.

마지막 일검이 조금만 깊었다면, 복면인이 유수운의 암격에 겁을 먹고 있지 않았다면 그 검은 지금쯤 그의 심장 어림에 틀어박혔을 것이고, 절명기가 그 검을 밀어내지 못했을 수도 있지 않을까?

'죽었을지도…….'

결국 쓰러진 것은 복면인들이지만 천하제일문의 후예치고는 그리 뛰어날 것 없는 승부라는 생각이 들었다.

"쳇, 결국 사부님 말을 안 들은 벌이겠지."

사부의 얼굴이 떠올랐다. '그러게 시비에 휘말리지 말라고 하지 않았느냐 말이다' 라고 끌끌거리는 모습이 눈에 선했다.

'그래도 강호행은 해야 한다고 말씀하셨잖습니까, 사부님.'

뭔가 모순되는 지침을 내린 사부에게 원망을 돌린 그는 눈살을 찌푸리며 피에 젖은 옷과 손을 바라보다 다시 한숨을 내쉬었다. 곧 집에 도착해야 하는데 이런 상처를 입었으니 어쩌란 말인가.

'아무래도… 검 정도는 가지고 다니는 게 좋지 않을까?'

그들의 공격을 맨몸이 아닌 검으로 막았다면 상처 입을 일도 없었으리라.

하지만 그것은 사문의 정신에 정면으로 위배되는 일이 된다. 검을 가지고 다니면 시비에 휘말리기 쉬우며 인명 살상에 대한 위험도가 더욱 크게 되는 것이다.

실제로 오늘 검을 들고 있었다면 훨씬 간단하게 협객행의 유혹에 빠져들었을 것이다.

'앞으론 좀 더 신중하게 행동해야 할 텐데 검은 무슨.'

그렇게 생각하며 다시 길을 가려 할 때였다.

"감사합니다, 소협."

까마득히 잊고 있던 청년의 목소리가 들려오자 수운은 퍼뜩 상념에서 깨어났다. 그러고 보니 아직 일이 완전히 마무리가 된 것은 아니다.

"그게 그러니까… 음… 몸은 다들 괜찮으시죠?"

유수운은 그들에게 얼굴을 보이지 않으려 반쯤 몸을 튼 상태에서 말을 붙였다.

다행이라면 다행이지만 싸움도 그들을 등진 채로 한 탓에 운신을 못하고 땅에 쓰러져 있던 젊은이들은 자신의 얼굴을 제대로 보지 못했을 것이다.

제압당해 있는 다섯 명 중 삼 인은 정신을 아예 잃고 있었고 일남 일녀만이 그래도 정신을 잃지 않고 있는 상황이니 얼굴이 알려졌을 확률은 매우 적었다.

"다들 큰 부상은 없지만 지혈이 완전치 않은 상태에서 그들에게 혈을 잡혀서……."

말끝을 미묘하게 흐리는 청년의 말은 완곡했지만 분명 해혈을 바라는 듯한 어투였다. 어려움이 닥쳤지만 자존심은 굽히지 않으며, 오로지 상대의 선의에 떳떳하게 몸을 맡기겠다는 듯한 어법이어서 정통 강호인이라면 흔쾌히 도움을 주었겠지만 안타깝게도 상대는 유수운이었다.

그는 해혈 방법을 몰랐다.

심오하고 어려운 내공 심법을 배운 사가 점혈법조차 모른다면 말도 안 되겠지만 절명문의 특성을 생각해 보면 말이 안 될 것까진 없었다.

수운 역시 어느 날 사부에게 '왜 실제로 점혈을 배우지 않습니까?'라는 소박한 질문을 한 일이 있었다.

잠시 인상을 쓰던 진현우는 다음과 같이 대답했다.

"자, 점혈을 할 줄 안다 치고 네가 길을 가다가 악적들을 만났다."

“네.”

“점혈이 필요하냐?”

“…….”

필요없었다. 점혈이고 나발이고 약간의 절명기라도 흘려 넣으면 다 죽는 판에 무슨 점혈법이 필요하단 말인가.

“하지만… 점혈을 모르면 해혈법도…….”

“흠.”

사부가 곤혹스런 얼굴로 턱을 괸 뒤에 제자를 바라보았다.

“자, 해혈을 할 줄 안다 치고 길을 가다가 점혈당한 사람들을 만났다.”

“네.”

“해혈해 볼래?”

“…….”

할 수가 없었다. 해혈이고 나발이고 약간의 절명기라도 흘려 넣으면 다 죽는 판에 무슨 해혈이란 말인가?

“그래도 배울래?”

당연히 수운은 배우지 않았다.

심법 주해 덕에 인체에 존재하는 모든 혈과 그 작용에 대해서는 자세히 알고 있었지만 단 한 번도 점혈 연습을 해본 적은 없었다.

수운은 자신을 바라보며 해혈을 바라고 있을 그들의 표정을 상상한 뒤 어렵게 입을 열었다.

“그게… 죄송하지만 전 해혈 방법을 모릅니다.”

“…….”

그의 특이한 내력을 짐작할 수 없는 청년은 유수운의 뚱딴지 같은 말에 담긴 속뜻을 알아내기 위해 영민한 머리를 맹렬히 굴려야 했다.

그의 상식으로 봐서 탁살장을 포함한 네 명의 고수를 이처럼 단시간에 격살한 고수가 해혈법을 모른다는 건 결코 있을 수 없는 일이었다.

그렇다면 해혈을 해주기 싫다는 건데, 그 이유는?

우리를 해혈하면 안 되는 아주 중요한 무슨 이유라도 있는 건가?

우리에게 해를 끼치려고?

혹시 사매의 얼굴을 보고 음심을?

그의 추리가 꼬리에 꼬리를 물고 수없이 가짓수를 쳐내고 있는 동안 장내에는 불편한 침묵이 흘렀다.

청년도 유수운도 그 이상 무슨 대화를 어떻게 이어나가야 할지 당황해하고 있을 때 한 여인의 목소리가 들려왔다.

“그게 무슨 헛소리예요!”

“…예?”

“말이 돼요? 저 사람, 탁살장 마우라며? 탁살장 마우에다 우리를 쥐 잡듯 잡은 저 흉한들을 싸그리 쓸어버린 사람이 해혈 방법을 모른다고요? 왜? 차라리 파리가 새라고 우겨보시지요?”

“사, 사매, 은인께 그 무슨…….”

“은인이고 나발이고 저 사람, 맨 처음엔 도망가려다 걸려서 어쩔 수 없이 싸운 거잖아요! 거기다 우리가 무슨 어려운 얘기 했어요? 무림동도끼리, 응, 이런 경우엔 당연히 해혈해 주는 게 도리잖아요. 뭐 어려운 일이라고!”

‘도망가다 걸려서 어쩔 수 없이’ 라는 문장이 수운의 가슴 깊숙이 틀어박혔다.

“소, 소저, 도망가다 걸려서는 아니고…….”

“그러면요?”

“저는 원래 그냥 길 가던 길손…….”

"헤에? 결국 그냥 길 가다 걸려서 도망치려고 했던 거 아녜요?"

'크흑, 뭐라 반박할 말이 없으니 진짜 아프구나.'

여자의 말에 잠시 말을 더듬던 수운이 간신히 정신을 차리고는 조심스레 변명을 시도했다.

"아니, 저… 소저, 그게요……."

"됐어요."

"……."

난감한 침묵이 흐르자 젊은 사내가 끼어들었다.

"소협, 뭔가 사정이 있으신 듯하니 더 이상의 폐는 끼치지 않겠습니다. 일단 지혈이라도 해주실 수 있겠습니까? 그리고 해혈법을 모르신다면 인근 마을에서 의원과 사람들을 불러 저희를 옮겨주시면 정말 고맙겠습니다."

"네에… 저… 그게……."

"뭐가 또 그거예요? 그것도 못해줘요?"

'아니, 씨발! 누구 때문에 집에 가다 죽을 뻔했는데 말투가 저따위야?' 라고 쏘아붙일 용기는 없는 유수운이니 그저 속으로 심하게 투덜거릴 뿐이었다.

'여자가 뭐 저래?' 라거나 '분명히 얼굴도 호박일 거야. 그러니까 성질도 더럽지' 라는 흔한 곁가지를 붙여 투덜거려 봤지만 이상하게도 주눅만 들었다.

아무튼 유수운은 여인의 목소리에 주눅이 들었지만 머리를 긁적이며 뭐라고 한마디는 해야 했다.

젊은 청년의 요구 조건은 나름대로 합리적이다. 유수운이 자기 정체를 되도록 노출시키지 말아야 할 상황만 아니었다면 말이다.

"그게 좀……."

수운이 말을 더듬자 청년이 다시 한 번 은근히 말을 이어갔다.

"아, 혹시 인사가 늦어 노여우셨다면 화를 푸십시오. 저희는 정마련 소속의 무인들이고 저는 이후성이라고 합니다. 강호의 친구들이 등천검이라 부르고 있습니다. 저쪽은 제 사매로 설향검 오유란이라고 하지요. 소협, 도와주신 것에 대한 보은은 결코 잊지 않을 것입니다. 정마련은 그게 무엇이든 잊지 않습니다."

청년의 말은 직설적인 여인의 말보다 한 단계 위의 정치적 발언이었다.

마치 그가 뭔가 보답을 바라고 있다고 생각하는 말투인데다 '지금 안 도와주면 나중에 재미없어' 라는 은근한 협박까지 담겨 있었다.

'뭐야, 이게 사부에게 배운 무림인의 예의 바른 협박인가?'

그런 생각을 떠올리며 투덜거리던 그의 얼굴 표정이 변했다.

'에에, 어디라고?'

그는 청년이 자신에게 했던 유려한 협박문을 되새겨 보다 얼굴이 와락 일그러졌다.

'정마련?'

유수운은 급히 몸을 완전히 돌렸다.

'아니, 여기서 정마련이 왜 튀어나와?'

그는 당황하고 있었다.

어찌 어찌 해서 위기에 빠진 사람들을 구한 것까지는 좋았다고 할 수 있겠지만 왜 하필 구한 사람들이 정마련에 속한 무인들이란 말인가?

정마련에 관련해서 사부의 지침은 단 하나였다.

"정마련은 우리 때문에 생겨났단다. 그러니까 혹시 시비가 생겨도 정마련과 생기면 너는 무조건 땅에 고개를 처박고 빌어라. 혹시 친해질 거 같은 사람이 생겨나면 그 즉시 그 땅을 벗어나라. 간단히 말하자면 애초에 만나지도 말아라. 정마련 사람과는 어떤 인연도 생각할 수 없다. 이건 권고 사항이 아니라 명령이다."

무척이나 쉽고 단순한 지침이었다.

이건 세상으로 나오자마자 사부가 하지 말라는 일은 전부 해버린 셈이 돼버린 것이다.

이미 저질러 버린 일은 어쩔 수 없지만 지금부터라도 정마련과 연관되는 일만은 막아야 했다.

살기 애매하게 웃으시던 사부의 얼굴이 떠올랐기 때문이다. 어기면 어떻게 되느냐고 묻자 사부는 자신을 지그시 노려보며 말했었다.

"나한테 걸리면 넌 그 순간 죽었다고 보면 된다."

사부는 인자했고 자신을 진심으로 걱정해 주신 분이지만 매를 아끼는 인물은 절대 아니었다.

"소협?"

이후성은 뒷모습을 보인 상태에서 자신들을 구해준 젊은 청년이 몸을 부르르 떠는 것을 보고 말을 걸었다.

"정마련… 소속이셨어요?"

"아, 그렇습니다."

"훌륭한 곳 소속이시군요."

"아하하, 그렇지요."

수운은 거기까지만 말한 뒤 호흡을 가다듬었다. 이 상황에서 취할 수 있는 행동은 단 하나뿐이었다.

“아하하하, 그럼 소인은 이만.”
“네?”
후닥닥!
그는 꽁지가 빠져라 도망치기 시작했다.
“…….”
“…….”
남겨진 자들의 허탈함만이 조용히 공터에 내려앉았다.

◆ 第四章 ◆
유수운, 가족의 주먹을 느끼다

유수운, 가족의 주먹을 느끼다

"으그그그……."

수운은 등 어림에 길죽하게 난 자상에 약을 붙이며 작게 앓는 소리를 냈다.

자기도 모르게 눈물이 돌 정도로 아팠다.

간신히 상처를 제대로 싸맨 수운은 조심스레 어깨를 움직여 보았다. 뻐근한 느낌이 있긴 했지만 움직이는 데 큰 지장은 없었다.

"후유……."

답답했다.

집까지 얼마 남지는 않았으나 상처를 치료하지 않고는 움직일 수가 없는 일이다. 만약 자신이 상처 입은 몸으로 집으로 간다면……. 무슨 일이 벌어질지 눈에 선했다.

"음, 우선 어머니가 기절하실 테고… 형이 몽둥이 들고 일단 뛰어나가고 볼 테고… 아버지는 맞고 들어왔다고 한 대 더 때리실지도 모르고…

누나들은… 시집갔으니 집에 없겠지?”

잠시 키득거리던 수운은 조심스레 자리에 누웠다.

사흘 전, 그 격전만 아니었다면 이런 상처도 입지 않았을 테고 벌써 집에 도착해서 그리운 가족들과 해후하고 있을 터였다.

객잔에 필요없는 돈을 바쳐 가며 묵지 않아도 되었고, 사부가 헤어짐을 아쉬워하며 내준 질 좋은 옷 한 벌이 걸레가 되지 않아도 되었을 터였다.

무엇보다 사람을 죽이지 않아도 되었을 것이다.

“잘못한 걸까……?”

그는 자신의 손을 바라보았다.

첫 실전에 첫 살인까지 겪었다.

그것이 비록 악인이었고 어쩔 수 없는 상황이었다 해도 마음이 썩 편치는 않았다. 사람을 해쳤으나 크게 죄책감이 들지 않는다는 것도 또한 심란했다.

따지고 보면 자신은 그저 일방적으로 맞은 것뿐이니 크게 죄책감을 느낄 일도 없었다. 하지만 수운은 멸명마공을 사용했고, 그들이 분명히 죽을 거라는 것도 알고 있었다.

‘크게 떨리지가 않아.’

유수운은 상상 속에서 자신이 최초의 살인을 저지르면 어떤 기분일까를 몇 번이고 몇십 번이고 상상해 보았다. 이처럼 아무 느낌이 없을 줄은 단 한 번도 상상해 보지 못했다.

자신은 생각했던 것보다 흉악한 인간일까?

‘아냐. 후회하지는 말자. 악인을 징치하고 사람들을 구해냈잖아?’

그는 자신의 가슴을 채우고 있는 후회를 애써 밀어냈다.

‘얻은 것도 컸고.’

일말의 후회가 일기는 했지만 자부심과 자신감을 얻는 것 역시 부인하지 못할 일이었다.

자신은 확실히 강했고, 사부님의 말 역시 모두 사실이었다.

제대로 된 공격 한 번 하지 못했고, 일방적으로 몰리긴 했지만 최후에 서 있는 건 자신이었으니까.

'정체를 숨긴 절세고수로 살아가며 유사시에 등장해 마두를 물리친다……. 이거 될 것도 같아.'

그는 자신도 모르게 쿡쿡거리며 웃었다.

그 공터에서의 일전은 미래에 대한 막연한 두려움까지 송두리째 사라지게 만들었다. 겨우 사성의 멸명마공이 이 정도이니 팔성에 다다르면 당대에 상대할 자가 없으리라.

그렇지만…….

'역시 이 이상 수련하면 안 되겠지?

자신이 사성의 경지에 도달했을 때 사부는 담담하게 충고해 주셨다.

"축하한다. 하지만 잊지 말거라. 지금 너 정도의 경지가 딱 좋다. 너무 약하지도 너무 강하지도 않은 상태니까. 지금 너의 경지나 쌓여 있는 내력으로는 상대의 권장이나 병장기, 그 어떤 공격이라도 완전히 막아낼 수 없다. 당연히 상처를 빚겠지. 상대방의 이픔을 안다는 것은 중요하고, 헛된 자만으로 싸움을 한다면 너 자신의 목숨이 위태로울 수도 있을 거다. 그러니 그 정도가 딱 좋은 것이다. 앞으로는 수련에 너무 몰두하지 말거라."

사부의 가르침이었지만 그다지 공감이 가지는 않았는데 지금은 그 말 뜻을 알 수 있었다.

힘이 있으면 써보고 싶은 것이 사람의 마음이다.

멸명마공의 경지가 좀 더 높아 자신이 상처받을 일이 없었거나 하다못해 검이라도 들고 있었으면 좀 더 쉬이 복면인들의 행사에 개입했을지 모른다.

쉽게 뛰어든 일에는 쉽게 마가 낀다.

시비가 잦아질수록 정체가 노출될 일은 많아지고, 자칫 선대 조사들처럼 무림에 혈풍을 몰고 올 수도 있다. 그는 사부가 정체를 노출시키지 말라는 뜻이 무엇인지 모르지 않았다.

유수운은 지극히 보통 사람일 뿐 바보가 아니었다.

"그러고 보니… 그 아가씨, 입 참 험했지."

그는 자신에게 험담을 하던 여자의 목소리를 떠올리고 키득거렸다.

죽은 자는 말이 없을 테니 논외로 치고, 그들은 자신의 얼굴을 보지 못했을 것이다.

게다가 나름대로 열심히 도망 와서 조용히 이 객잔 저 객잔 바꿔가며 움직였으니 훗날 자신을 찾으려 해도 불가능할 것이다.

"뭐, 해혈을 못해준 건 미안하지만 지금쯤 잘 쉬고 있겠지."

수운의 짐작과는 달리 이후성은 편히 쉬고 있지 못했다.

"머리가 아프군."

그는 자신들을 습격한 자의 신원이 탁살장 마우라는 것을 뒤늦게 깨어난 둘에게 알리지 않았고, 사매 오유란에게도 말하지 말라며 주의를 주었다.

상부의 판단이 내려올 때까지는 동료들이 알아서 좋을 것이 없었기 때문이다.

다행히 동료 두 명은 상처와 내상이 얕지 않아 자기 방에서 조용히 상처를 치료하고 있었기에 당분간 그들의 이목을 가리기에는 별다른 문제가 없었다.

‘그나저나 어디에서 새어나간 것일까?’

이 일을 맡은 것도 자신뿐이고 알고 있는 것도 자신뿐이었다.

다른 친구들은 이 일을 평소에 흔히 있는 ‘감사대’ 의 일반 감찰 겸 유람이라고 생각하고 있을 뿐이었다. 그들이 알고 있는 목적지와 자신의 목적지는 완전히 달랐다.

인원 구성 역시 즉흥적이었다.

원래는 친우 설우준 한 명만 대동하고 떠나려 했었는데 감사대에 일이 없어 심심하다던 사매인 유란이 기회를 놓치지 않고 냉큼 끼어들었고, 사매에게 은근히 관심을 보이던 같은 감사대의 남궁정후가 다시 동행을 요청했고…….

이렇게 사람이 사람을 불러 네 명이 떠나게 된 것뿐이다.

대외적으로 그들은 아주 사소한 감사를 하기 위해 떠나간 젊은 무인들일 뿐이다.

그런데 그 이름이 가볍지 않은 탁살장 마우가 자신들을 암습했고, 자신들을 제압한 뒤 귀에 대고 속삭일 때 청혈교를 입에 담았다.

‘그는 알고 있었다. 즉, 청혈교도 내 임무를 알고 있었다는 얘기가 되는데……. 그들이 알 수 있었을 리가 없을 텐데…….’

자신이 임무를 승낙할 때 그 밤의 기억을 아무리 되짚어봐도 다른 이들이 끼어들 틈은 없었다.

“역시 추령 장로의 함정이었을까?”

그는 정마련 마맹의 추령 장로가 자신에게 일을 맡기던 그 밤을 떠올렸다.

그것은 자신들이 정마련을 떠나기 닷새 전의 일이었다.

“하하하!”

“장로님, 생신을 축하드립니다.”

“아이구, 늙어가는 노인네한테 한 살 더 먹은 걸 축하하다니… 고약하네그려.”

그날은 청혈교 대표로 정마련에 상주하고 있는 혈마옥장 추령의 생일 잔칫날이었다. 그 잔치에는 마맹과 정련의 고위 간부는 물론 젊은 무인들도 대거 초대되어 있었다.

정마련 내에서는 정, 마, 사의 구분이 없다고는 했지만 모두들 자기가 실제로 속해 있는 보이지 않는 선에 있었기에 흔치 않은 일이었다.

“높은 양반들이 많이도 왔군.”

꿀꺽꿀꺽!

“크어! 좋네, 좋아! 역시 추령 장로 정도 되니까 잔칫술도 일급을 쓰누먼! 야, 너도 한잔해라! 높은 분들한테는 신경 끄고! 우리야 술이나 퍼마시면 되는 거지!”

친우 설우준이 이후성의 손에 억지로 잔을 쥐어준 뒤 건배를 하고 다시 한 번 죽 들이켰다.

그때였다.

왁자지껄한 잔치 도중 문득 지나가던 추령이 이후성에게 말을 걸어왔다.

“오, 자네, 사부만큼이나 난을 잘 친다는 등천검 아니신가?”

“네, 넷?”

이후성은 장로급 인물이 다가와 농을 건네자 얼굴을 붉혔다.

그의 사부인 인의신검이 늘 사군자를 쳐왔기에 그도 경애하는 사부를 흉내 내어 틈틈이 사군자를 치곤 했었다.

“그게… 하하! 대단치 않습니다, 장로님.”

하지만 불콰하게 술을 들이킨 추령이 웃으며 말했다.

"아니야, 아니야. 오늘 자네 스승 호유정 대협의 난은 받지 못해도 그 화풍을 이어받은 자네 난은 한 폭 받아야 속이 풀리겠네. 그 사람 그림 한 폭 얻어내기 뭐 그리 힘든가. 말 나온 김에 선물로 저기서 하나 쳐주고 가게."

추령은 우물쭈물하고 있는 이후성의 손을 잡아끌었다.

"자, 장로님……."

"거, 따라오라니까, 이 사람."

"크어여, 이 부대주! 잘 쳐 드리고 오라고! 예쁘게!"

술판의 웃음소리에 마지못해 집무실로 끌려가 추령의 집무실 탁자에 앉았다.

그리고 그때 추령의 분위기가 일변했다.

"청혈교가 심상치 않아."

"…네?"

추령은 천천히 문방사우를 꺼내며 작은 목소리로 말을 이어나갔다.

"시간이 없으니 빨리 말하겠네. 내 개인 연락망이 모두 끊겼지. 정마련 쪽으로 정상적인 보고는 계속 들어오는데 내가 개인적으로 사용하는 정보만 모두 차단됐어. 연통을 보내봐도 아무 연락도 없고."

갑작스런 말에 이후성은 몸을 굳혔다.

"그 말씀은……."

그는 어린 시절부터 두각을 나타내 제이감사대의 부대주를 맡고 있었고, 그래서 정마련 소속 문파들의 돌아가는 속사정을 잘 알고 있었다. 추령 정도의 인물이 자파의 개인 정보를 얻을 수 없다는 건 뭔가 큰일이 진행 중이라는 뜻이었다.

그는 한순간 어떤 결론에 도달했다.

‘설마?’

정마련의 정도문파와 사마외도는 겉으로 평화로이 공존하는 것 같지만 내막은 결코 그렇지가 않다. 피를 흘리는 건 예사였고 수십 차례 작은 전쟁이 있었다.

그럼에도 그 규모가 정마련이 결성돼 전과 비교해 너무 미미하기 때문에 강호인들은 이 상태를 ‘평화’라 불렀고 그에 반론할 수 있는 사람은 없었다.

그런 상황에서 마도 이교(二敎)의 하나인 청혈교가 장로조차 따돌리고 이상 행동을 하고 있다?

그의 콧등에 작은 땀방울이 솟아났다.

추령은 이후성의 내심을 짐작했는지 높낮이의 변화 없이 말을 이어갔다.

“고민을 많이 했지. 믿을 사람이 없어. 이건 정마련이 깨질지도 모르는 일이야. 청혈교는 이십 년 전부터 정마련에서 나가려고 했어. 어수선해. 이건 정마련에 보고하지도 않았지만 알 사람은 다 알고 있어. 잘못하면 피바람이 불어. 자네, 좀 움직여 줘야겠어.”

“왜… 저를……?”

그가 조심스레 자신을 선택한 이유를 묻자 추령이 청수한 눈으로 그를 지그시 바라보았다.

“후우… 청혈교를 조사하는 데 마맹 쪽의 인물을 쓸 수가 없어. 청혈교는 마맹의 큰 축이야. 마맹에 소속된 녀석들은 내가 이런 말을 하면 쪼르르 달려가 청혈교에 고할 놈들이 많아. 그렇다고 까놓고 정련 쪽에 협조를 구할 수도 없고…….”

추령이 그를 물끄러미 바라보았다.

“결국 현재 정마련의 실체인 게지. 서로 믿지를 못하니까. 아무튼 덕분에 내가 낼 수 있는 최고의 패가 자네 정도란 말이지. 젊은 무인들이 유람하는 듯 정마련 소속 문파를 돌아다니며 안면을 익히는 건 흔하디흔한 일이니 더 좋지. 나가기 위한 핑계는 알아서 만들게. 청혈교 근처 중소문파 감찰 건을 하나 만들다 가는 김에 들르는 것도 괜찮겠지. 어쨌거나 청혈교에 들어가서 몇 가지 일을 알아봐야 해. 비밀리에. 자, 이제 난을 치게.”

그는 재빨리 벼루와 종이를 펼쳤다. 그리고 서신 두 통을 그에게 넘기며 말했다.

“봉인이 없는 한 통은 자네가 해야 할 일과 현재 상황을 자세히 적은 것이고, 붉은 봉인이 있는 건 그 서찰에 쓰인 대로 청혈교 내부에 전해야 할 서찰이야. 알아서 잘해주리라 믿네.”

“알겠습니다. 이 일, 맡아보도록 하지요.”

“위험한 일을 맡아줘서 고맙군.”

“하지만 미리 말씀드리겠습니다. 조금만 이상한 낌새가 있어도 곧바로 정련의 어른들께 알리겠습니다. 괜찮겠지요?”

“후우, 그렇게 하게.”

돌아와서 훑어본 서찰 안에는 봉인된 서찰을 추령의 심복에게 전할 때의 밀마와 그 인물을 만나는 법 등이 자세히 적혀 있었다.

그 이후 자신은 평상시대로 행동했으며 추령의 제안대로 소소한 감찰 건을 만들어내 길을 떠났다.

곰곰이 생각해 봤지만 의심받을 만한 일은 한 적이 없다.

‘그랬는데 보기 좋게 습격당했단 말이지? 게다가 탁살장 마우라……’

추령을 의심할 수밖에 없는 상황이었다. 그와 자신밖에 모르는 일이었고 자신은 습격을 당했으니까.

　그가 이 일을 꾸미고 주관했다고 보는 것이 타당했다. 그렇지만 그렇다고 확신하기엔 탁살장 마우가 소곤거리듯 자신에게 했던 얘기가 걸린다.

　“자네는 청혈교로 갈 거야. 그리고 멀쩡히 련으로 돌아가서 아무 일도 없다고 말하게 될 거야. 오늘 싸운 건 기억도 못할 테지.”

　그들은 자신이 누군가에게 이상없다고 보고하기를 바랐고, 누군가라면 추령밖에 없다. 추령이 일을 꾸몄다면 후성이 다시 그에게 보고하도록 만든다는 것에서 모순점이 생긴다.

　‘생각할수록 골치만 아프군.’

　결국 그가 할 수 있는 일이라곤 정련의 믿을 수 있는 사람들에게 이 일을 비밀리에 알리는 것뿐이었다.

　이미 자기 혼자 감당하기엔 일이 너무 커져 버렸다는 건 확실했기에 후성은 조심스레 정련 특유의 암호로 보고서를 작성해서 정무련으로 같이 보낸 것이다.

　다만 마맹의 인물들은 이 보고를 받지 못할 것이다. 자신에게 일을 맡긴 추령조차도.

　‘확실해지기 전까지는.’

　보고서에는 추령이 자신에게 일을 맡긴 내막이 자세히 적혀 있었으므로 추령은 곧 알게 모르게 감시를 받게 될 것이다.

　복잡한 심경으로 그는 죽은 듯 늘어져 있는 탁살장 일행을 보며 한숨을 내쉬었다.

　‘뭐, 련에서 이들을 회복시킬 수 있다면 약간의 정보라도 캐낼 수 있

겠지.'

그들이 절대 되살아날 수 없다는 것을 모르는 이후성은 그렇게 생각하며 그들 옆에 있는 자신의 침상에 가부좌를 틀고 앉아 머리를 식히려 했다.

그러나 그 소망은 벌컥 열린 문으로 무산되었다.

쾅!

문이 거칠게 열리고 한 여인이 방 안으로 들어서며 외쳤다.

"사형! 이 근처도 아닌가 봐요!"

이후성은 유란의 난입에 익숙한 듯 한숨만 푹 내쉴 뿐 별다른 제재를 가하진 않았다.

"유란아, 그 사람도 그 사람 나름의 사정이 있었을 거다. 무림에서 비밀 하나 없는 사람이 어디 있겠니. 이렇게 그 사람 뒤를 캐 들어가는 건 은혜를 입은 강호인이 할 짓이 아니다."

"무슨 소리예요, 사형? 은혜를 입었으면 반드시 갚아야 하는 게 우리 화산의 신조이자 정마련의 신조잖아요."

말은 그렇게 해도 자신들을 돌보지 않고 그냥 가버린 일에 앙심을 품고 있다는 것을 이후성은 잘 알고 있었다.

오유란은 명문가의 여식으로 곱게 자랐고, 화산에 들어와서도 귀여움만 골라서 받고 사라 탓에 사소한 앙심을 잊지 못하는 경창이 있었다.

예를 들어, 자신을 개구리로 놀라게 한 사형의 밥에 몰래 자그마한 돌멩이들을 넣어놓는다든지.

뭐, 전부 어린애 장난 수준의 보복이라 오히려 귀여움받는 원인이 되긴 했지만.

이후성은 심란한데 천지 분간 못하고 날뛰는 사매를 보며 머리가 심하게 지끈거렸다.

"그래, 그 신조대로 은인이 우리에게 모습을 보이기 싫다면 그걸 지켜 주는 게 은혜를 조금이라도 갚는 길 아니겠니."

"아뇨. 반드시 정면으로 마주 보고 감사의 인사를 해야겠어요."

"……."

어린애 고집에 정면으로 승부하는 것만큼 어리석은 일은 없다. 이후성은 일찌감치 전의를 상실하고 무덤덤한 목소리로 꼬리를 말았다.

"뭐, 그렇다면 그렇게 하거라. 사매가 열심히 하니 잘되겠지. 굳이 꼭 만나서 인사를 전하고 싶다면 열심히 해라."

생각해 보면 사매 성격에 조용히 객방에서 죽치고 있을 것 같지도 않고 쓸데없이 탁살장 문제를 파고드는 것보다는 성과없는 탐문 수색에 빠져 있는 게 여러모로 편리하고 좋을 것 같기도 했다.

그는 유란이 뭐라고 종알대는 소리를 멍한 정신으로 들으며 억지로 미소를 지어냈다.

'골치 아프군.'

이후성 그는 힘든 나날을 보내고 있었다.

*   *   *

상처가 대충 아물고 운신하는 데 아무 지장이 없자 다시 집을 향해 발걸음을 옮긴 지 이틀이 지났다.

지난일을 교훈 삼아 관도로만 다녔더니 시비 거는 사람도 없었고 사람들 구경하는 재미도 쏠쏠했다.

'슬슬 나타날 때도 되지 않았나?'

고향 마을이 가까워질수록 서서히 조바심이 나기 시작했다. 뛰어가고 싶다는 생각을 문득문득 할 정도였다.

“아, 정말 집에 가기 무지 힘드네. 응?”

투덜거리던 그의 걸음이 갑자기 멈춰 섰다.

요동치던 얼굴의 표정이 한 가지로 고정되었다. 기쁨을 감추지 못하는 환한 얼굴이었다.

“왔다!”

고향의 모습이 보였다.

어릴 때 떠났지만 눈에 선하던 고향 마을의 풍경이 먼발치에서 눈에 밟혀들자 그는 복잡한 생각을 모두 제쳐 두고 그저 한 가지 마음으로 기뻐하기 시작했다.

그는 크게 숨을 들이쉬어 마음을 진정시켰다.

두근거리던 마음도 점차 가라앉고 눈에서는 다시 정광이 흘러넘쳤다. 약간의 문제가 있긴 했지만 결국 다시 집으로 돌아온 것이다. 아까와는 다른 가벼운 미소를 머금고 그는 집을 향해 걸었다.

“하하, 하, 집이네.”

수운은 어릴 적 기억 그대로인 집 앞에 서 있었다.

내심 자신이 집을 찾지 못하면 어쩌나 걱정했지만 그는 너무나도 손쉽게 집을 찾을 수 있었다. 집 앞에 서자 정말로 십 년 세월이 지났는지 의심이 갈 정도였다.

끼이익—

떨리는 마음으로 문을 열고 들어서자 마침 밖으로 나서려는 오십대에 가까운 중년 남자와 마주쳤다.

“……”

유수운은 멍한 눈으로 그를 바라보았다. 주름살이 늘긴 했지만 분명 그의 아버지가 맞았다.

"누굴 찾나?"

눈을 찌푸리고 던지는 퉁명스런 목소리. 분명했다. 밤마다 꿈에 그리던 아버지의 목소리였다.

"아버……."

"뭐라고?"

잠시 아버지를 되뇌이던 유수운은 벼락같이 그 자리에서 무릎을 꿇고 절을 올렸다.

"아버지!"

느닷없이 절을 받은 그의 아버지 유장은 잠시 떨떠름한 표정으로 눈앞에 꿇어 앉은 청년을 바라보다 한순간 눈을 크게 떴다.

"수운이? 정말 수운이냐?"

유수운은 대답도 잊은 채 정신없이 고개를 끄덕였다.

"아이고, 수운아!"

"크억!"

아버지가 정신없이 무릎 꿇은 아들을 덮쳐 얼싸안았고 그 와중에 상처 입었던 부위가 슬쩍 터지기라도 한 듯 욱씬거렸다. 하지만 고통은 한순간이었다.

"아버지!"

자신을 엄청난 힘으로 끌어안는 아버지의 품이 너무나 좋았다. 십 년은 자신에게도 길었지만 아버지에게도 엄청나게 긴 시간이었던 것 같다. 사실 말이 좋아 십 년이지 세상에 어떤 부모가 어린 자식을 긴 세월 동안 떠나보내고 마음이 편할까?

게다가 처음 일 년간은 서신 왕래도 제법 되는 듯하다 '절맥을 고치는 중요한 시기라 이후 연락 못함을 이해 바랍니다' 라는 서신 이후에는 연락마저 뚝 끊겨 근심이 이만저만이 아니었다.

두 부자가 얼싸안는 순간 안채의 방문이 부서질 듯 열리며 중년 부인이 구르듯 뛰어나왔다.

"수운이라고!"

수운은 중년 부인과 눈이 마주치는 순간 울음을 터뜨렸다.

"어머니!"

그의 어머니 한씨는 엄청난 속도로 뛰어와 아들을 얼싸안고 있는 남편 유정을 사정없이 내팽개치고 대신 유수운을 덮쳤다. 졸지에 나가떨어진 유정은 잠시 황망한 얼굴이 되었으나 곧 얼굴을 풀고 다시 둘을 보듬어 안았다.

죽을지도 모른다는 난치병을 앓는 막내가 멀쩡히, 몸 성히 돌아왔으니 이 얼마나 기쁜 일인가? 한참을 껴안고만 있던 아들과 그 부모는 곧 정신을 수습하고 집을 떠난 뒤 유수운이 겪은 일과 집안에 생긴 일을 앞서거니 뒤서거니 하며 묻고 대답하기 시작했다.

궁금한 마음과 반가운 마음이 어느 정도 가신 유정은 곧 사람을 보내 가게를 보고 있는 장남 수헌을 부르게 하고 느긋하게 다시 대화에 합류했다.

수운의 과거야 적당히 무술 수련 과정만 빼고 절맥을 고치기 위해 특이한 심법을 연마했다고 말을 바꾼 것 외에는 특별할 게 없었다. 사부만 보고 수행만 한 세월에 재미있을 일이 뭐 있겠는가? 그래도 십 년 세월이라 있는 말 없는 말 늘어놓으며 부모님 입술이 미소로 휘어지는 것을 보며 마냥 즐거운 유수운이었다.

그도 십 년간 집안에 생긴 일을 바삐 물어 십 년 세월을 좁혀보려 안간힘을 썼다. 그를 몹시 귀여워해 주던 누나들은 이미 먼 마을로 시집을 간 뒤였고, 형은 아버지 뒤를 이어 포목점을 잇기 위해 한창 장사에 열중이라고 한다.

한창 얘기를 하던 도중 유수운은 방 안에서 손가락을 빼 물고 빤히 자신을 바라보는 어린아이를 발견했다. 처음 보는 아이였지만 그는 거의 첫눈에 그 꼬마가 자기 형의 아들임을 알아보았다. 왠지 모르게 건방져 보이는 눈매가 똑같았던 것이다.

“어머니, 저기 저 애, 제 조카예요?”

“응? 아, 내 정신 좀 봐라. 보운아, 이리 오거라. 빨랑 와, 인석아. 막내 삼촌이야.”

아이는 손가락을 빨며 잠시 할머니의 독촉을 받다가 뽀르르 달려나와 유수운 앞에 서더니 냉큼 고개를 숙였다. 한씨는 그 모습을 보자 조카의 머리를 쓰다듬으며 ‘아이고, 귀여운 강아지’ 하며 귀여워 어쩔 줄 모르는 모습을 보였다.

유수운은 왠지 모를 질투 비슷한 감정을 조카에게 느끼고는 어이없다는 듯 피식 웃었다. 십 년 만에 어머니 앞에 서니 자신도 열 살 수준으로 되돌아가는 느낌이었다. 나쁜 기분은 아니었지만.

조카랑 안면을 튼 다음 부모 자식 간의 정담이 계속 이어졌다. 한창 형과 누나들이 장가간다고, 시집간다고 속 썩이던 얘기가 돌연 화제로 떠오르며 웃음이 짙어지던 찰나 형인 유수헌이 우당탕 뛰어들었다.

“수운이, 이 자식! 너, 맞냐?”

“형!”

헤어질 때 청년에서 이제 완연히 장부가 되어버린 형 유수헌이었지만 그는 한눈에 형을 알아볼 수 있었다. 똘망똘망함이 지나쳐 건방져 보이던 눈이 그대로 살아 있었기 때문이다.

두 형제는 곧 얼싸안았다. 그리고 유수헌은 그가 어릴 때 하던 버릇 그대로 싱글거리며 유수운의 머리를 헝클어뜨리고 쥐어박았다. 유수운은 짐짓 저항하는 척하다 그대로 형의 큼직한 손에 머리를 맡겼다.

"많이 컸네, 우리 막둥이."

"형님, 제가 몇 살인데 아직도."

"형님은 개뿔. 형아, 형아 하고 졸랑거리던 게 엊그젠데 징그럽게. 안 그래요, 아버지?"

"그렇게 생각하냐? 그렇게 따지자면 너도 마찬가지지."

유정이 짐짓 얼굴을 찌푸리며 이렇게 말하자 다시 웃음이 흘러넘쳤다.

수운은 그제야 '돌아왔다' 고 중얼거렸다. 그가 상상하고 그가 그리던 집, 가족과 한 치도 변한 게 없었다.

"그런데……."

갑자기 어머니 한씨가 불안한 모습으로 입을 우물거렸다. 뭔가 묻고 싶은 게 있으나 차마 대놓고 묻지 못하는 모습에 유수운은 생각나는 게 있었다.

"어머니, 저 병 다 나았어요. 보세요. 이렇게 팔팔한 거. 사부님도 제가 완치됐으니까 보내주신 거라구요."

"정말이지?"

어머니 한씨가 눈가를 축축하게 적시며 물었다. 처음 유수운을 봤을 때부터 묻고 싶었을 것이다. 얼마나 불안했을까. 유수운은 다시 가슴을 두들기며 웃어 보였다. 상처가 좀 욱씬거렸지만 어머니의 걱정스런 얼굴을 보는 것보디는 니았다.

"그럼요. 참나, 어머니도. 이렇게 건강하게 온 거 보면 딱 감을 잡으셨 어야죠. 거기다 사부님이 의학 말고 무술도 좀 가르쳐 주셨다구요."

내심 '제가 천하제일이에요' 라고 자랑하고 싶었지만 세상에 알려져선 안 될 일이었다.

"무술이라고?"

유수헌이 놀랐다는 듯 새삼 동생을 바라보았다.

“칼질 좀 배웠다는 거냐?”

“아니, 뭐, 세상에 무술이 칼질만 있는 것도 아니고. 좀 배웠어.”

“호오, 셋째 매제도 장래가 유망하고 명성도 쟁쟁한 표두 나리신데 너도 무술 좀 배웠다니 앞으로 우리 유씨 포목점의 강호일통도 꿈은 아니구나.”

수헌이 웃으며 그의 등짝을 소리나게 내려쳤다. 그 순간 간신히 붙어 있던 상처가 터져 등에서 피가 배어 나왔다. ‘윽’ 하고 얕은 신음을 내뱉는 순간 가족들은 아연실색했다.

“너, 이거 뭐냐?”

“아, 그게…….”

유수운은 머리를 긁적이며 대충 이야기를 꾸며내야 했다. 오던 도중에 산적을 만나서 한바탕 드잡이질을 해야 했다는 내용이었다.

“이야, 산적 떼거리를 무찔렀다면 너, 무술도 제대로 배우긴 배웠구나. 이거 진짜 강호일통…….”

그의 말은 사색이 되어 있던 어머니 한씨에 의해 막혔다.

“아니, 이 미련퉁이야! 산적이 달라면 다 줘야지 뭐 아까운 게 있다고 싸워 싸우길! 몸도 지지리도 약한 녀석이 그러다 죽으면 어쩌려고 그랬어?”

한씨는 일각에 걸쳐 수운을 꾸짖었는데 그녀의 논지는 몹시 논리 정연했다.

‘너는 어렸을 때 몸도 약했다’, ‘그러니까 지금도 당연히 약해야 한다’, ‘산적 아저씨들은 몹시 사납다’, ‘그러니까 달라면 줘라’, ‘또 싸우면 나한테 혼날 줄 알아라’로 이어지는 감동적인 꾸짖음이었다.

일각 동안 한 소리 또 하고 또 하는 어머니 한씨의 훈계는 인내가 한계에 달한 아버지 유정이 ‘아, 이제 잔소리는 그만둬, 이 여편네야. 애가 알았다잖아. 흰소리 그만두고 빨랑 절에 가 있는 아가나 불러와' 라고 얘기를 끊는 바람에 중단되었다.

유수헌의 처, 곧 유수운의 형수는 또 태기가 있어 잠시 절에 불공을 올리러 집을 비웠다고 한다. 수헌이 훈계를 멈추고 걱정스레 수운의 상처를 돌보는 어머니를 보며 피식 웃었다.

"아버지, 벌써 봉덕사로 사람 보냈어요. 제가 아버지예요, 그런 걸 깜박하게?"

능글맞게 대답한 수헌은 다시 유수운을 바라보고는 머리에 손을 얹었다.

"어쨌거나 이제 먹고살 걱정은 없겠네. 십 년간 의술을 배웠으면 동네 어디에 약방이나 차려도 될 테고, 산적 때려잡을 만큼 칼질도 배웠다니 어디 가서 한 구역 잡아도 될 테고. 이제 장가만 들이면 되겠구나. 내가 귀향 기념으로 참한 처녀 하나 소개시켜 줄까?"

아버지인 유정이 퉁명스레 입을 열었다.

"거 이 자식은, 참한 처녀는 내가 소개시켜 줄 테니까 넌 신경 꺼라. 그리고 이 자식아, 농담이라도 칼질 애기 하지 마. 내가 아직도 수란이 생각만 하면……. 그 도둑노무 시키, 어쨌거나 칼 들고 먹고살 생각은 하질 마라. 수헌이 너, 수운이 데리고 가게 일 거들게 하면서 장사나 가르쳐."

"그래, 수운아. 그래라."

상처를 돌본 어머니도 한마디 거들었고 수운은 그냥 웃기만 할 뿐이었다. 그 모습을 보고 수헌이 씩 웃었다.

"뭐, 막내가 뭘 하려고 할지는 모르겠지만 장사 쪽에 손을 대보겠다면 아버지가 가르쳐 주신 그대로 전수하죠."

그리고 수운을 넘겨보는 수헌의 눈빛에는 '넌 이제 죽었어' 라는 빛이

고스란히 담겨 있었다.

"그럼 내일부터 시작할까요, 아버지?"

손가락을 뚜둑거리며 입맛을 다시는 모습을 보아하니 장사를 배우며 뭔가 아버지에게 갖은 고초를 당한 듯했다. 그것도 강도 높게. 뭐라고 대답해야 하나 난감해하고 있을 때 다시 어머니 한씨가 끼어들었다.

"내일은 무슨 내일, 이제 막 돌아온 애기한테 무슨 소리들 하는 거예요? 이 등에 이거, 이 상처 안 보여요? 안 그래도 몸도 약한 애가. 수운아, 넌 회복한 지 얼마 안 됐으니까 아직 밖으로 나댕기면 안 돼요. 몸 좀 더 나은 다음에 움직여라. 알았지?"

"아니, 어머니는 다 큰 놈한테……."

"얘가 어디가 다 컸어!"

홱 째려보는 그녀의 눈빛에 수헌이 입맛을 다시며 한 걸음 물러섰다. 그리고 다시 정겨운 이야기판이 벌어졌으며, 곧 떠들썩한 잔치가 시작되었다.

"형은 이렇게 장가를 갔고… 누나들은 어떻게……?"

수운이 궁금하다는 듯 묻자 어머니 한씨가 웃으며 말했다.

"수정이는 요 근처로 시집을 갔단다. 그리고 수란이는… 호호호."

한씨가 말을 잇다 말고 붉으락푸르락하는 남편의 얼굴을 보며 살포시 웃어 보였다.

"왜 그러세요?"

"에잉, 그 도둑노무 시키 얘기는 꺼내지도 말랬더니만."

"도둑놈이요? 그러고 보니 아까부터 뭔 얘기예요? 도둑노무 시키라니?"

영문을 모르는 수운이 눈을 꿈벅거리자 형 수헌이 실실 웃으며 끼어들었다.

“도둑놈이지. 수란이를 훔쳐 갔으니. 후하하!”
“시끄러, 이놈아! 네놈도 똑같은 놈이야!”
“우히히히, 아버지, 뭐 아직까지 꽁해 계세요? 잘살면 됐지.”
“끄응.”
“뭔데요? 무슨 일인데요?”
“수란이 시집갈 때 좀 시끄러웠지. 쿡쿡쿡.”
아버지는 놓인 술잔을 쭉 들이키더니 뭔가 몹시 억울하다는 듯 십 년 만에 귀향한 막내를 붙잡고 하소연을 시작했다.
“그 도둑노무 시키가 어떻게 수란이를 채갔냐면 말이다.”
아버지는 일단 이를 갈아붙인 뒤 씩씩거리며 이야기를 시작했다.
우선 수란은 합비에 터를 잡고 있는 유성표국의 대표두 장무성의 둘째 아들에게 시집을 갔다. 수운에게 매형이 되는 장우복은 아직 스물일곱의 젊은 나이지만 벌써 유성표국에서 표두 직위를 맡고 있는 전도유망한 청년이란다.
“그만하면 괜찮은 사람…….”
찌릿—
아버지가 노려보자 수운은 뒷말을 급히 삼켰다.
“괜찮기는, 개뿔이.”
매형 되는 사람은 어렸을 때부터 아버지의 뜻에 따라 무당에 속기로 들어가 수련을 쌓았다고 한다.
어느 정도 성취를 본 그는 무당에서 내려왔고, 밑바닥에서 경험을 쌓으려는 아버지의 뜻에 따라 유성표국의 강서분국에서 삼급표사로 일을 하게 되었다.
아버지가 주로 거래하던 표국이 강서 유성표국이었고, 표물을 가져와 수령 관계를 따지던 중 장우복이 유수란의 모습을 보게 되었단다.

"그때부터 그 도둑노무 시키가 수란이한테서 안 떨어지는 거야. 나한 테는 대뜸 장인어른이라 부르지 않나, 수란이랑 살림 차리게 해달라질 않나."

"아버지한테만요?"

"흥, 수란이한테 채이다 채이다 못해 나한테 온 거 아닐까 한다."

다분히 감정적인 말이었다.

"어어, 아버지, 왜곡하면 안 되죠. 수란이도 은근히 좋아하면서 팅긴 거라구."

"시끄럿!"

가장의 권위로 정보를 억압한 뒤 이야기가 이어졌다.

그 당시 유정은 길길이 날뛰며 두들겨 패서라도 장우복을 눈앞에서 치우려 했지만 여의치 않았다.

"아, 글쎄, 그놈이 좀 불량해 보여야지. 까딱하면 나 치겠더라?"

한참 동안 막내에게 하소연하는 내용을 종합해 보니 오히려 유정 외의 식구들은 그 당시 모두 매형이라는 사람에게 호감을 지니고 있었던 것 같다.

특히 첫째 유수헌과는 배짱이 맞아 자주 술을 들이키며 어떻게 하면 수란이와 장우복이 보기 좋게 혼례를 치를 수 있느냐로 낄낄거렸다고 한다.

"…그러다 그 일이 일어난 거지."

"그 일이요?"

"푸히히힛! 그렇지, 평생 한 번 볼까 말까 한 엄청난 일이지. 너 그거 이 동네 전설이다."

그것은 어찌 보면 당연한 귀결이었다.

경험을 쌓으라고 떠나보내 놨더니 여자 뒤꽁무니나 쫓아다니며 표국

에는 출입도 않는다는 소식에 유성표국의 대표두 장무성이 크게 노했던
것이다.

한동안 이를 갈던 장무성은 업무가 한가해지자마자 잘 건조시킨 박달
나무 몽둥이 한 자루와 함께 바람처럼 유씨 가족들 앞에 나타났고 한다.

"박력 끝내주시더구먼."

"말도 마라, 얘. 이 어미도 얘기 듣고 나갔다가 간 떨어지는 줄 알았단
다."

"거, 자꾸 얘기 끊을 거야?"

유정은 자꾸 끼어들어 맥을 끊는 가족들을 보며 눈을 부라렸다.

"험, 아무튼……."

박달나무를 들고 나타난 장무성을 보고 장우복은 필사의 도주를 감행
했으나 단 한 수 만에 바닥에 굴러 떨어졌다고 한다.

바닥에 엎드려 싹싹 비는 아들을 보면서도 장무성은 한마디 말도 없이
곧 행동을 개시했다.

"카악, 퉤!"

솜씨 좋은 나무꾼처럼 손바닥에 침을 바른 장무성은 곧바로 아들을 잡
기 시작했단다.

퍽! 빡! 퍽퍽퍽퍽퍽퍽!

그 구타는 예술이었다고 한다.

"하아, 어찌나 두들겨 대는지 사람 잡겠다 싶어 내가 나서서 말렸지."

그러나 장무성은 유정의 손길을 부드럽게 떨치면서도 타작의 강도를
전혀 줄이지 않는 신기를 보였다고 한다. 유정은 '역시 유성표국의 대표
두쯤 되면 그 정도는 돼야지' 라고 감탄했다고 말해 주었다.

어쨌거나 장우복이 인간에서 적당히 잘 다진 고기로 형체를 바꿔갈 때
쯤,

“그, 그만 하세요.”

수란이 새파래진 얼굴로 끼어들었다고 한다. 매 타작에 끼어들어 그를 감싼 수란이 다진 고기가 살아 있는지 확인하자 장무성은 그제야 타작을 끝내고 아들을 감싸며 떨고 있는 수란을 묵묵히 바라보았단다.

그리고 곧 눈을 돌려 동그랗게 눈을 뜨고 떨떠름한 표정으로 서 있던 유정에게 딱 한마디를 했다고 한다.

“뭐라고 했는데요?”

땅!

유정이 흥분했는지 잔을 상 위에 소리나게 내려쳤다.

“아따, 아버지, 상다리 부러집니다!”

“뭐라고 했냐고? ‘사돈, 벌써 쌀이 익어 밥이 됐으니 아이들을 막는 게 도리가 아닌 것 같습니다. 나는 또 아들놈 혼자 이렇게 날뛰어 귀한 집 처녀 혼삿길을 막는 게 아닌가 했는데 알고 보니 서로 마음이 있었군요. 이왕 이리 됐으니 날 잡읍시다’, 이랬단 말이다!”

“……”

그걸 아직까지 다 외우고 있느냐는 질문은 내뱉지도 못했다.

여하간 유정은 ‘언제 쌀이 밥이 되었는가?’ 같은 사소한 의문은 제시하지도 못하고 장무성의 박력에 눌려 뭐에 홀린 것처럼 그 자리에서 날을 잡았고, 그 다음부터 귀엽디귀여운 둘째딸을 황망하게 도둑맞았다며 사위를 ‘도둑노무 시키’라고 부르기 시작했다는 것이다.

흥겨운 잔치 속에 아버지의 사위 험담을 듣던 수운은 모든 내용을 듣곤 간단히 요약할 수 있었다.

‘뭐, 그러니까 매형이 꽤 마음에 드신다는 거 아냐?’

흥분해서 소리치는 아버지와 그런 아버지 앞에서 적당히 맞장구를 치는 어머니, 이죽거리는 형, 웃고만 있는 형수, 그리고 음식 집어먹기 바쁜 조카.

수운의 얼굴에 자기도 모르게 미소가 피어올랐다.

'내 가족…….'

유수운이 집으로 돌아온 뒤 훌쩍 열흘이 지나갔다. 그간 어머니 한씨의 만류 덕에 집에 틀어박혀 따스한 밥 먹고 자는 것만이 유일하게 할 일이었다.

나쁘지는 않았지만 한창 혈기 왕성한 나이에 방구석에 틀어박혀 조카와 함께 어머니에게 아양 떠는 것도 오래 할 일은 아니었다.

'내가 지금 이럴 때가 아니긴 한데…….'

그러나 지금으로서는 달리 방법이 없기도 했다. 이틀 전에 슬그머니 아버지를 떠봤지만 씨알도 먹히지 않았기 때문이다.

"몸도 다 낫고 해서 그러는데요, 아버지. 제가 요즘 좀 갑갑해서요. 이제 이렇게 집에 인사도 하고 했으니……."

그 말을 듣자 아버지는 다 짐작한다는 듯 씨익 웃으며 이렇게 말했다.

"갑갑하다면 움직이고 싶다는 말이겠고, 그럼 뭔가 일을 하고 싶다는 말이냐?"

"네."

"잘됐구나. 안 그래도 요즘 가게 바쁘다."

"……."

당장 수헌과 함께 가게를 돌보게 할 기색을 보이자 수운은 다급히 그런 얘기는 아니라고 고개를 흔들었다.

"뭐냐? 갑갑하다면서?"

"그러니까 그게……."

유정은 뭔가 못마땅하다는 기색으로 아들의 다음 말을 기다렸다.

"아버지, 말하자면 좀 더 세상을 둘러보고 제가 하고 싶은 일을 하고 싶어요. 가업은 이미 형이 꽉 잡고 있으니 제가 걱정 안 해도 되니까 전 저대로 뭔가 해보고 싶어요."

유정은 '흠' 하며 고개를 외로 꼬았다. 그리고 불쑥 옛날 수헌의 이야기를 꺼냈다.

"네가 하고 싶은 말이 뭔지는 잘 알겠다."

유정의 말에 따르자면 지금 유수운이 가지는 감정은 젊은 사내놈들의 불치병 '호기' 라는 것이었다.

"옛날에 말이지, 수헌이도 느닷없이 강호 유랑에 세상을 품어보고 오겠다며 패물 들고 가출했었다. 달랑 편지 한 통 남겨놓고 갔는데 말이지, 그 내용이 명문이었다. 뭐라고 했냐면, '아버지, 사나이로 태어나서 어찌 좁은 마을에 갇혀 한 가지 일에 매여 살아갈 수 있겠습니까. 아버지, 아들이 곧 강호의 영웅이 되어 나타날 테니 패물을 아까워하지 마시고 제 한 몸 걱정도 하지 말아주십시오' , 뭐, 대충 그랬지. 그리고 딱 반년 만에 거지새끼가 되어 돌아왔다. 그때 죽도록 두들겨 팬 감촉이 아직도 주먹에 생생하지."

말을 하는 내내 유정의 눈길은 수운의 몸을 훑고 있었다. 마치 '지금이라도 좀 두들겨 맞으면 강호 유람 하겠다는 말 취소할 거지? 라고 묻는 듯했다.

다행히 십 년 만에 죽을병을 고치고 돌아온 아들을 죽을 만큼 팬다는 것은 장삿속에 밝은 유정이 택할 행동은 아니었다.

"하지만 사부님도 잠시 세상을 돌아다니며 물정을 알아두는 편이 앞으로 세상 살아갈 때 좋을 거라고 하셨어요. 전 세상을 너무 몰라서 손해를 많이 볼 거라시며."

　나름대로 필사적인 말에 다시 유정의 고개가 슬쩍 꼬였다. 장삿속이 빠른 유정은 그 말이 가지는 의미를 다시 숙고하기 시작했다. 십 년간 고립되어 세상 모르고 살아온 아들에게 바로 장사를 시킨다는 것은 곧 손해를 보기 쉽다는 것쯤은 잘 알고 있었지만 직접 듣고 보니 고민이 되는 것일까?

　그러나 아버지는 곧 고개를 들고 ‘열심히 두들겨 맞은 수헌이 얼마나 착실하고 용감하게 사업을 번창시켰는가’로 대화의 주제를 바꿨다.

　“…….”

　그날의 대화 이후 수운은 정면 승부로 아버지를 설득한다는 생각은 버렸다. 자식 이기는 부모도 별로 없지만 부모를 설득할 수 있는 자식도 그다지 많지 않다.

　하지만 그에게는 절명문의 장문인으로서 맡은 바 책임이 있었다. 급한 일은 아니지만 이렇게 언제까지 시간만 죽이고 있을 수는 없는 일이었다.

　사부가 자신을 떠나보내기 전에 말한 의무가 떠올랐다.

　“어떤 형식이든 강호에서 삼 년간 몸을 담을 것이며, 그 기간 동안 한 번이라도 하북 창주에 있는 정법무관을 찾아라. 그리고 언제가 반드시 후인을 두어 절명문의 맥이 끊기지 않도록 해야 한다. 그게 장문인으로서의 네 의무다.”

　사실 세 가지 모두 크게 어려운 일은 아니었다.

　사부의 당부가 아니더라도 자신은 무림에 뛰어들고 싶었고, 창주라면 유람 삼아 다녀와도 될 만한 거리였다.

후인을 두는 문제는 너무나 먼 미래의 일이었으니까 아예 걱정거리가 되지도 않는다.

그렇다면 슬슬 움직이며 강호를 돌아다녀도 아무 문제가 없다는 결론이 나오지만.

"부모님이 걸리는데 말이야⋯⋯."

그렇다.

현재로선 가장 큰 문제는 부모님이었다.

자기 스스로 생각해 봐도 십 년 만에 돌아와서 달랑 열흘 묵었다가 '강호 유람하고 돌아오겠습니다' 라고 말한다는 게 참 난감한 일이다.

이제까지의 반응으로 봐서는 허락해 줄 리도 만무하고, 그렇다고 무작정 뛰쳐나가 부모님, 특히 어머니 가슴에 대못을 박는다는 것도 있을 수 없는 일이다.

얼마나 그리워한 가족인데 오자마자 걱정을 끼친단 말인가?

게다가,

'강호행이라고 해봐야 막상 급하게 할 일도 없고 말이지.'

그것도 또 하나의 문제였다.

생사가 걸린 일전의 감흥이 아직 떠나지 않아 강호를 활보하고픈 조급증이 일 뿐이지 특별히 급한 건 아무것도 없는 상황에서 가족들 마음을 상하게 한다는 건 말도 안 되는 일이라는 건 명백하지 않은가?

"식사하세요, 도련님."

어떻게 가족들 기분을 안 상하고 세상으로 나설 수 있을까 궁리하며 자기 방에서 뒹굴거리고 있을 때 유수헌의 처, 즉 수운의 형수가 되는 민하유가 그를 불렀다. 형수는 산달이 머지않은 관계로 잠시 절에서 치성을 드릴 겸 묵고 있다가 수운의 귀향으로 급히 돌아왔다.

수더분한 형수는 매사에 막 나가는 형과 전혀 어울려 보이지 않았고, 아버지에게 들었던 둘의 연애담이 떠올라 절로 웃음이 떠올랐다. 유정의 주장에 따르자면 이 집안에서 정상적으로 혼례를 치른 것은 첫째누나밖에 없다.

"밥상머리에서 그렇게 웃고 앉아 있으면 복 달아난다."

어머니 한씨가 주의를 주었지만 그녀 역시 입가에 미소를 달고 살았다. 세 명의 자식이 모두 무탈히 자라 이미 성혼까지 끝마쳤고 가슴에 맺혀 있던 막내까지 몸 건강히 돌아와 눈앞에 앉아 있으니 그저 웃으며 살 일밖에 안 남은 것이다.

유수운은 여느 때처럼 어린 조카 숟가락에 반찬을 집어주며 좋아하는 어머니를 보며 '뭐, 좀 답답한 거 빼면 특별히 바쁠 것도 없으니까 천천히 생각하자' 라고 조급한 마음을 달랬다.

식사를 마치고 여느 때처럼 조카를 무등 태우고 마을을 돌며 동네 사람들이나 어릴 적 희미한 기억의 친구들과 정담을 나누고 시전으로 가 형에게 조카를 보여주는 등 일상적인 소일을 마치고 집에 돌아오자 누나인 수란에게 기별이 와 있었다.

큰누나 유수정은 비교적 가까운 곳에 살고 있어서 얼굴을 보고 올 수 있었지만 도둑(?)에게 시집간 수란은 합비에 살고 있어서 일단 서신으로 연락을 전했었다.

서신의 내용은 간결했고 간절했다.

'산달이 머지않아 가고 싶어도 가지 못한다. 너무 보고 싶으니 빨리 좀 와라' 라는 내용이었다.

"하긴 따지고 보면 수란이랑 니가 제일 친했었지."

서신을 돌려보던 어머니가 웃으며 말했다.

나이 차도 그렇고 귀여움받기론 막내 이상이었던 둘째딸이었다. 형제 모두 우애가 좋긴 했지만 막내를 제일 예뻐한 건 둘째딸 수란이었다.

수란 누나를 떠올리자 분해하던 아버지 얼굴도 덩달아 생각나 수운은 실소를 머금었다.

뭐, 아버지도 '도둑노무 시키'가 아주 못마땅한 건 아닌 것 같았고 가족들 모두 그 사실을 알고 있는 것 같았지만.

"둘째누나한테 한 번 다녀와야겠네요. 그래도 되죠, 어머니?"

"그래라. 누나 보러 간다는 데 누가 말리니?"

어머니 한씨가 피식 웃으며 대답했다. 그리고 그 순간 유수운 머리에 최선책은 아니지만 차선책 한 가지가 떠올랐다. 어머니의 반응과 매형이 표두를 하고 있다는 것에서 번득 생각이 난 것이다.

둘째누나 집에서 당분간 머문다.

그리고 어찌어찌 매형과 얘기를 나누다 지닌 바 무예가 있다는 얘기를 흘린다.

그리고 젊을 때는 여러 가지 경험을 쌓아야 한다는 이유로 매형의 권유로 표사 일을 시작한다.

부모님도 둘째누나 집에 같이 기거하면 걱정을 하지 않을 것이다. 혹시 아버님이 펄펄 뛰실지 모르겠지만 그것도 둘째누나 서신 한 통이면 금세 누그러들 것이니 큰 문제가 되지는 않는다.

표사로 일하다 보면 부모님도 품 안의 막내자식이라는 생각을 자연스레 거두게 될 것이고, 이후 일을 그만두고 잠시 강호를 떠돌아도 큰 걱정은 않으시리라.

또 한 가지 장점은 강호에 대한 지식과 경험을 조금씩이라도 쌓을 수 있을 거라는 점이다. 사실 경험이 너무 없어서 고민했는데 이것이야말로 돌 하나로 두 마리 새를 잡는 격이다.

나름대로 해법을 찾아낸 유수운은 당장 그날 밤에 포목점에서 돌아온 아버지를 찾았다.

"왜?"

불쑥 들이닥쳐 아버지의 눈치를 보는데 유정이 할 말 있으면 빨리 해 보라는 식으로 그를 재촉했다. 유수운은 해야 할 말을 머리에서 조심스럽게 골라내고는 용건을 말했다.

"오늘 수란이 누나한테 서신이 도착해서 좀 다녀오려고 하는데요."

"갔다 와라. 누가 뭐라고 하냐?"

유수운의 다른 마음을 알 길 없던 유정이 별것도 아닌 일로 귀찮게 하느냐는 기색을 지으며 손을 내저었다. 이로써 아버지의 '허락'까지 얻어 낸 유수운은 아버지 방을 나오며 남몰래 주먹을 쥐어 보였다. 이 미미한 시작이 화려한 강호행의 시작이 될 것이기 때문이었다.

다음날 아침,

유수운은 곧바로 안휘성으로 길을 재촉했다. 말 나온 김에 빨리 가서 몸이 무거운 둘째누나를 만나겠다는 그를 말릴 사람은 아무도 없었다. 그저 노자와 선물로 줄 비단 몇 필을 꾸려서 들려줬을 뿐이다.

강서성에서 합비까지 말을 이용하지 않고 걷는다면 일반적인 발걸음으로 열흘가량 걸리는 거리였다. 아버지는 마방에서 말을 한 필 빌려가라고 했지만 이것도 유람의 하나로 생각하던 수운이 들을 리 없었다. 적당히 핑계를 댄 수운은 가족들에게 손을 흔들어 짧은 작별을 고하고 둘째누나의 집을 향해 나아갔다.

내심 '경천동지할 사건'을 기대했지만 처음 집에 돌아올 때와 마찬가지로 합비에 도착할 때까지 별다른 시비거리나 사건이 없었다. 사실 시비거리가 있었다 하더라도 사부의 가르침이 골수에 박힌 그가 실제로 행동에 나설 확률은 높지 않았으리라.

열흘간 홀가분한 마음으로 유람을 마친 유수운은 마침내 합비에 위치한 장우복의 집에 도착했다. 합비 자체가 번화한 도시여서 눈요깃거리가 많았지만 수운은 둘째누나를 빨리 만나고 싶은 마음에 모두 제쳐 두고 유수란의 시집을 찾은 것이다.

합비의 삼대표국 중 하나인 유성표국의 대표두가 사는 집이라 그런지 규모가 상당했다. 정문에서 문지기에게 누나의 편지를 건네고 저택의 규모를 감상하며 시간을 보냈다.

아주 짧은 시간이 지난 것 같았는데 어느새 수란이 시비 하나와 같이 무거운 몸을 이끌고 몸소 문 쪽으로 나오고 있었다.

"누나!"

수운은 반가운 마음에 달려가 누나의 손을 잡고 만면에 웃음을 머금었다. 수란도 십 년 만에 보는 동생의 얼굴에서 어릴 때의 자취를 찾으려 애쓰며 폴짝폴짝 뛰기는 마찬가지였으며 따라온 시비가 만삭임을 애써 상기시켜 뛰는 것을 말려야 했다.

"아버지가 따로 서신을 보내주셔서 오늘 내일 사이에 도착할 줄 알고 있었어. 뭐니? 말 타고 오면 이삼 일이면 오갈 거리를 걸어오고. 따라와. 안 그래도 점심 시간이니 식사나 하면서 얘기하자."

마음 급한 수란의 손에 이끌려 안채까지 가면서도 끊임없이 그녀의 질문에 대답해야 했다. 병은? 연인은? 집에 아버지는 여전하시지? 여전히 우리 남편보고 도둑노무 시키라고 하니? 어머니는? 건강은? 조카 정말 귀엽지 않아? 새언니, 둘째 들어섰다며? 오빠는 술 좀 줄였나? 등등.

반가운 마음은 같았기 때문에 수운도 답을 하며 따로 질문을 같이 퍼부었다. 식사를 시작할 때쯤에 얘기는 곧 어릴 때의 일로 돌아섰다. 원래 격의없던 누나였기 때문에 한참을 낄낄거리던 수운이 향긋한 차를 조금

들이키며 조금 놀리는 듯한 어조로 말했다.

"근데 누나, 애까지 가져서 힘들 텐데도 얼굴빛 좋구먼. 매형이 무지 잘해주나 봐? 하기사 그 난리까지 치고 누나 데려갔으면 잘해주겠지."

수란이 코웃음을 쳤다.

"당연한 얘기는 묻지 마."

아버지가 보내준 비단과 어머니가 따로 넣어준 작은 보따리를 누나에게 건네주고 수운은 잠시 쉬기 위해 사랑방으로 안내되었다. 뭐라 해도 열흘간 쌓인 피로가 만만치 않았는지 깜박 잠이 들었다 깨자 벌써 사위가 어둑해질 즈음이었다.

밖으로 나서자 기다리고 있던 하인 하나가 쪼르르 달려와 누나 내외가 기다리고 있으니 자신을 따르라 말한다. 아마 매형이 십 년 만에 죽을병을 고치고 살아왔다는 막내 처남을 보기 위해 일찍 일을 파하고 왔다가 잠든 자신을 깨우지 않고 그냥 돌아선 듯했다. 쑥스러운 마음을 감추고 그를 따라가자 방에는 이미 그득하게 주안상이 차려져 있었다.

"오우, 자네가 말로만 듣던 내 막내 처남이로구먼. 잘 왔어. 그래, 여독은 좀 풀렸나? 풀렸어야 오늘 한잔 제대로 할 텐데. 참, 술은 좀 하겠지? 하긴 수헌 형님 동생인데 묻는 게 실례겠지?"

매형 강우복은 자신을 보지미지 주먹폐처럼 건들거리며 편히 자리에 앉으라고 손짓을 했다. 체통을 지키지 않는 그런 매형이 못마땅한 듯 눈을 살짝 흘기는 누나를 보자 절로 웃음이 나왔다.

행동을 제외하고 보면 장우복은 날렵한 몸에 눈에는 정광이 넘치고 준수한 얼굴을 한 호남이였다. 도무지 그 황당한 연애담의 주인공이라고는 믿어지지 않았다. 그러나 어찌 되었든 저 사람이 바로 아버지가 얘기만 나오면 '도둑노무 시키'라고 이를 갈게 만든 당사자인 것이다.

"처음 뵙습니다, 매형. 유수운이 이제야 늦은 인사를 드립니다."

"아, 뭐, 가족끼리 사소한 건 신경 쓰지 말자구. 얼른 앉어. 안 그래도 요리가 제법 식었네."

휘휘 손을 저으며 수운의 예를 막은 장우복이 자리에 앉은 수운의 잔에 그득 잔을 치고는 자신의 잔에도 하나 가득 술을 부었다. 그리고 그 자리에서 단숨에 들이키곤 수운에게 눈짓을 했다. 수운도 어색하게 웃으며 잔에 담긴 술을 단숨에 들이켰다. 목이 찌르르하면서도 담백하게 넘어가는 게 보통 좋은 술이 아닌 듯했다.

장우복이 '잘하는구먼' 하고 싱긋 웃으며 다시 잔에 술을 쳤다.

"자, 우리 막내 처남, 처음 만났으니 우선 삼 배를 하고 시작하자고."

그때 누나인 수란이 턱을 괴고는 싱긋 웃으며 끼어들었다. 왼손으로는 부풀어 오른 배를 살짝 쓰다듬고 있었다.

"흐응, 그렇게 나오시겠다?"

그 말에 장우복이 눈에 띄게 찔끔하더니 '역시 술은 풍취를 느끼며 천천히 음미하는 게 제일이지' 라고 중얼거리며 슬며시 잔을 거두었다. 수운은 터져 나오는 웃음을 삼키며 '그러지 말고 한잔하시지요' 라고 건배를 권해 매형의 얼굴을 환하게 만들어주었다.

수란도 그 이후로는 특별히 장우복의 음주에 대해 뭐라고 하지 않고 그저 이런 저런 이야기를 나누는 것을 즐길 뿐이었다. 얘기는 돌고 돌아 마침내 유수운이 산적을 만나 물리치고 몸 성히 집에 귀환한 부분까지 다다랐다.

"호오, 그래도 산적들 댓을 눕혔다면 보통 솜씨는 아닌데? 처남을 고쳐 주셨다는 분의 솜씨가 고명하셨나 봐?"

"스승님이야 절로 존경이 이는 고명하신 분이지만 저야 뭐 대단할 건⋯⋯. 그저 몸을 보하라며 가르쳐 주신 기초적인 권장법을 좀 알고 있을 따름이죠.”

장우복은 다시 한 잔의 술을 쭉 들이키며 유쾌하게 물었다.

“그래, 처남은 앞으로 뭘 할 생각인가? 배운 바 의술을 펼쳐 볼 텐가, 아니면 수헌 형님 따라 장사를 할 텐가?”

매형의 물음에 수운은 내심 옳다구나 싶었다.

“장래에는 어쩔지 몰라도 지금은 잘 모르겠습니다. 아직 세상을 좀 더 공부해 보고 결정해 보려고 합니다만… 아는 바도 없고 이끌어주는 분도 없어서……”

수운은 말을 미묘하게 끌면서 누나와 매형을 흘깃 쳐다보았다. 이야말로 ‘저 매형에게 신세 지면서 표국 일을 배워보고 싶어요’ 라는 뜻이 뻔히 보였다. 아직 젊은 나이지만 무당에서 사사하고 강호에서 여러 경험을 쌓아왔던 장우복이 그 뜻을 짐작 못할 리가 없었다. 장우복은 피식 웃으며 어린 처남의 잔에 술을 채워주며 모른 척 물었다.

“그러면 말이야, 이봐 처남, 딱히 생각이 없다면 내 밑에서 표국의 일을 공부해 보는 게 어떤가?”

바라던 말이었다.

수운은 예의상 몇 마디 사양의 뜻을 전하다 장우복의 거듭된 권유와 수란의 안달에 못 이기는 척 받아들이며 매형에게 이끌어주셔서 크게 감사하다는 듯 고개를 숙였다.

대충 얘기도 정리되었고 술자리도 끝을 봐가자 장우복이 수운의 어깨를 두드리며 일어섰다.

“나와봐.”

“아, 예.”

무슨 일인지 모르고 수운은 무작정 장우복을 따라나섰다. 수란은 무슨 일인지 대충 짐작했는지 장우복을 따라가며 ‘심하게 하지는 마요’ 라고 종알거렸다. 그제야 장우복이 하려는 일이 무엇인지 짐작이 갔다.

"자, 어쨌거나 표국에서 경험을 쌓게 해주려는 게 내 생각이니까 처남 실력이 어느 정도인지는 알아둬야 그에 맞게 공부를 시켜줄 수 있어서 말이야. 설설 해보자고."

예상대로 장우복은 그의 실력을 시험해 보려고 했다.

"네, 매형. 잘 부탁드리겠습니다."

그리고 마주 선 순간에 갑자기 이제껏 마신 술이 확 깨는 듯했다.

'…뭘로 싸우지?'

그랬다.

대체 뭘로 매형을 상대해야 한단 말인가? 멸명마공?

수운은 잠시 자신이 멸명마공을 일으켜 매형을 상대했을 때의 그 결과를 유추해 보았다. 뻔한 결과가 떠올랐다.

'매형은 나한테 죽고 나는 누나한테 맞아 죽겠군.'

설혹 누나가 자신을 반만 죽인다 해도 미친 게 아니고서야 매형에게 살수를 쓸 수는 없다.

'그냥 절대부동으로 피하고 공력을 모두 거두고 공격을 하면……. 안 돼. 그렇게 짧은 시간 동안 공력을 거둘 수가 없어. 게다가 절명기가 몸에 남아 있을 때 매형의 몸이 내게 닿으면……. 혹시 매형이 절대부동을 파훼하기라도 하면…….'

모든 게 끝이다.

그는 손을 쓸 수 없다. 머리 속에 사부의 말이 울렸다.

"너는 그럴 생각이 없다 해도 일 푼의 내력이라도 잘못 흘러들어 가면 너의 가장 소중한 사람도 상할 수 있다. 비극이지."

실제로 그런 일이 일어난다면 그건 비극 정도가 아니었다.

잠시 망설이던 유수운은 멸명마공과 절대부동은 애초에 포기하고 자신이 현 시점에서 쓸 수 있는 기술을 머리에서 쥐어짜 보았다.

'그러니까… 육합권과 나한권… 또… 또… 없군. 젠장.'

소림에서 흘러나온 것으로 모두 권법이라기보다는 체조 수준의 무술로 시정잡배조차 우습게 본다는 권법. 자신도 실전보다는 몸을 굳게 하지 않는 기본 체조로 유용했었다.

유수운은 한숨을 쉬면서도 별수없이 나한권의 자세를 잡았다.

'그래도 내공은 사용치 않았지만 십 년 수행이다. 고련한 것이 있으니까 매형의 공격을 조금은 막아낼 수 있을 거야. 그 정도면……'

"나한권인가?"

"네, 매형."

"흐음……"

장우복은 처남이 잡은 자세가 흔하디흔한 나한권의 기수식 동자배불이라는 걸 알아보곤 슬쩍 눈길을 찌푸렸지만 그래도 산적 대여섯을 물리쳤다니 뭔가 숨은 한 수가 있을 거라 믿고 자세를 잡았다.

진짜로 할 것도 아니고 대충 수준을 알아볼 정도여서 그도 무당 태극권을 슬쩍 사용해 볼 요량이었다.

"그럼 살게."

"네, 부탁드립니다, 매형."

장우복은 우선 수운의 실력을 가볍게 점검해 보고 본격적인 대련 전에 몸을 풀라는 의미로 무당 태극권에서 가장 단순한 초식을 펼쳐 냈다.

진보반란추.

오른발이 앞으로 나아가고 곧 버팀발인 왼발이 자연스레 오른발을 따라 들어왔다.

그리고 오른손이 전면으로 아무 기교 없이 직선으로 뻗어나갔다.

퍽!

"엥?"

"……."

장우복은 손바닥에 느껴지는 뭉개진 코의 감촉과 진득하게 흘러내리는 혈액의 느낌을 느끼며 황당하다는 표정을 지었다.

"…어라?"

"여봇!"

허탈한 장우복의 목소리와 유수란의 뽀족한 목소리가 거의 동시에 울렸지만 수운은 듣지 못했다.

다량의 코피를 흘리며 이미 기절해 있었기 때문이다.

사부의 목소리가 들린다.

"깨달음을 얻은 사람들은 이렇게 설하노니 무릇 인내는 최상의 고행이요, 인내는 최고의 안온함이라. 남을 해치는 사람은 출가자가 아니며 남을 방해하는 사람은 수행자 또한 아니라고. 법구경에 쓰인 이 한마디의 뜻을 알 수 있겠느냐?"

왜 법구경을 유유히 읽어주시던 사부가 생각났는지는 잘 모르겠지만 천천히 눈을 떠 천장을 바라보던 유수운의 귓전에 환청처럼 이 한 구절이 틀어박혔다.

그리고 이어서 어젯밤 일이 생각났다. 매형의 묵직한 한 수. 일 장 정도의 거리는 간격이라 부를 수도 없었다. 순식간에 장우복의 권이 자기 수비 영역을 뚫고 들어와 인중 부근을 가격했고, 그 이후의 기억이 없었다.

무심코 코를 만져 보자 두터운 붕대가 친친 감겨 있었다. 아마 누나인 수란의 작품인 것 같았다. 침상에서 일어나 주변을 두리번거리다 거울 앞에 서자 자신의 얼굴 절반이 붕대에 감겨 있어 엄청난 부상자처럼 보였다. 정신없이 붕대를 감았을 수란을 생각하자 자기가 당한 일도 잊고 폭소를 터뜨리는 수운이었다.

다시 침상에 털썩 누운 수운은 천장에 시선을 고정한 채 이제 어떻게 해야 할까를 고민했다. 확실히 표국에서 표사로 일하려면 일정 수준 이상의 무위를 증명해야 하는데 자신은 멸명마공 아니면 무위를 증명할 방법이 없다.

설혹 증명할 방법이 있다 해도 멸명마공이 공개되는 순간 자신은 사조들과 연관되어 순식간에 대마두의 후예 정도로 매도되어 도피행을 해야 한다. 사조들이야 다행히 그 본신 정체가 발각되지 않아 '사신' 정도로만 불린다지만 만약 자신이 표국에서 일하기 위해 멸명마공을 밝힌다면 다시는 중원에 발 붙일 곳이 없어진다.

그러므로 멸명마공을 이용해서 표사가 된다는 생각은 애초에 포기. 그렇다고 그 외에 자신의 무위가 있느냐 하면 그런 것도 아니다. 근력과 초식의 신묘함만 있으면 적당히 표사 일을 하며 경험을 쌓을 수도 있겠지만 초식의 신묘함은 전대 사조들이 약해지기 위해 모조리 버렸다.

절대부동? 그것은 확실히 절초이긴 하지만 멸명마공과 함께 운용하여야 하고 일반인도 눈으로 쫓을 징도로 느릿하다. 사림을 죽일지도 모르는 절명기를 시험에 사용할 생각은 눈곱만치도 없으므로 이것도 제외.

아무리 털어봐도 정말 남은 밑천 하나 없었다.

'사조님들, 그러니까 조금은 남겨두면 좋았잖아요.'

생각하니 맥이 탁 풀리며 절로 사조들에 대한 불평이 터졌다. 결국 지금의 자신이 표사를 할 수 있다는 걸 증명할 방법은 육합권과 나한권이 전부인데 그나마 어제 매형과의 대련에서 맞아 죽지 않으면 다행이라는 게 밝혀졌다.

모처럼 계획해 둔 일이 초장부터 틀어졌고, 대응책은 아무것도 떠오르지 않았다. 어쨌거나 어제처럼 꼴사나운 모습을 보이고도 매형에게 '표사 좀 해보고 싶어요' 라고 매달릴 생각은 조금도 없었다. 달리 생각하면 늦기 전에 멸명마공을 제외한 자신의 실력을 깨닫게 해준 매형에게 고마운 생각도 들었다. 보다 결정적인 순간에 가서 이런 걸 깨닫게 되었다면 어떻게 되었겠는가?

"그래, 인내가 최상의 고행이지."

유수운은 그렇게 중얼거렸다. 자신이 떠나올 때 그렇게 걱정스런 얼굴로 자신을 바라보던 사부의 모습이 다시금 떠올랐고, 자신의 장래는 아무 걱정 없다는 신념에 적잖게 금이 갔다. 그렇지만 낙천적인 유수운은 무슨 방법이 있겠지 생각하며 몸을 뒤척였다.

그렇게 다시 잠을 이루지 못하던 소운은 하인이 와서 아침을 들라는 전갈을 받고서야 자리에서 일어났다.

간단히 소세를 하고 주저주저 아침 식사를 하기 위해 하인을 따라나서자 어제와 마찬가지로 장우복 내외가 먼저 나와 그를 기다리고 있었다.

"코는 좀 괜찮니, 수운아?"

수란의 걱정스런 목소리에 그는 걱정없다는 듯 어깨를 으쓱한 뒤 웃는 낯으로 자리에 앉았다. 대련하다 보면 이런 일은 흔하다는 수운의 농에도 어색한 공기가 쉬이 풀리지는 않았다. 그런 분위기가 갑갑하다는 듯 장우복이 어렵게 입을 열었다.

"처남, 어제는 미안했어. 내가 술이 과했나 봐."

장우복은 그답지 않은 어색한 미소를 지으며 머리를 긁적였다. 옆 자리에 앉은 누나의 표정이 새초롬한 걸 보니 밤새 어지간히 시달린 듯했다.

"아닙니다, 매형. 다 제가 잘못한 거죠."

"아, 그렇지? 처남도 그렇게 생각하지? 맞아. 난 억울해. 설마 자네가 그 한주먹을 못 받아내리라고는… 끄헉!"

낮은 비명과 함께 장우복은 몸을 부들거리며 억지로 미소를 지으며 수란을 바라보다 엄지를 들어 보였다.

"아름다운 수란, 오래간만에 맛보는 허벅지를 스쳐 가는 그대의 손길, 너무 아픈데?"

"흐응, 처남 코피를 있는 대로 터뜨려 기절시킨 분보다는 덜하죠. 그러니까 어제 그게 순전히 우리 수운이 잘못이었다? 네에, 더 해보세요."

"응? 처남 잘못? 무슨 소리야, 그건? 아까 말했잖어. 그저 내가 술이 과해서 손을 조절 못한 거지. 자, 처남, 조반이나 들자구."

셋은 말없이 젓가락을 들었다. 딱히 할 말이 없긴 했다. 철모르는 처남이 대충 주워 배운 어설픈 무공과 매형이 대유성표국의 표두라는 것을 믿고 무작정 찾아와 직업 청탁을 하다가 그 어설픈 무공이 단박에 들통 나 버린 상황이니 무슨 말을 하겠나?

"처남, 아직도 표국 일을 배워볼 생각은 있어?"

식사를 거의 끝마칠 즈음 장우복이 젓가락을 놓으며 수운에게 물었다. 불감청이언정 고소원이라……. 수운은 쭈뼛대면서도 쉬 아니라고 말하지 못했다. 장우복은 힐끗 옆 자리의 아내를 보디니 콧잔등을 긁었다.

"사실 말이지, 요즘 강호 바닥이 아무리 잠잠하다고 해도 표사라는 게 꽤 위험하다 이 말이지. 녹림은 녹림대로 뜨내기는 뜨내기대로 한탕 건져 잘살아보자는 게 이 바닥 생리라 안 될 거 같아도 일단 덮치고 보는 거야. 그래서 어제 처남 실력을 한 번 견식해 본 건데 좀 위험해. 아니, 아름다운 수란, 내가 산적들 처리했다는 처남 실력을 의심하는 게 아니라… 좀 더 들어봐요. 어쨌거나 경험도 없는 자네를 무작정 표사로 추천하기에는 대표두이신 우리 아버지에게 면목도 없는 일이고…….”

우복은 중언부언하며 머뭇거리다가 결국 결심한 듯 턱하고 말을 던졌다.

“그래서 쟁자수 일자리는 있는데 거기부터 한번 시작해 보겠나?”

수란의 ‘여봇!’ 하는 소리와 수운의 ‘쟁자수요?’ 라는 물음이 거의 동시에 터져 나왔다. 우복은 다시 수란의 손에 꼬집혀 퉁퉁 부운 허벅지를 부여잡고 눈물을 흘리다 간신히 수운의 물음에 대답했다.

“모르나, 쟁자수? 거, 그러니까 쉽게 말하자면 막일꾼이지. 아니, 수란, 잠깐만 기다리라니까. 좀 더 들어봐요. 삼급 표사보다는 못하지만 그래도 꽤 짭짤한 일당을 보장하지. 중요한 건 그게 아니라 자네가 진정 표국의 일을 배워보고 싶다면 쟁자수부터 시작하는 것도 괜찮은 선택이라는 거지. 특히 우리 유성표국은 자체 승진 제도가 있어서 쟁자수들도 두 달에 한 번 체술과 검술 시험을 봐서 진전이 있는 자에 한해서 삼급표사로 승급시킨다 이거야. 처남, 그러니까 하는 얘기야. 진짜로 표국 일에 매력을 느낀다면 나쁘지 않아. 경험을 쌓고 싶다는 처남 희망하고도 잘 맞고. 사실 우리 유성표국은 쟁자수 자리도 쉽게 뽑지 않아. 다행히 평소엔 쟁자수 자리도 없지만 마침 표행이 바빠서 대여섯 명의 쟁자수를 새로 뽑을 예정이고, 나나 아버지의 추천이 있으니 처남이 마음만 먹으면 되는 거네.”

“아무리 그래도 어떻게 수운이한테 쟁자수 일을…….”

수란은 쟁자수라는 말에 못마땅한 듯 차라리 근처 의방에서 일을 배우는 쪽을 권했다. 수운은 망설였다.

“아까 말했잖나. 쟁자수로 서너 달 있다가 표국 분위기에 좀 익숙해진 다음에 시험을 보면 괜찮지 않겠나? 무술이라면 내가 가르칠 수도 있고. 쟁자수 중에서도 무술 가르치는 솜씨 좋은 괴짜가 한 명 있으니까.”

새로운 무술을 배운다. 이미 자신이 지닌 본신 무예로는 일반인들 사이에 설 수가 없다는 건 깨달았다. 물론 새로운 무공을 배운다 해도 그 형이나 배울 수 있을 뿐 내가심법은 배울 수 없을 것이다. 멸명마공을 익힌 이상 무슨 심법을 배운다 해도 멸명마공으로 화(化)할 뿐 새로운 내기는 몸 안에 거둘 곳이 없다.

그렇다 해도 외가 계열의 무술을 배우면 뭐 어떻게 무마되지 않을까? 그렇게 생각하면 더 망설일 이유가 없다. 세상에 드문 고급 무공을 몸에 익힌 데다 일파의 문주가 되어서 새삼 무공을 배운다는 게 자존심에 금을 가게 만들었지만 자존심이야 이미 어제 매형의 한 방에 깨진 지 오래다.

남은 것은 '무공 수련에 힘쓰지 말아라' 라는 조사의 유명뿐인데……

수운은 '무공' 이란 바로 멸명마공을 말할 뿐이며 다른 무공을 포함하지는 않을 거라고 속 편히 해석해 버렸다. 문파의 금기라 해봐야 지금은 자기가 장문인이니까 처벌받을 것도 없다.

수운은 한참 동안 침묵을 지키다 조심스레 일어나 자세를 바르게 하며 매형에게 예를 표했다.

"모자란 저 때문에 매형의 고심이 심하셨겠습니다. 매형의 뜻대로 하겠습니다. 앞으로도 저의 모자람을 깨우쳐 주시고 보다 많은 가르침을 내려주시길 부탁드리겠습니다. 기회를 주셔서 감사합니다, 매형."

그 말에 장우복도 흡족했는지 고개를 끄덕였다. 장우복으로서는 어린 처남의 실제 무위를 확인한 뒤로 그의 행동이 조금 못마땅하게 여겨진 것도 사실이었다.

표사는 위험한 직업이다. 그것을 모르는지 우습게 아는 건지 처남은 하찮은 재간으로 자신을 찾아온 것이다. 그것도 산적 네다섯을 홀로 물리쳤다는 거짓말까지 하면서. 어제 시험해 본 바에 의하면 비루먹어 죽을 때가 된 노인네 다섯이 아니면 모를까 절대 무장한 장정 다섯을 상대할 만한 실력이 아니었다. 귀한 내 동생 팼다고 밤새 화를 내는 수란을 달래면서도 화가 나지 않았다면 거짓말일 것이다.

쟁자수나마 웃으며 제의한 것은 그의 처 수란 때문이고, 수운이 그걸 받아들일 거라고는 생각지 않았다. 일가를 믿고 자리를 의탁할 정도의 가벼운 사람이라면 고개를 젓고 다른 일을 찾으리라 생각했다. 그렇다면 그걸로 족하다 싶었다.

그런데 일어서서 말하는 품을 보니 그게 아니다. 그는 처남이 표사를 우습게 봤다기보다는 자기 자신을 제대로 몰랐다는 것을 즉시 알아챌 수 있었고, 순순히 그걸 인정하고 조금 가혹하다 싶은 자신의 제의에 오히려 고마워하며 열심히 하겠다는 모습에서 수운이라는 처남이 처신이 가벼운 젊은이가 아니라는 걸 알 수 있었다.

장씨 일가는 시작이 시원하고 뒤끝이 없는 게 특징이었다. 장우복은 자신이 처남에게 조금이나마 품었던 불만을 깨끗이 털었다.

"그렇게 고마워할 거 없어. 힘들 테니까."

장우복은 못마땅한 듯 입을 삐죽 내민 처 수란을 달래며 수운에게 눈을 찡긋거렸다. 이렇게 절명문 칠대 장문 유수운이 표사가 되어 강호를 종횡한다는 계획은 쟁자수로서 험난한 강호를 밑바닥부터 체험한다는 쪽으로 변경되었다.

절명문 칠대 장문, 세상을 배우다

연청 진인이 무당의 청정 진인을 바라보며 나지막한 소리로 물었다.

"마우는 아직도 깨어나지 못하고 있습니까?"

"무량수불, 죄송합니다. 제 의술이 미욱해서인지 도무지 손을 쓸 방법을 찾지 못하고 있습니다."

이들은 이후성의 연통을 받은 뒤 비밀리에 마우와 나머지 복면인들을 인계받아 그 배후를 캐내려 하고 있었다.

그러나 당금 강호에서 '신수(神手)를 빼면 그가 제일'이라 청송받는 청정 진인조차 그들의 의식을 되돌리지 못하고 있었다.

"아닙니다, 진인. 말씀을 거두세요. 그게 어찌 진인의 잘못이란 말입니까."

그러나 청정 진인은 쓰게 웃으며 고개를 내저었다.

"소생시키는 건 고사하고 무엇에 당한 것인지, 혼수상태에 빠져든 원인은 무엇인지, 독인지 내가진기인지도 알아내지 못했습니다. 이제껏 정진하던 의술이 모두 헛되고 헛된 듯합니다."

다섯의 무림 명숙들은 청정 진인의 넋두리를 조용히 듣고 있을 수밖에 없었다.

'청정 진인의 의술로도 의식조차 되돌리지 못하다니……'

연청의 마음이 무겁게 가라앉았다.

"시신에 대한 부검에서도 아무 이상을 찾아내지 못하셨습니까?"

탁살장 마우를 제외한 삼 인 중 한 명이 어제 사망했으므로 청정 진인은 다른 자들을 깨워 배후를 밝혀내기 위해서라도 부검을 진행해 그들이 죽어가는 원인을 밝히려고 했었다. 청정 진인의 말투로 보자면 아무것도 발견하지 못한 게 확실하지만 논의를 지속시키기 위해 그는 어렵게 말을 넣었다.

"아무것도 찾지 못했습니다. 이상한 점이라면… 너무 깨끗하다는 것 뿐이지요."

"깨끗하다?"

"전신의 대혈들은 굳건히 뻗어 천지의 기운과 본신의 체액, 진기를 두루 퍼뜨리는 역할을 함에 한 치의 잘못도 없었으며 심장은 물론이요 폐장에도 상처 하나, 중독의 현상 하나 없었습니다."

결국 아무것도 발견하지 못했다는 뜻이었다. 연청 진인은 마음이 더욱 무거워졌다. 정보망을 아무리 동원해 봐도 무엇 하나 걸리는 것이 없으니 이제 남은 것은 추령과 독대하거나 청혈교에 특감대를 보내는 것 외에 방법이 없었다. 그러나 그렇게 하기엔 감수해야 할 부담이 컸다.

추령은 자칫 피바람이 불 거라 했고, 그가 지금 벌어진 일의 배후이든 아니든 그 생각엔 동의할 수밖에 없었다. 지금의 정마련은 처음 결성될 때의 그 정마련이 아니었다. 이제 강호를 경악으로 물들였던 월광사신의 공포는 없다. 애초에 갈 길이 다른 정파무림과 사마외도가 굳건히 뭉칠

토대가 없다는 말이 된다. 청혈교가 무언가 다른 마음, 예컨대 강호일통의 꿈을 다시 품었다 해도 이상할 게 없는 상황이다.

"이렇게 되고 보니 차라리 월광사신이 그립습니다그려."

좌중의 분위기가 무거워지자 질풍걸개 소진이 가볍게 농을 던져 봤지만 분위기는 살아나지 않았다. 하지만 연청 진인은 내심 소진의 농이 무겁게 가슴에 꽂혔다. 지금의 평화가 이나마 이어지기 위해서는 공포가 필요하다. 절대의 공포가.

그때 돌연 청정 진인이 뭔가 결심한 듯한 얼굴로 입을 열었다.

"괴의를 불러볼까 합니다."

그 말에 좌중은 놀라움을 감추지 않고 청정 진인을 바라보았다. 괴의 후준열. 그와 청정 진인은 숙적이면서도 서로 얼굴을 마주 보는 것조차 싫어할 정도로 서로의 의술을 부정하고 있었다. 특히 괴이 독랄한 괴의의 손속을 가장 소리 높여 비난하는 것도 청정이었다. 그런 청정이 앞장서서 괴의를 불러들이자고 제안할 정도면 그가 이번에 받은 충격의 정도를 알 수 있었다.

"괜찮겠습니까?"

"지금 저의 자존심을 따질 때가 아닌 듯합니다. 조금이라도 가능성이 있다면 무슨 일이든 해봐야지요. 괴의와 제가 힘을 합치면 어쩌면 방법이 있을지도 모릅니다."

일각 정도 여러 가지 대응 방안이 오갔지만 오늘도 뚜렷한 결론을 내지 못한 그들은 자리를 일어서 나갔고, 넓은 대청에 연청 진인과 개방의 대장로인 질풍걸개 소진만 남았다.

"장로께서는 따로 하실 말씀이라도 있으시오?"

연청 진인은 심기가 그리 편치 않은 탓에 목소리에 힘이 없었다.

현재 이 일을 알고 있는 것은 구파일방 중 화산, 무당, 점창, 개방, 곤륜 다섯 문파뿐이었다.

처음 암호문을 받아 쥔 화산의 연청 진인이 망설이다 최소한의 인원만을 불러 의논한 탓이었다.

후에 이 일이 밝혀지면 제외당한 문파로부터 엄청난 책임 추궁이 있을 터이지만 연청 진인은 그걸 감수할 수밖에 없었다.

그런 각오까지 하고 일부 믿을 만한 명숙들을 규합했건만 그들조차 혼란을 느끼는지 의견이 제각각이었다.

그러니 심기가 편할 리가 없었다.

개방의 소진은 이런 연청의 심기를 짐작하고는 있지만 직업(?)이 직업인만큼 어깨만 으쓱했다.

"예, 그렇습니다. 진인께 말씀드릴 게 있어서……."

"무슨 중요한 정보라도 접수하신 것이외까?"

연청이 눈빛을 빛냈다. 정보 수집으로 이름 높은 개방이니 혹시나 하면서.

그러나 소진은 고개를 내저었다.

"아이고, 그런 게 있었으면 아까 다른 분들 앞에서 춤이라도 추면서 털어놨을 겝니다."

"그렇다면……."

"글쎄요. 한 가지 마음에 걸리는 게 있어서 말입니다."

소진이 손톱에서 때를 긁어내더니 연청에게 다가섰다. 그리고 그 조그만 의심에 대해 이야기를 시작했다.

"이후성 부대주의 보고서를 잘 읽어봤는데 말이지요."

소진의 이야기가 끝나갈 무렵 연청의 표정은 딱딱하게 굳어 있었다.

*   *   *

매형과의 대련이 있고 나서 며칠이 지났다.

"어때, 오늘 같이 표국으로 가보지 않겠나?"

아침을 먹고 난 장우복이 이렇게 물어왔다. 수운은 이왕 시작할 거 빠른 게 좋다는 생각에 선선히 고개를 끄덕였다.

오직 수란만이 도착하자마자 코가 깨진 동생을 벌써 힘든 일에 동원하느냐고 못마땅해했지만 수운이 웃으며 장우복을 따라나서자 한숨을 쉬며 묵인할 수밖에 없었다.

하지만 잠시 기다리라며 안으로 들어갔다 나온 그녀는 곧바로 한 자루 검을 수운에게 안겼다.

"시아버님이 내게 선물하신 검이야. 너, 가서 따로 무술 배울 거라며? 그때 써."

"아냐, 누나. 난 권장법을 배울 거라……."

적어도 도검을 드는 일만은 하지 않으려는 게 그의 생각이었지만 수란이 눈을 험악하게 뜨고는 억지로 검을 허리춤에 매달려 했다.

"얘가? 너 혹시 나중에 표사 돼서 산적하고 싸울 때 맨손으로 싸울 거라고? 얘가 죽을려고. 아주버님이 자주 말씀하시는 대로 산적패랑 싸울 때 연장으로 쑤시는 게 제일……."

장우복은 '연장'이라는 말이 나오자 화들짝 놀라며 수란의 입을 손가락으로 지그시 눌렀다.

"수란, 제발 형님의 그 비속한 말을 따라 하지 말아요. 우리 애기 물들어요. 그리고 검은 필요없어요, 아직은."

그러나 수란은 이것만은 포기하지 못하겠다는 듯 끝까지 검을 소지할 것을 종용했고, 표국으로 향하던 중에 벌어진 이 작은 소동은 유수운이

어쩔 수 없이 검을 소지하겠다고 순순히 누나의 말을 받아들인 이후에야
끝이 났다.

장우복과 이런 저런 얘기를 하며 표국에 들어선 수운은 장우복이 새로
운 쟁자수가 들어왔다는 수속을 밟기 위해 사라진 순간 쟁자수들이 사용
한다는 건물 앞에 서서 시간을 보냈다. 아직 이른 시간이라 그런지 그를
제외하고는 아무도 보이지 않았다.

반 다경이나 지나갔을까? 갑자기 부리부리한 눈에 장비수염을 기른
거구의 사내가 쟁자수들이 쉴 때나 표국 내에 머물 때 사용한다는 건물
앞에 나타났다. 그는 칼을 찬 채 건물 앞에서 서성이는 유수운을 보자 멈
칫하다 다가와 말을 걸었다.

"이곳은 쟁자수들이 사용하는 곳인데… 새로 온 표사신가?"

"아, 아닙니다. 전 오늘부터 쟁자수 일을 시작해 보려고……."

"쟁자수?"

그 말에 장비수염의 사내 얼굴이 와락 우그러들었다.

그는 말없이 우그러든 얼굴 그대로 유수운을 머리끝부터 발끝까지 샅
샅이 훑어보더니 노골적으로 마음에 안 든다는 듯 그의 눈을 노려보았
다. 그의 눈길을 받자 부담스러워진 수운이 조금 안절부절못하다가 그에
게 말을 걸었다.

"저, 왜 그러시는……."

"조용."

유수운은 얼떨결에 입을 다물었다. 그의 눈길이 또다시 머리끝부터 발
끝까지 더듬거리며 세심히 살펴 나가더니 허리춤에서 멈추었다. 혀를 차
는 소리가 크게 울렸다.

"너, 허리에 찬 검은 뭐냐?"

"아, 이건 얼떨결에 누……."

“조용.”

사연을 설명하려던 수운을 또다시 막아선 그는 이번엔 가까이 다가서더니 발끝으로 검을 툭툭 차기 시작했다.

“정신이 있냐, 없냐? 너, 쟁자수 할 거라고? 쟁자수가 뭐냐? 표사냐? 아니지? 그치? 너, 표사 아니지? 너, 쟁자수로 들어왔지? 그치?”

“아니, 그게 그렇긴 한데 저는……”

“조용!”

장비수염이 다시 인상을 쓰며 조용을 외치자 유수운은 자신도 모르게 ‘네’ 라고 대답하고 말았다. 장비수염은 ‘흐음’ 하고 신음성을 흘리더니 정말 한심한 놈을 바라본다는 눈길로 그와 검을 번갈아 바라보았다.

“너 말이지. 만약, 만약에 말이지. 떼도둑놈들하고 쌈이라도 났다고 생각해 보자. 막 표행을 하고 있는데 존나 무식한 새끼들이 막 도끼하고 쌍칼 들고 들어온다고 생각해 보자구. 어떤 새끼는 이따만한 참마도까지 들고 있다고 생각해 봐. 존나 살벌하겠지? 막 도망가고 싶겠지? 그치?”

“아니, 그러니까……”

“아, 새끼! 조용하라니까 말 존나 못 알아먹네! 조용히 하고 들어, 새꺄!”

“네.”

“아무튼 그런 졸라 무식한 도둑들이 덴볐어. 그럼 우리가 싸우냐? 아니지. 우린 쟁자수니까 안 싸워. 그럼 누가 싸우냐? 당연히 싸우는 건 표사지. 개들이 싸우면 우리는 뒤에서 짐이나 나르면 돼. 그러니까 쟁자수야. 그러다 표사들이 이기면 다시 길 가는 거고 도둑놈들이 이기면 그냥 짐 다 주면 돼. 짐을 얌전히 줄 만한 분위기가 아니면 짐 놓고 열라 토끼면 되는 거야. 어떻게 한다고?”

유수운은 그가 열변을 토하다 돌연 자신에게 질문을 던지는 것을 들었지만 아까의 예를 상기하며 조용히 입을 다물고 있었다. 그러나 대답이 없자 장비수염이 콧김을 내뿜으며 자신을 노려보았다.

"이 새끼, 꼴통이냐? 조장이 묻는데 눈깔만 굴려? 너, 혀 짤렸어? 벙어리야? 우리 말 몰라?"

"아뇨. 아까 조용히……."

"조용."

"네."

"아무튼 도망가는 거야. 그런데 씨발, 그 쟁자수 중에 칼 든 새끼가 있어봐. 봐봐. 니가 도둑이야. 쟁자수는 신경도 안 썼어. 그게 법칙이니까. 그런데 이제 간신히 표사 애들 뱃대지에 칼 좀 담가서 표물 좀 챙기려고 그러는데 한 쟁자수 새끼가 칼 들고 꼬나보고 있다 쳐봐. 니가 산적이라면 열 받어 안 받어?"

"그거야……."

"당연히 받지, 새꺄! 너 씨발, 딴 동료까지 골로 가게 만들 일 있어? 쟁자수는 무조건 비무장이야! 칼? 몽둥이도 안 되는 게 쟁자수야! 안 그러면 비상사태 때 다 죽는 거야! 알았어? 알아들었으면 칼 반납하고 복장 허름하게 하고 다시 보도록 하자. 알겠냐?"

장비수염은 그렇게 말한 뒤 몇 걸음 걷다가 유수운이 여전히 그 자리에 서 있자 버럭 소리를 질렀다.

"이 새끼, 그렇게 설명했는데도 되게 못 알아듣네. 얌마, 쟁자수는 눈치가 생명이야. 근데 시키는 것도 못해? 너 오늘 당장 짤려볼래? 빨랑 시킨 대로 안 해?"

"그게 매형을 좀 기다려야……."

"매형? 네 매형이 누군데?"

"장씨 성에 우 자, 복 자를 쓰시는……."

“장우복이?”

장비수염이 눈을 동그랗게 뜨며 처음으로 놀랐다는 빛을 띠었다. 그리고는 감탄했다는 표정으로 수운에게 다가와 그의 얼굴을 뚫어지게 바라보더니 감동했다는 듯한 표정으로 그의 어깨에 손을 올려놓았다.

“이럴 수가?”

그리고 어딘지 비뚤어지고 장난기 가득한 눈으로 어깨를 토닥였다.

“정말이지, 표두 후광으로 쟁자수밖에 못하는 녀석을 살아생전에 볼 날이 있을 줄은 생각도 못했는데…….”

그 순간 유수운은 멸명마공을 운용할 뻔했으나 사부의 얼굴을 떠올리며 가까스로 참아냈다. 자신이 죽을 고비를 넘겼는지 아는지 모르는지 장비수염의 사내는 연신 낄낄거리며 유수운을 놀리기에 여념이 없었다.

“상혁 조자앙, 애 데리고 놀리는 거 좀 그만두쇼.”

이미 당할 만큼 당한 뒤에야 매형 장우복이 손에 한 장의 종이를 들고 나타나 나른한 목소리로 중재했다.

낄낄거리는 장비수염과 얼굴이 나름대로 탈색된 유수운을 보고도 피식 웃고 마는 모습을 보니 자주 있는 일인 듯했다. 상혁이라 불린 장비수염은 쟁자수임에 틀림없어 보이는데도 거리낌없이 반말로 장우복의 말에 대꾸했다.

“얘가 네 녀석 일가 친척이라매? 이제 느디어 일가 친척 하나 표사로 못 끌어올릴 정도로 권력이 줄어든 거냐?”

“시끄럽고, 진지하게 표국 일 배우려는 애니까 잘 가르쳐 줘. 아, 처남, 아까 말했지? 우리 유성표국에는 쟁자수에게 무술 가르치는 사람 하나 있다고. 이 시건방진 분이시지. 쟁자수에다 척 보기에도 껄렁해 보이지만 제법 한 수 있는 쟁자수니까 잘 배워두면 후회는 없을 거야.”

“나야 잘 가르치겠지만 척 봐도 비리비리해 보이는 게 뭐 배우기나 하겠어? 게다가 쟁자수로 온 녀석이 검? 안 돼. 글러먹었어. 그냥 니가 델구 가서 표사로 재깍 임명시키고 거들먹거리게나 만들라고."

상혁은 끝까지 이죽거리며 수운을 놀려먹을 기세였다. 장우복은 손에 들고 있던 종이를 그에게 넘겨주고 고개를 설레설레 흔들며 자리를 물러갔고, 다른 쟁자수들이 들어설 때까지 유수운 홀로 상혁의 입담을 견뎌야 했다.

어쨌거나 이로써 빛나는 절명문 칠대 장문 유수운은 그래도 강호라 불리울 수 있는 곳에 첫발을 내딛게 되었다.

"자, 힘내자!"

"하아, 힘내야지."

겨우 이틀이 지났을 뿐이건만 유수운은 정신이 없었다. 내심 쟁자수라면 표행 때나 좀 바쁘고 평상시엔 엄청나게 한가하리라 생각했었는데 그게 아니었다.

할 일이 엄청나게 많았다. 게다가 마음에 들지도 않는 일이었다.

우선 한 켠에 마련된 축사에서 선임과 함께 표국에서 기르고 있는 이리들에게 먹이를 주는 걸 배워야 했다.

적의를 완전히 감추지 않은 음험한 눈으로 먹이를 나르는 자신을 관찰하는 이리들의 시선을 느끼고는 불쾌한 기미를 감추지 않았다.

"대체 이리는 왜 키우는 거예요?"

"똥 때문이지."

"네?"

"말려서 태우면 붉은 연기가 나. 신호용으로 쓰는 거지. 거기에 유황과 염초, 지푸라기들을 섞으면 긴급 신호용으로도 쓰는 거야."

일단 선임에게 물려받은 '전담' 업무는 이리를 돌보고 똥을 모아 건

조시키는 일 하나였지만 그 외에 교육받는 일은 그 몇 배나 되었다.

우선 말에 대해 배워둬야 했다.

"말을 돌보는 거, 당연히 전임이 따로 있지. 하지만 알아둬야 해. 표행을 하다 보면 무슨 일이 날지 모르는데 담당이 없다고 내버려 뒀다간 큰일난다구. 물론 표사들도 말에 대해 알지. 하지만 표사들은 표행할 때 말에 신경 쓰지 않아. 표사는 보호와 감시가 일이니까. 우리는 관리와 수송이 일이야. 분야가 달라. 그러니까 쟁자수가 말 다룰 줄 모르면 그야말로 웃기는 일이지. 알겠나, 초보 쟁자수?"

상혁은 자신을 마구간으로 보내며 그렇게 잔소리를 해댔다. 그리고 유수운은 온종일 선배 쟁자수들을 따라다니며 일에 대해 익히고 배워야 했다.

강호를 향한 웅대한 꿈을 꿀 시간조차 없이 하루가 끝나갔고, 유수운은 상혁이 빈둥거리고 있는 건물로 향했다. 상혁은 변함없이 침상 위에서 볕을 쬐며 노닥거리다 녹초가 되어 돌아온 유수운을 보며 크게 웃었다.

"꼴을 보니까 오기 전에 했던 생각이랑 많이 다른가 보구만? 이봐, 유수운이, 쟁자수 일이 단순할 거라고 생각했지? 내가 한마디 충고해 주지. 이 세상이 존재하는 한 절대 그럴 수가 없는 거야. 씨발, 일이라는 게 말이야, 그 중요함이라거나 세상에서 평가하는 중요함 같은 건 천차만별이지만 그 쓰잘데기없어 보이는 복잡함은 하나 다를 바 없어. 봐. 너, 쟁자수들이 하는 걸 표사들도 똑같이 할 수 있을 거 같아? 다 똑같아. 뭘 하든 무슨 일이든 쉬운 건 없어."

그가 키득거리며 하는 말에 유수운은 '그렇더군요' 하며 고개를 끄덕일 수밖에 없었다.

"그래, 그래도 알았으면 됐어. 자, 가자."

상혁은 앞뒤없이 '가자'라고 말한 뒤 야외 침상에서 일어나 휘적휘적 앞서 걸었다.

"저, 조장님, 어디로 가는 건가요?"

"어디긴, 너 표사가 목표라며? 쌈박질 배워야 되는 거 아냐?"

그들이 도착한 곳은 걸어서 일각 정도 걸리는 야트막한 산의 공터였다. 표국에서 가깝고 산세가 평이해서 훈련하기 좋은 장소라고 한다. 게다가 그들이 배우는 무공이라는 게 대부분 평범한 것이기 때문에 누군가 훔쳐봐도 상관없다는 데 이르면 이만큼 좋은 장소는 찾아보기 힘들 듯했다.

공터에는 이미 세 사람이 각자 수련을 시작하고 있었다. 모두 안면이 있었다. 한 명은 같은 칠조에 속한 사람이고 다른 이들은 아직 표행을 떠나지 않고 표국에 남아 있다는 이조의 인물들이었다.

"재중이 너 임마, 자세가 또 높아졌잖아! 또 기초만 한 석 달 해볼까?"

상혁은 공터에 도착하자마자 특유의 목소리로 고래고래 소리를 질러댔고, 각자 수련에 열중하던 사람들은 움찔하며 다시 신중하게 움직이기 시작했다.

"자."

상혁이 유수운을 보며 고개를 까닥거렸다. 유수운이 무슨 뜻인지 몰라 멀뚱히 그만 바라보자 상혁은 또다시 깊은 한숨과 함께 머리를 벅벅 긁어댔다.

"아, 정말 이 자식, 아직도 적응 안 됐나? 말했지? 쟁자수는 눈치가 생명이야. 척하면 딱 알아서 해야지. 내가 여기까지 와서 너한테 '자'라고 말하면 니가 할 게 뭐 있겠냐? 너, 글 좀 쓰냐? 그래서 여기 왔냐? 아니지? 그럼 여기 뭐 하러 왔냐? 나한테 쌈박질 배우러 왔지? 내가 가르쳐야 되지? 그럼 내가 뭘 알아야겠냐? 유수운이 니가 뭘 배우고 얼마나 배웠는지 알아야 되겠지? 그렇지? 그래, 안 그래?"

"그렇……."

"조용. 말은 시끄럽고, 빨랑 배운 거 털어놔 봐."

정신을 빼놓는 상혁의 비아냥이 끝나자 유수운은 머리를 긁적거리다 천천히 나한권을 처음부터 시작해 나갔다. 동자배불에서 시작해서 좌붕도추까지의 기본 동작이 끝나자 이어서 육합권을 공을 들여 시전했다.

모든 시연을 끝내고 숨을 고르며 상혁을 바라보자 그는 매우 황당하다는 듯한 얼굴을 하고 유수운을 바라보다 그가 평생 못 잊을 평을 남겼다.

"너, 쟁자수 하길 정말 잘했다. 딱 쟁자수 수준이네."

얼굴이 일그러진 유수운을 향해 상혁도 얼굴을 일그러뜨리며 말을 이어나갔다. 마치 자신이 뭘 잘못해 이런 녀석을 가르쳐야 한단 말인가, 대충 그런 뜻이 새겨진 얼굴이었다.

"유수운이 너 말야, 일단 너 이 자식, 하체가 부실해. 어디 장가나 가겠어? 이건 무술이고 나발이고 그 이전의 문제라 이거야. 하체가 부실하다 못해 허물어져 내렸어. 너, 마누라 있었으면 바로 쫓겨났어. 그리고 몸 말이야. 이건 어디 전신 근육 어디 한 군데 탄력을 발견할 수 없구먼 그래. 무술을 배웠어? 어디 가서 그런 소리 하지 마라. 잘못하다간 몰매 맞는다. 일단 나한권 말이야. 나한이 술 먹었냐? 이리 비틀, 저리 비틀. 너 이 자식, 기껏 나한권도 시정잡배들이 펼치는 것만도 못해서 어따 써먹냐? 권법이란 게 말이야. 권이 어디를 향해야 하는지, 발이 왜 따라가야 하는지, 중심은 어떻게 이동해야 하는지, 다 이런 게 들어 있는 거야. 그런데 넌 그런 고민한 흔적이 한 군데도 없어. 유수운, 쟁자수 무술 교두 생활 이 년 만에 이처럼 자신있게 말할 수 있는 건 처음이지만 넌 임마, 초보 이하야. 오히려 처음 배워서 나쁜 버릇이 없고 몸이 유연한 꼬마 애들이 너보다 훨씬 유리해."

상혁의 입에서 악평이 줄줄이 흘러내려 그의 마음속에 차곡차곡 쌓였다. 대절명문의 칠대 장문이 어째서 쟁자수 무술가에게 이런 말을 들어야 하는가? 다 때려치우고 그냥 집으로 돌아가서 장사나 좀 배우다 때를 봐서 강호로 나오는 게 나을까 하는 생각이 들었다.

"자, 어쨌거나 이제 수준을 알았다. 딱 거기에 맞는 훌륭한 수련 내용을 지정해 주지. 정상까지 뛰어갔다 와."

"예?"

"이 자식, 몸이 부실한 것도 문제지만 얼빵한 것도 큰 문제로구먼. 아까 내가 한 말 들었어, 못 들었어? 넌 무술 이전에 몸이 문제라니까. 몸 만들기 전엔 딴 거 배워도 쓸모없어. 뛰어. 모름지기 뛰는 게 모든 것의 기본이야."

그리하여 유수운은 정상까지 달려갔다 와야 했다. 아무리 야트막하다 해도 산은 산이다. 오르막을 헉헉거리며 뛰다 보니 숨이 턱에 닿아 몇 번이고 멈춰 서서 숨을 몰아쉬고서야 간신히 비틀거리며 정상에 다다를 수 있었다.

내리막이라고 다를 건 없었다. 속도가 빨라진 만큼 무릎과 허리에 가해지는 충격이 심한데다 힘이 빠져 종종 바닥을 굴러야 했다. 간신히 공터가 있는 장소까지 도착하자 상혁이 버럭 소리를 질렀다.

"내가 뛰랬지 걸어갔다 오랬냐! 장난해? 다시 올라가! 이번엔 뛰어갔다 오는 거다! 알았냐?"

유수운은 이를 바득바득 갈면서 다시 정상을 향해 뛰어올라야 했다. 그걸 세 번이나 반복시키고 나서야 상혁은 뜀박질을 중단시켰다. 그리고 늘어져 숨을 몰아쉬는 수운을 다시 다그쳐 일어나게 한 뒤 마보 자세를 취하게 했다. 유수운은 일각을 버티지 못하고 무너져 상혁에게 욕을 바가지로 얻어먹어야 했다.

이 모든 수련 과정이 너무도 고통스럽다는 점에서 유수운은 새삼 놀라야 했다. 신공절기를 익힐 때가 오히려 더 편하고 쉬웠다. 이런 일이 있을 수 있는 것인가?

마보를 취하다 무너지기를 반복하는 동안 상혁은 다른 이들을 세세히 지도하고 있었다. 동작 하나도 허투루 넘기는 경우가 없는 듯했다. 기진한 상태에서도 수운은 상혁이 보기보다 세심한 지도를 한다는 점에서 다소 안심했다. 이 고통이 헛되지는 않을 거라는 생각 때문이었다.

역시 일반적으로 쓰일 간단한 눈속임 무공이 반드시 필요한 것이다.

그날의 수련은 모두 다 같이 간단히 몸을 푸는 것으로 끝이 났으며 유수운은 풀린 다리로 휘청거리며 간신히 장씨 저택에 도착할 수 있었다. 피곤해서 몸을 씻을 엄두도 내지 못하고 그는 그대로 침상에 처박힌 채 잠이 들었다.

"무슨 일을 애가 걷지도 못하게 시켜요?"

유수란이 식사를 하는 둥 마는 둥 하며 장우복에게 투정을 부렸다. 엄청난 근육통에다 다리에는 힘이 제대로 들어가지 않아 벽을 붙잡고 간신히 식사를 하러 왔더니 그 모습을 본 수란이 속이 상했는지 장우복에게 화풀이 비슷한 말을 늘어놓는 중이었다.

"난 괜찮아, 누나. 이서 일 때뮤에 그럴 게 아니라 무공 수련 때문에 그런 거야. 걱정 마. 익숙해지면 괜찮아질 거야."

"아무리 그래도……."

"누나는 조금 있으면 애 엄마 될 사람이……. 이런 거 일일이 신경 쓰다 보면 나중에 애는 어떻게 키우려구."

유수운은 불평을 퍼붓는 누나의 눈길을 피해 난감하게 밥만 먹고 있는 매형을 흘깃 바라보며 내심 웃음을 참았다. 그렇게 몇 마디 더 수란의 기분을 풀어주자 그녀는 그제야 약간의 미소를 띠며 투정을 멈췄다.

장우복은 또 다른 불만이 튀어나올까 봐 얼른 수운을 데리고 표국으로 향했다. 근육통으로 걷는 속도가 느렸지만 우복은 느긋하게 그와 보조를 맞춰 걸었다.

"할 만한가, 처남?"

장우복의 질문에 옆을 보자 그가 비틀거리는 유수운의 하체를 보며 의미심장하게 웃고 있는 게 보였다. 어쩐지 무인으로서 보여선 안 될 장면을 보이는 듯한 느낌에 부끄러워진 수운이 약간 벌게진 얼굴을 감추며 할 만하다고 대답했다.

"그래, 열심히 해. 상혁 조장 그 사람이 보기엔 그래도 사람 키우는 재주가 있어. 솜씨는 뭐, 보면 알 테고. 여하간 잘만 따라 하면 빠른 시간 내에 표사가 될 수 있을 거야."

그런 느낌은 이미 어제 받았다. 그래서 더 크게 느끼는 의문이 하나 있었다.

"그런데 매형, 조장은 어떤 사람이죠? 상당히 실력있는 사람처럼 보이던데 왜 쟁자수를……?"

"그게… 뭐, 그 사람 나름의 사연이 있지."

거기까지 말하고 말없이 걷기만 하는 품이 더 말하기 싫어하는 듯했다.

"그 얘기는 그만 하고, 아까는 우리 수란이 때문에 정신이 없어서 말 못했는데 처가에 자네 말대로 서신을 보내뒀어. 그런데 아무리 생각해봐도 장인어른 성격으로 봐서 날벼락이 치지 않을까 생각되는데… 괜찮겠어?"

유수운은 매형에게 집으로 서신을 한 통 보내달라고 부탁했었다. 내용은 그가 당분간 이곳에 머물며 출산이 임박한 누나와 함께 있고 싶어한다는 것과 표국의 일을 배우고 싶어해서 표국에 일자리를 얻었다는 것 등이었다.

유수운은 서신을 받아 쥔 가족들 얼굴이 눈에 선했다. 아버지는 '도둑노무 시키'가 이번엔 막내아들을 노린다며 길길이 뛰실 거고, 어머니는 조금 서운해하시겠지만 '수란이 옆에서 일을 배운다는데 그냥 둡시다' 그러실 테고 형은 옆에서 아버지 약이나 올릴 것이다.

그러나 그에 대한 대책은 이곳에 오기 전부터 이미 세워두지 않았던가?

"뭐라 그러시면 누나 서신 한 통이면 끝일 텐데요 뭐. 이제 조만간 외손자도 생기겠다 절대 못 이기실걸요?"

"하긴."

어릴 때부터 아버지는 누나 말이면 뭐든 들어주었다. 자신이 사부를 따라간 뒤에도 그 일에는 변함이 없었다 들었으므로 수운은 애초의 생각대로 여차하면 누나를 방패로 내세울 생각이었다.

표국에 도착한 둘은 서로 오늘 하루 열심히 하라는 등의 얘기를 나누고는 각자의 일터로 떠나갔다. 유수운은 도착하자마자 일을 나섰다는 걸 확인받고 곧바로 이리의 똥을 수거해서 알려준 대로 건조 작업에 들어가야 했다.

구육동 때문에 단순한 일도 엄청나게 힘거운 판에 이리들은 이리대로 호시탐탐 유수운을 물어뜯으려고 눈을 빛내고 있었다. 이것도 이미 주의받은 대로였다. 이리들은 밥을 주는 사람이 바뀔 때마다 그를 노려 공격을 하려 한다고 했다. 익숙해지면 사람을 알아보고 꼬리도 치는 등 제법 귀엽게 행동하지만 처음 보는 사람을 접하면 야성으로 돌아간다는 것이다.

밥을 주는 것조차 힘에 부쳤다. 아우성치는 이리들을 힘없이 바라보던 그는 이 상태로는 아무것도 못하겠다 싶었다. 그는 사육장 한 켠에 놓은 짚 위로 가서 몸을 눕혔다. 시끄러운 이리들 소리도 이 천상의 휴식을 방해하지 못했다.

반 시진만 누워 있다 다시 일을 하려고 마음먹은 순간 문득 운기조식을 하면 피로가 많이 가신다고 했던 사부와 기초적인 무공입문서의 말이 떠올랐다.

그는 이제껏 단 한 번도 피로해서 운기조식을 해본 일이 없었기 때문에 그 말이 사실인지 알지 못했다. 유수운은 누웠던 몸을 일으켜 세우곤 그 자리에 앉아 사위를 훑어보고 아무도 접근하는 사람이 없다는 것을 확인했다. 그리고 효과가 있기를 바라며 조용히 절명기를 심법대로 일주천시키기 시작했다.

그가 멸명마공을 개방한 순간 이글거리는 눈으로 짖어대던 이리들이 멈칫했다. 순식간에 이리들은 짖어대는 걸 멈추었고, 그 다음에는 꼬리를 말고 사육장 구석으로 슬금슬금 이동했다.

이리들이 죽은 듯 잠잠해진 가운데 유수운은 주천을 네 번 이끌어내어 가슴에 모인 탁기를 내뱉고 입 안에 고인 침을 삼키는 것으로 운기조식을 마쳤다. 눈을 뜨는 순간 그의 눈에 강렬한 정광이 튀어나왔고, 그 빛은 절명기를 갈무리하는 순간 스러져 갔다.

'근육통이 사라졌어.'

가부좌를 풀고 일어나 몸을 이리저리 움직여 보던 유수운은 속으로 새삼 감탄할 수밖에 없었다. 조금 전까지만 해도 움직이는 것도 힘들었는데 짧은 시간의 운기조식만으로 몸이 거의 정상으로 회복되었다.

멸명마공은 역시 대단한 무공이다라고 그는 생각하며 입맛을 다셨다. 이 파괴력이 조금만 약했더라도 자신이 이렇게 이리 똥이나 모으러 다닐 일은 없었을 텐데.

"어쨌거나 몸도 풀렸으니 다시 이리들이나……."

축사로 다가간 유수운은 이리들이 구석에서 벌벌 떨고 있는 장면을 보자 '저것들이 갑자기 왜 저래?'라고 고개를 갸웃했다. 밥을 주고 똥을 수거하기엔 편했지만 조금 전까지 짖고 날뛰던 놈들이 단체로 기가 죽은 듯하자 의아하기 짝이 없었다.

어쨌든 덕분에 일을 일찍 마무리한 수운은 다시 축사 한 켠에서 마저 운기조식을 시작했고, 슬금슬금 밥을 먹던 이리들은 다시 구석에 처박혀 온몸을 압박하는 저 이상한 기운이 사라지기만을 바라고 있을 뿐이었다.

다시 일각 정도 운기조식을 한 수운은 몸 상태가 거의 최상으로 돌아왔다는 것을 느끼고는 기분이 좋았다. 이렇게 피로를 쉽게 풀 수 있다면 수련에 많은 도움이 될 것이다.

그는 다시 정해진 일과대로 마방으로 향해서 말들에 대해 한 노인의 지긋한 이야기를 들었고, 선배들을 따라 표국 여기저기를 헤집고 다녔다. 아직 신참이라 실질적으로 하는 일은 별로 없이 배우기만 하는 데도 지치기는 매일반이었다.

전날과 마찬가지로 축 늘어져서 상혁을 찾아가자 그는 어제와 마찬가지로 이죽거리며 그를 맞았고, 같이 야산으로 향했다. 상혁은 다음날부터는 나를 찾아오지 말고 일이 어세 끝나든 공터로 가서 사람들과 수련을 하고 있으라고 말해 주었다.

"조장님, 저… 몸을 다 만들고 나면 저는 뭘 배우죠?"

상혁은 별걸 다 묻는다는 식으로 그를 바라보더니 어깨를 으쓱했다.

"글쎄, 뭘 배우고 싶은데? 검? 도? 권장? 가만있어 봐라……. 너, 첫날 검 가져오지 않았었냐? 그럼 검인가?"

수운은 누나가 억지로 쥐어줬던 검을 떠올리며 슬쩍 웃었다. 그 검은 지금 장우복이 표국 내에 보관해 두고 있었다. 집으로 도로 가져가면 누나가 또 뭐라고 할 것 같아서 아예 매형에게 맡아달라고 부탁해 놓았다.

"전 권장 쓰는 법을 배우고 싶습니다."

"이제껏 배운 게 육합권하고 나한권이라서? 너, 내가 말했지? 그거 아까워하지 말라고. 이제껏 권법 배워서, 그게 아까워서 계속 권법 배우려는 거면 신경 안 써도 돼. 너, 초보자 이하라니까?"

초보자 이하라는 말이 여전히 수운의 가슴에 틀어박혔지만 그는 애써 의연하게 그 말을 넘겼다. 초보자 이하가 아니라 그저 무공을 숨기고 있을 뿐이라고 속으로 눈물을 흘리면서.

"그거 때문이 아니라 이유가 좀 있습니다. 무기를 쓰기는 좀……."

"이유? 무슨 이유? 뭔지 모르겠지만 너 같은 초보들은 일단 무기 들고 시작하는 것도 괜찮아. 권장류로 피 튀기는 실전에서 제대로 적응하려면 시간이 오래 걸려. 무엇보다 힘들지."

"괜찮습니다. 도검은 좀……."

"내가 상관할 바는 아니지만 힘들 거야. 늦은 나이라 내공을 쌓기도 쉽지 않은데 권장법이라면."

"내공은 상관없어요. 스승님이 어차피 절맥 때문에 내공을 쌓지는 못한다고 하셨습니다."

유수운은 어렸을 때 심한 절맥을 앓아 스승을 따라 집을 나섰으며, 병이 낫기는 했으나 단전에 내공을 쌓아 진기를 돌리는 것이 불가하다고 대충 둘러댔다. 처음 상혁을 만났을 때부터 그렇게 말을 하기로 정해놓았다. 어차피 내공없이 몸을 움직이는 법을 알기 위해 이 고생을 하는 것이잖은가?

상혁은 그의 말을 듣더니 더욱 마뜩찮은 표정을 지었다.

"내공없이 권장만이라면……. 선택은 알아서 하는 거지만 쉽지 않아."

“네.”

“뭘 믿고 도검은 안 배우겠다고 하는지 모르겠지만, 씨발, 내가 알고 있는 권장법은, 그것도 외가 계열의 권장법은 달랑 하나밖에 없다. 그것도 대충 배우다 말았지. 왜냐고? 씨발, 외가 계열 무공은 배우는 거 열라 힘들어. 그런데 막판에 가면 내가무공한테 밀려. 니가 나라면 뭘 배울 거 같냐?”

“그야 내가무공이겠죠?”

“그래, 그러니까 너한테 알려주긴 하겠다만 큰 기대는 않는 게 좋아.”

어차피 큰 기대를 가지고 쟁자수를 하는 게 아니었다. 적당히 일반적인 무술 흉내를 낼 수 있다면 그걸로 족했기 때문에 유수운은 선선히 고개를 끄덕였다. 자신의 진신절기는 어디까지는 멸명마공인 것이다.

공터에 도착한 상혁은 곧바로 유수운에게 어제와 같은 달리기를 시켰다. 그는 모래가 담긴 주머니를 나무 위에 매달면서 말했다.

“이 모래가 다 떨어지기 전까지 뛰어갔다 와라. 지금은 그저 달리고 달리고 또 달려. 외가권은 내가권과 달라. 너의 갈 길은 다른 사람보다 몇 배는 더 힘들 수밖에 없어. 믿을 건 몸밖에 없는 게 외가권이야. 그냥 전부 다 너의 힘, 너의 근육, 너의 지구력, 무조건 니 몸만 믿어야 돼. 그러니까 지금은 무조건 뛰어. 몸을 만들어야 돼. 철저히. 안 그러면 내공을 쓰는 무인들 틈에서 배겨낼 수가 없어.”

그래서 유수운은 뛰었다. 평생 이토록 힘들게 무공 연마를 해본 일이 없었다. 사부는 몸이 굳지 않게 나한권과 육합권을 알려주고 기본적인 몸의 움직임만 알려줬을 뿐 딱히 ‘몸을 쓰는 법’ 을 알려준 적이 없다. 사부는 마음을 쓰는 법과 기를 움직이는 법을 알려주었을 뿐이다. 그나마도 고련은 생각도 못하게 했었다.

고통 하나하나가 낯설다. 폐가 찢어질 듯 숨을 요구하는 경험도 처음이다. 다시 언덕을 오르며 운기조식으로 달래놓았던 근육이 요동친다.

평생 처음 느끼는 근육통이다. 평생 처음 느끼는 한계 상황이다. 그렇게 상혁의 고함과 다그침 속에 어제보다 두 번을 더 언덕을 구보로 오르내려야 했다. 그 다섯 번째 내리막에서 유수운은 힘이 빠진 발을 헛디뎌 크게 굴러야 했다.

아픔보다 몸을 땅에 뉘였다는 안온함이 더 크게 다가왔다. 피 맛이 나는 숨을 내뿜으며 나가떨어진 유수운은 한순간 하늘을 보았다.

'뭘 하고 있는 걸까, 나는?'

이해는 하지만 자신을 몰아치는 상혁이 죽도록 밉기도 했다. 사부가 생각나고, 가족들과 헤어진 십 년의 세월이 생각났다. 십 년 만에 만난 가족들 생각이 났다.

그 모든 생각이 숨 한 번에 몸 밖으로 새어 나왔다. 어째서인지 이 순간 마음이 절로 시원했으며 유수운은 자기도 모르게 한 구절 경전을 입 밖으로 내뱉고 있었다.

"그 불은 꺼져서 어디로 갔는가……."

내 치기 어린 자신감은 어디로 갔는가? 그리하여 나는 다른 사람인가? 유수운은 픽 하고 웃다가 호흡 곤란을 일으켜 캑캑거렸다.

무턱대고 선임들이 시키는 일과 무공 수련에 열중이긴 했지만 그 덕분인지 표국 돌아가는 사정을 조금씩 알 것도 같았다. 표국이 제대로 돌아가려면 노련한 표두나 표사도 필요하지만 그걸 받쳐 줄 수 있는 토대가 절대적으로 필요했다.

수레에 물건 싣는 법, 말의 상태를 살피는 법, 장거리에 필요한 물건을 챙기는 법, 봉인을 뜯지 않고 표물의 상태를 확인하는 법, 유사시 봉인을 손상없이 뜯어내고 내용물을 확인하는 법, 손상된 봉인을 복구하는 법

등 면면히 전해 내려오는 기술은 한도 끝도 없는 듯했다.

이즈음 견학하고 있는 것은 표물 다루기였으며, 그중에서도 의뢰주 몰래 봉인 건드리기법을 보여준다고 했다.

선배 쟁자수는 가상 봉인이 붙은 나무 상자와 조그만 자기병을 꺼내 들고 수운에게 말했다.

"이 약품은 선대 쟁자수들이 수많은 시행착오를 거치며 만들어낸 희대의 걸작이다. 결코 함부로 사용해선 안 되지만 부득이한 경우, 예를 들어 표물이 수상쩍다던가 할 때 가끔 한 번씩 사용하는 거야. 보통 봉인은 종이로 틈새를 단단히 막은 경우가 있고, 혹은 밀랍을 녹여 사용하는 경우가 있다. 오늘은 종이로 된 봉인의 경우를 보여줄 테니까 일단 봐둬. 아, 그리고 이건 약품만 가지고는 안 돼. 많은 연습과 경험이 필요하니까 이런 게 있다는 것만 알아두고 실제로 해볼 생각은 하지 마. 큰일난다."

선배 하나가 티 안 나게 봉인 뜯는 법을 시범 보여주었다. 붓에 약품을 묻혀 구석부터 슬슬 묻혀가며 신중히 종이를 떼어냈는데, 그 얇은 종이가 찢어지거나 형태가 변하지 않았다. 수운이 떼어낸 봉인을 보며 감탄하고 있을 때 선배 우석이 턱하니 어깨동무를 해왔다.

"막내, 지금은 바쁠 때고 피곤도 할 때니까 오늘 저녁 술이나 한잔하러 가자구."

"오늘요?"

"그래, 막내 환영식을 하긴 해야 되는데 오늘 아니면 당분간 술 마시기도 힘들 거 같아서. 얘기 들어보니까 대단한 표물을 받으려고 하나 봐. 그 건이 성사되면 남아 있는 식구들 거의 대부분이 표행에 참가해야 한다니까. 오늘도 표두 상당수가 그 표물 때문에 여기저기 알아보러 다니고 있잖아."

"뭘 알아봐요?"

그것도 표두가? 표국의 일에 아직 완전히 밝지 않은 유수운이 고개를 갸우뚱거리자 우석이 친절히 알려주었다.

"위험도. 일단 받아들이기 전에 인맥이 풍부한 표두들이 그 물건에 어떤 숨은 사정이 있는지 알아보는 거야. 그거 제대로 못 알았다가 먹고 보니 사약이었다간 다 죽는 거니까."

표국도 나름대로 큰 고충이 있구나 하는 것을 새삼 느끼는 수운이었다. 그는 저녁에 술 약속을 하고 다음 일터인 마사로 향했다.

아무리 일이 쌓여 있어도 신참들은 마구간에서 말과 함께 무조건 반 시진 정도는 어울려야 했다. 고참들은 한 노인이 알려준 말의 상태를 잘 기억해 두고 반 시진 정도 '그 상태'의 말이 어떤 것인지 느껴봐야 '진정으로 말을 아는 쟁자수'로 거듭난다고 당부하곤 했다.

진정한 쟁자수로 거듭날 생각은 없었지만 어쨌거나 말들은 덩치에 비해서 퍽 귀여운 놈들이어서 녀석들과 어울리는 것에 별다른 불만은 없었다.

"신참, 난 잠깐 다음 표행에 보낼 말들 목록표를 총무관에 알려주고 올 테니까 잠깐 애들하고 놀고 있어봐. 이거라도 먹여보면서."

한 노인이 한 움큼의 귀리를 쥐어주며 자신이 잠시 나가 있는 동안 이거라도 슬쩍 먹여보며 말들과 어울려 보라고 말했다. 다만 그 외에는 무엇도 말들에게 먹여서는 안 된다고 신신당부했다.

"염려 마시고 다녀오세요."

한 노인을 배웅한 뒤 수운은 귀리를 손바닥에 조금 올려놓고 말에게 가져갔다. 말이 유순하게 고개를 숙이고 혀로 귀리를 쓸어 올렸다.

말의 혓바닥이 손을 축축히 적셔가는 느낌에 입가를 찡그렸지만 수운은 이 덩치만 큰 맹한 눈을 갖고 있는 말들이 무척 귀엽게 느껴졌다.

그때였다.

"말들에게 뭘 함부로 먹이나?"

갑자기 뒤에서 딱딱하기 그지없는 목소리가 들렸다.

"네?"

무의식적으로 반문하며 돌아보자 잿빛의 무복을 입은 청년과 경장을 입은 소녀가 마구간 입구에서 자신을 바라본 채로 자리에 서 있었다.

청년이나 소녀나 단아한 이목구비를 갖춘 데다 입고 있는 옷도 간편할 뿐 척 보기에도 고급 옷감이어서 귀해 보이는 느낌이었다.

상대가 비교적 높은 신분이라는 걸 간파한 수운이 웃으며 주머니에 들어 있는 귀리를 들어 올리며 말했다.

"아, 이건 귀리로……."

청년은 수운의 말을 끊고 주위를 돌아보았다.

"못 보던 놈이군. 넌 누군데 말들에게 함부로 먹이를 주나? 한 노인은 어디 갔지?"

"아, 그게……."

"제대로 말도 못하는 놈이냐?"

그 말에 옆에 있던 소녀가 키득거렸다.

척 봐도 유수운과 비슷하거나 약간 어려 보이는 청년에게 곧바로 '놈' 소리를 듣자 그의 눈썹이 꿈틀거렸다. 그가 곧바로 화를 내지 못한 것은 평생 이런 일을 당해보지 않아 어떻게 반응해야 할지 망설여졌기 때문이다.

"자, 다시 묻겠다. 넌 누구고 한 노인은 어디로 갔나?"

"……."

"허, 쟁자수가 대답없이 눈을 치켜떠?"

그럼에도 수운의 즉답이 없자 청년의 눈이 무겁고 오만하게 가라앉았다. 그러나 수운은 그것을 파악하지 못하고 평소 하던 대로 가볍게 청년에게 항의하려 했다.

"무례하시군요. 처음 본 사람에게 함부로……."

가벼운 항의를 하는 순간이었다.

쫙!

그 소리와 함께 뺨이 불을 가까이 댄 듯 뜨거워졌다.

'뭐지?'

너무 순간적인 일인지라 수운은 무슨 일이 벌어진 것인지 인지하지 못했다. 한순간 늦게 고통이 밀려오고서야 그는 청년이 손에 들고 있던 검집으로 자신의 뺨을 후려친 것을 알 수 있었다.

"무례? 이 시건방진 자식이! 쟁자수 주제에 어디서 눈을 함부로 치켜뜨는 거지? 말대꾸까지? 이름을 말해라! 새로 왔나?'

너무나 어이없이 뺨을 허락한 유수운은 잠시 이게 무슨 일인지 생각해야 했다.

그는 손을 올려 화끈한 오른뺨에 가져다 댔다. 그리고 입가에서 턱을 타고 흐르는 이물감을 느끼곤 손바닥으로 슬쩍 문질러 눈앞으로 가져와 보았다.

"…피?"

"저런 놈도 자기 피는 알아보는군."

입 가득 비웃음을 매달고 청년이 비아냥거렸다.

"그렇다고 때릴 것까진 없잖아, 오빠."

옆에 있던 소녀가 시큰둥하니 말했지만 그 어투에서는 마치 '저 강아지 때리면 불쌍하잖아' 정도의 동정이 느껴졌다. 청년은 소녀의 말을 듣자 고개를 끄덕였다.

"내, 동생 말 때문에 이쯤 해두마. 묻는 말에나 대답하고 꺼져."

“······.”

수운은 흘러내린 피를 손가락 끝으로 비벼보았다. 끈적한 느낌이 기분 나빴다.

무엇보다 기분 나쁜 것은 그의 앞에서 천지 분간 구분 못하고 까불어 대고 있는 저 하룻강아지들이었다.

“계속 그따위로 눈알을 굴리면 파내 버리겠다. 묻는 말에나 대답하고 빨리 꺼지라니까.”

청년과 소녀는 국주가 느지막이 본 후사로 하태진, 하혜진 남매였다.

그들은 자신들의 애마를 타고 기분 좋은 질주를 하려고 했으나 그 말들을 급한 일로 아버지가 다른 표두들에게 잠시 빌려주었다는 것을 알고는 기분이 몹시 상해 있는 상태였다.

해서 일반 마사의 말이라도 타고 기분 전환을 하려던 중에 유수운을 발견하곤 화풀이를 했던 것이다.

이들은 가끔씩 아랫사람들에게 이런 행패를 부리곤 했지만 다른 것엔 꼼꼼한 표국주도 귀여운 남매가 저지르는 일에는 그저 한 귀를 가리고 못 들은 척할 뿐이어서 그들의 행동은 더 오만해져 갔다.

“한 대가는 잠시 볼일이 있다고 나가셨고······.”

거기까지 말하다 수운은 다시 청년을 바라보았다.

그의 가슴에 기묘한 감정이 스며들어 왔기 때문이다. 그것은 생소한 감정이었다.

굳이 표현하자면 분노, 그리고 억울함이었다.

“모자란 놈이군. 나갔다는 건 보면 안다. 어디 갔느냐고 묻지 않았느냐?”

그가 짜증난다는 듯한 표정을 지으며 다시 검집을 들어 올리자 옆에 있던 소녀가 가만히 검집을 막았다.

"그만 하라니까. 보니까 원래 좀 모자란 거 같은데 일일이 때리는 것도 좀 그렇잖아."

"넌 너무 여리구나. 저런 것들은 때려야 제대로 움직인다는 걸 알고 있잖니?"

"그래도……."

그런 그들을 지켜보며 유수운은 심령이 흔들리는 것을 느꼈다.

'이 하룻강아지들이…….'

그는 자신도 모르게 주먹을 말아 쥐었다. 그가 비록 매형에게 단 한 방에 바닥을 기었고, 조장 상혁에게 매일 땅을 뒹굴고 있지만 그게 자신의 본신 실력은 아니었다.

그는 적어도 그들보다 서너 배는 강해 보이는 탁살장 마우라는 고수도 해치울 만한 무력을 지니고 있었다.

"후우……."

탁살장 마우를 떠올리는 순간 수운은 주먹에 힘을 풀었다.

'뭐 하는 거냐, 유수운? 이만한 일로 사람을 죽일 거냐? 제길.'

'그러니까 너만은 약해지라는 거다' 라는 사부의 목소리가 들려오는 듯했다.

그가 애써 눌러 참고 고개를 숙인 채 물러가려 했을 때 스쳐 지나가던 청년이 가볍게 한마디를 던졌다.

"오늘 운 좋은 줄 알아라, 쓰레기 같은 놈."

'참자.'

그런 마음과는 정반대로 수운의 발이 멈추었다.

매형의 주먹질 한 번에 땅에 누웠을 때도, 상혁에게 죽을 정도로 혹사당했을 때도, 이리의 똥을 주워 말릴 때도 느끼지 못했던 감정이 급속도로 몰려왔다.

분노였다. 그 때문인지 가슴 깊숙한 곳에서부터 떨림이 일었다.

그의 몸이 실제로 떨고 있는지 단순히 느낌인지는 알 수 없었다. 생각해 보면 자신은 이런 일을 당할 이유가 하나도 없었다. 이런 녀석에게 검집으로 두들겨 맞으며 능멸당할 이유가 없었다.

그는 몸을 돌려 청년을 바라보았다. 청년 역시 그가 발걸음을 멈춘 순간 뭔가 기대하는 듯한 눈빛으로 수운을 바라보고 있었다. 마치 대들기를, 그래서 마음껏 사람을 타작할 수 있기를 바라는 눈빛이었다.

경멸, 그리고 무시, 오만이 가득 찬 그런 눈빛이었다.

그런 눈빛은 이제껏 세상을 살아오면서 단 한 번도 받은 일이 없었다.

이를 악물었다.

"참자."

"뭐?"

자신도 모르게 중얼거린 말을 들었는지 청년이 재미있다는 듯 몸을 돌려세웠다.

저런 하룻강아지의 도발에 화를 내면 안 돼.

"참자."

그렇게 중얼거려 봤지만 눌려 있던 뭔가가 부풀어 오른다, 넘쳐흐르는 것 같다. 심장을 타고 흘러나온 그 무언가가 중얼거린다. 유혹한다.

수운은 스멀거리는 유혹을 느꼈다. 자신도 모르게 그에 맞춰 중얼거리고 있었다.

무언가가 그의 심령에 달콤하게 중얼거렸다.

보여주고 느끼게 해라.

그리고,

개방하라, 멸명마공을.

그리고 수운은 평생 해보지 않던 일을 그 순간 행했다.

몸 안에 있는 모든 내공을 개방해 몸 밖으로 내뿜었다. 기를 갈무리 않고 밖으로 내뿜는 일은 처음 해보는 낯선 일이었지만 결과는 대단했다.

얼핏 그 기세가 미약했지만 그 날카로움은 마치 불에 달군 바늘과도 같았다. 그 스스로 피부가 따끔거릴 정도로 흥분되었다.

'기분 좋군.'

왜 그간 한 번도 이런 일을 하지 않았는지 후회될 지경이었다.

히이힝!

기세에 민감한 말들이 가장 먼저 흥분해 두 발을 들고 날뛰었다. 이리 축사에서 홀로 운기조식을 할 때 이리들이 겁먹고 물러선 것보다 몇십 배는 더 강한 기세가 말들을 덮쳐 왔기 때문이다.

그리고 그보다 한발 늦게 청년이 화들짝 놀라 검을 들어 올리며 한 걸음 뒤로 물러섰다.

"뭐, 뭐야!"

"까악!"

그들은 어릴 때부터 체계적으로 무공을 익혀 후기지수들 중에서도 적당히 행세할 정도의 무공을 갖추고 있었다. 그런 그들이 일개 쟁자수가 내뿜는 기세에 압도당해 주춤주춤 뒷걸음질쳤다. 자존심을 생각할 겨를도 없었다.

고개를 숙인 채 이를 악물고 있는 유수운이 조용히 반보 앞으로 내딛자 움찔한 하태진은 자신도 모르게 한 보를 더 물러섰다.

"하룻……."

뭔가 중얼거리며 수운이 한 걸음 더 앞으로 나아가자 태진은 이를 갈면서도 한 걸음 더 뒤로 물러섰다.

위압감은 점점 더 커져 갔고 말들의 소란도 소리를 높여갔다. 하태진은 자신도 모르게 검의 손잡이를 잡아 들고 발검할 태세를 취했다. 유수운은 천천히 고개를 들어 정광을 줄기줄기 내뿜으며 당황하고 있는 그들 남매를 바라보았다.

'흥, 하룻강아지들. 마음만 먹으면, 마음만 먹으면 너희들은 내 손끝에서 피를 토하고… 토하고?'

거기까지 생각하던 유수운은 퍼뜩 정신이 들었다.

'이, 이런!'

자신의 실태를 깨달은 수운은 급히 밖으로 방출되던 절명기를 갈무리하기 시작했다.

밖으로 내뿜어지던 절명기가 다시 안으로 흘러들어 와 마음을 보호하기 시작했고, 그제야 수운은 미망에서 자신을 사로잡고 있던 분노를 정면으로 마주 볼 수 있었다.

마음 일어남이 없게 하면 그 마음 항상 편안하고 태평하게 되리니…….

가끔씩 사부가 읽어주던 금강반야바라밀경의 한 구절이 평상시처럼 부드럽게 자신을 감쌌다.

자신은 무엇 때문에 이 자리에 서 있는가?
어째서 눈앞에 있는 사람들에게 화를 내고 있는가?
그들이 나를 해했는가?
내가 그들을 해하였는가?
고통은 해함인가?

모욕은 단순한 말인가, 독인가? 그렇지 않으면 흘러가는 물인가?

수운이 뿜어내던 기세가 씻은 듯이 사라졌다. 짧은 순간 팽팽하게 당겨졌던 시위의 한 축이 끊겼지만 하태진은 여전히 검 손잡이에 손을 댄 채 뚫어지게 유수운을 노려보고 있었다.

그것은 너무나 짧은 순간이어서 하태진은 자신이 느낀 기세가 진짜였는지조차 확신할 수 없었다.

그가 그러거나 말거나 수운은 자책하듯 눈을 감은 채 자괴감에 빠져 있었다. 고작 이런 일 때문에 사부의 당부를 잊고 함부로 멸명마공을 펼칠 뻔했다. 살계에 드는 것이 얼마나 무서운 일인지 그렇게 들어놓고서도.

멸명마공 특유의 호심 효과가 아니었다면, 절명기가 화기가 충만한 마음을 녹여주지 않았다면 그 자리에서 손을 쓸 뻔했다. 모자라고 또 모자라다.

“네놈…….”

“젠장.”

청년 하태진이 뭔가 얹힌 듯한 목소리로 말을 걸려 했으나 수운은 신경도 쓰지 않고 자신을 책망하고 있었다.

‘아아, 그래. 약해지고 말겠어.’

자책 속에서 몇 번이고 중얼거려야 했다.

말들이 부리는 소란 때문에 근처에 나가 있던 한 노인을 비롯해서 몇 명인가의 사람이 마방 안으로 뛰어들어 왔다.

“무슨 일이야!”

뺨에 선명히 검집 자국이 난 채 아직도 핏자국이 선명한 유수운과 검을 들어 올린 채 타오르는 듯한 눈길로 그를 바라보는 하태진과 하혜진을 목격한 한 노인과 몇몇은 내심 혀를 찼다.

또 저 망나니들이 애꿎은 사람을 잡은 것이 틀림없었지만 그런 못마땅한 심정을 드러내기엔 한 노인은 너무 오래 살았다. 다행히 뭐에 놀랐는지 날뛰던 말들도 천천히 진정해 가는 중이어서 그는 최우선으로 저 신참을 국주의 자식들에게서 떼어놓는 것으로 정했다.

"소국주, 나오셨습니까? 아가씨도."

조심스런 그의 인사말에 태진은 여전히 유수운을 바라보면서도 천천히 검집을 내렸다. 그 모습을 본 한 노인이 슬그머니 유수운의 소매를 잡아끌며 태진에게 말했다.

"이 친구가 뭔가 잘못이라도 했나 봅니다. 이해해 주십쇼. 들어온 지얼마 안 되는 친구라……."

태진은 여전히 한 노인의 말은 신경 쓰지 않고 뚫어지게 수운만 바라보고 있었다. 착각이었다 해도 그것조차 치욕이었다. 한낱 쟁자수 따위에게 그런 감정을 느꼈다는 것은 인정할 수 없었다. 뭐였을까, 그 기도는? 분노였을까? 한낱 쟁자수의 분노 따위에 자신이 위험 신호를 느껴야 했다고? 인정할 수 없다. 그는 그것만 생각할 뿐이었다.

"이름, 뭐지?"

태진의 으스스한 질문에 유수운은 여전히 그들의 시선을 피한 채 짧게 대답했다.

"쟁씨에 자수라고 합니다. 실례했습니다, 소국주님."

"감히!"

하태진의 손이 부들거리며 검집으로 향하자 상황을 주시하고 있던 한노인이 얼른 끼어들었다.

"아이고, 저놈이 실성을 했나 봅니다. 저놈 이름은 유수운이라고 합니다. 얼마 전에 새로 들어온 신입이라 아직 표국 내의 일을 잘 몰라서 저릴 겁니다."

하태진은 간신히 칼자루에서 손을 떼고 이를 갈아붙였다.

유수운을 주목하는 것은 태진만이 아니었다. 혜진 역시 멀어지는 유수운의 뒷모습을 보며 날카롭게 눈을 빛내고 있었다.

'그 순간 드러낸 기도는 예사 기도가 아니었어. 마치……'

마치 뭐였지? 그녀는 고개를 갸우뚱거렸다. 강렬하긴 했지만 살기는 아니었다. 살기는 없었지만 순간 죽을 정도로 무서웠다. 무서웠지만 또한 공포는 없었다. 종잡을 수 없는 느낌이었다.

"유수운이라……"

옆에서 그녀의 오빠가 낮게 그 이름을 되뇌이다 자신에게 무언가 질문하는 것이 들렸다.

"너도 느꼈지?"

혜진은 묵묵히 고개를 끄덕였다. 태진은 몸을 팩 돌려 한 노인에게 말을 준비하라고 신경질을 부려댔다. 유수운에게도 그들에게도 서로에게 강렬한 인상이 맺힌 첫 만남이었다.

유수운, 폭발하다

혈마옥장 추령 사망. 이 일이 정마련을 뒤집어엎었다.

그냥 죽은 것이 아니다. 그는 자신의 집무실에서 등 뒤에 짧은 단검을 꽂은 채 죽어 있었다. 정마련은 공황 상태에 빠져들었다. 추령 정도의 고수가 손 한 번 못 쓰고 등을 허용했다는 것은 시사하는 바가 컸다.

안면이 있는 자의 암습. 그것도 상당한 수준에 있는 고수가 아니고서야 추령 정도의 절정고수가 일수에 당할 수가 없는 일이다. 시신이 발각된 순간부터 발칵 뒤집힌 정마련은 이 파장을 수습하기 위해 분주했다. 정련과 마맹은 서로를 믿지 않았지만 그렇다고 대놓고 판을 깰 정도로 담대하진 않았다.

그러나 수뇌부가 대책을 마련하기 위해 분주히 협의와 조사를 벌이는 것과는 별개로 정련과 마맹의 일반 무인들은 추령의 사망 이후 겉으로나마 이어지던 교류를 완전히 끊은 채 서로를 냉정한 눈으로 주시하기 시작했다.

그리고 조사가 활발하게 벌어지는 와중에도 침울한 표정으로 서로를 마주 보는 다섯 명이 있었다. 확실한 물증이 없어 미적거리는 바람에 실기(失期)하여 일이 커졌다는 자책감 때문이었다. 게다가 뭔가 진행 중이라는 것을 알고도 타 정도문파의 핵심 세력에게 자초지종을 털어놓지 않은 것을 무마할 생각까지 하니 머리가 다 지끈거릴 정도였다. 암중 세력이 너무 빨리 움직였다. 무당의 청정 진인이 한숨을 내쉬더니 화산의 연청을 바라보았다.

"이왕 이리된 거 어쩌겠습니까. 닥친 일부터 해결해야 않겠습니까? 진인, 그 아이들에게 연락은 닿았습니까?"

추령이 사망한 것이 알려지자마자 그들은 곧바로 살인멸구(殺人滅口)라는 말을 떠올렸고, 부랴부랴 이후성에게 '위급, 추령 사(死). 화산삼검과 조우 뒤 급 귀환' 이라는 짤막한 연통을 그들에게 보냈다.

"전서구를 통해 태진문에 기별을 넣었고, 화산삼검이 곧바로 달려갔으니 별일은 없을 겁니다만 불안하군요. 만약 추령이 배후가 아니라 그가 말했던 대로 청혈교에서 무언가 획책하고 있다면 그 다음 표적은 당연히 그 아이들일 테고……."

연청이 그렇게 말하며 찻잔을 들었다. 따듯한 차의 은근한 향이 얼굴로 밀려왔지만 평소처럼 다향을 즐길 수가 없었다.

"어쨌거나 추령이 배후가 아닌 게 확인된 셈이긴 하지만 난감하군요. 오히려 마맹에 도움을 요청하기가 더 껄끄럽게 되지 않았나 싶은데……."

"껄끄럽지요. 확증이 있는 것도 아니고… 있는 거라곤 혼수상태의 마우와 다른 세 명의 시신이 전부고, 더구나 추령이 배후였을 가능성을 완전히 배제할 수만도 없지 않습니까? 추령이 배후 세력을 염탐하려다 당한 게 아니라 낌새를 느낀 암중 세력이 도마뱀 꼬리치듯 잘라냈을 수도 있지 않을까요?"

점창의 사일삼검 반두언이 조심스레 말했다. 소진이 잠시 궁리를 하다 고개를 저었다.

"지금은 뭔 말을 해도 다 소용이 없지만서도 역시 추령 정도를 도마뱀 꼬리라고 하기엔 무리가 있지 싶은데 말요."

소진은 머리를 긁적이다 앞에 놓인 차를 후루룩 들이키더니 다기를 가져다 놓고 잔에 넘치도록 부으며 말을 이었다.

"사실 그거 땜시 이 거지도 헷갈리는 중이란 말요. 추령은 절대 그렇게 죽어서는 안 될 인간이었다 이거요. 왜냐? 그 친구는 정마련의 중요 인물이거든. 그러니까 그렇게 죽어선 안 됐지."

당연한 얘기를 왜 그리 당당하게 하느냐는 표정으로 다른 네 명이 소진을 바라보았지만 소진은 개의치 않고 두 잔째의 찻물을 들이켰다.

"이거 참, 배고파 죽겠구만 맨날 물만 마시고 회의하려니. 어쨌거나 생각해 봐요. 그가 무언가를 캐내고 있었다면, 그리고 그 대상이 청혈교라면 청혈교는 추령을 곱게 회유하거나 속일 수도 있었을 거요. 이미 이후성을 납치, 세뇌하려고 했던 게 그 증거지. 그 한 가지가 실패했다 치더라도 방법은 많아. 다른 쪽으로 생각해 봐서 그가 배후의 일인이었다 해도 마찬가지요. 지금은 꾸미는 일을 덮을 때지 내놓을 때가 아니거든. 그런데 꼬리를 자른다고 추령을 죽이면 그게 잘려지는 꼬린가? 그거 거의 대가리 수준이다 이거요. 지금 보쇼. 난리지. 난 아는 글자가 딱 열두 개지만 그 정도는 쉽게 생각해 낼 수 있는데 누군지 모르지만 제법 머리 굴릴 모사들이 그 정도 생각도 못하겠수?"

"그렇다면… 결론이 뭡니까, 장로?"

"결론이나마나 죽어선 안 될 인간이 제꺽 죽어버렸으니 이 거지도 미치고 환장할 노릇인 거 아뇨. 이건 뒤통수를 오지라게 세게 두들겨 맞은 셈이니……."

뭔가 대단한 얘기가 나올 거라 기대했던 사람들은 입맛을 다셨다. 결국 뭔가 있지만 자기는 아무것도 모르겠다는 얘기 아닌가? 그렇게 그들은 저마다의 의견을 내놓으며 회의를 진행해 봤지만 이전과 마찬가지로 그다지 쓸모있는 의견을 내놓지는 못했다.

"그나저나 마우 쪽은 어떻습니까?"

줄곧 입을 다물고만 있던 곤륜의 허공 산인이 청정에게 나지막이 물었다. 청정은 작게 도호를 한 번 외우더니 부끄럽다는 듯 물음에 답했다.

"방법이 없는 것 같습니다. 마우는 아직 견디고 있지만 단지 시간문제일 뿐입니다. 방법이 없어요, 방법이."

좌절감이 심한 듯했다. 마우와 함께 이후성을 습격했던 삼 인은 이미 모두 사망했다. 괴의와 청정 진인이 같이 손을 썼음에도 그들을 회복시키지 못했다. 회복은커녕 원인도 찾지 못했다. 지금도 괴의는 지하에서 마지막 남은 환자인 마우의 몸에 신중히 시술을 하고 있을 것이다. 앙숙인 괴의와 청정이 서로 험담도 않고 있는 힘을 모두 쏟아 부었음에도 원인조차 밝혀내지 못했기에 그들의 좌절감과 무력감은 남들이 상상할 수 없을 정도였다.

회의실 내에 침묵이 감돌았다. 이제 그들이 할 수 있는 것은 아무것도 없었다.

"어쨌거나 이제 우리도 다른 분들에게 알릴 때가 된 듯하군요."

연청이 씁쓸하게 웃으며 말했다. 다른 문파 사람들에게 크게 지탄받을 각오는 이미 끝냈건만 아무것도 알아내지 못한 채 헛힘만 쓴 꼴이 되자 힘이 빠지는 것은 수행이 깊은 그로서도 어쩔 수 없는 일인 듯했다. 그러자 안타깝게 잔을 핥고 있던 소진이 툭 내뱉었다.

"무슨 소립니까? 이왕 이리된 거 서둘러서 좋을 게 뭐 있다고. 좀 기다리는 게 좋을 것 같은데."

반두언이 이맛살을 찌푸렸다.

"소 장로, 이미 지탄받기 충분한 상황인데 여기서 더 사실 발표를 미뤘다간 뒷감당을 어쩌려구요? 자칫하다간 일이 더 커져요."

"아, 글쎄, 비밀로 하자는 게 아니라 좀 기다리자고 말했잖습니까. 나 같은 거지는 책임이고 뭐고 따지는 게 골치 아프니까 련주에게만 말해서 어떻게 좀 봐달라고 말해 보자는 거지요."

"련주에게?"

"정마련주가 맨날 골방에서 골패짝이나 돌리는 직책도 아니고 이럴 때 한 번 써먹는 거 아닙니까? 게다가 이번 련주는 그 성깔도 마음에 들고."

다른 사람들은 조용히 침묵을 지켰다. 질풍걸개 소진은 인의폭렬도 장명을 걸고넘어지자고 말하는 것이다. 얼핏 보면 책임 전가를 하자는 듯 들려서 청정이나 반두언, 허공 산인 모두 인상이 좋지 못했다.

단 한 명, 소진이 무슨 뜻으로 그런 말을 하는지 알고 있는 연청만이 침중한 눈으로 그를 마주 보았다. 그리고 천천히 고개를 끄덕였다. 아무리 사소한 의심이라 해도 혹시라도 사실이라면 그 파장이 엄청나게 클 일이었다. 청정과 괴의는 사람을 살리는 일에 정신이 없어서 아직 눈치 채지 못한 듯하지만.

그날 저녁 구파일방, 오대세가와 일곱 개 중소방파 연합이 참여한 정련의 회의가 끝나고 연청과 소진은 적당히 눈치를 보다 련주와의 독대를 신청했다.

"이거, 안 좋은 일이 생기니까 비로소 밥값을 하는 기분이 드는군요."

인의폭렬도 장명이 짓궂은 웃음을 감추지 않고 그들의 청을 받아들였다. 정마련주는 정, 사, 마를 통괄하는 지고한 자리이긴 했지만 막상 하는 일은 그다지 많지 않았다. 정련과 마맹 소속의 무사들을 아우르고 순수히 정마련에서 배양하는 무인들을 지휘하는 역할을 빼면 무림에 큰 간섭은 하지 않는 게 원칙이었다.

장명은 이제 오십 초반을 바라보는 젊은 무인에 구파나 오대세가 출신은 아니었지만 한 기인에게 배운 도법이 가히 무림의 일절을 이루는 절정도객이었다. 성품이 호방하고 만사 유유해서 맺힌 곳이 없기 때문에 그가 정마련주에 오른 이후 정련과 마맹의 조화는 그 어느 때보다 훌륭하다는 평을 받고 있었다. 물론 본인은 갑갑해했지만.

연청은 련주와 몇 마디 덕담을 나눈 뒤 곧바로 이후성의 일을 얘기하기 시작했다. 추령이 이후성을 찾은 일, 고민하던 이후성이 결국 청을 수락하여 청혈교 쪽으로 발걸음을 한 일, 마우의 습격, 그리고 가장 중요한 '어떤 젊은 고수'의 구원과 현재 마우의 상태까지.

장명은 이야기를 다 듣고 난 뒤 깊게 가라앉은 목소리로 말했다.

"상황은 이해가 갑니다만… 그렇다고 진인께서 홀로 고뇌하실 일은 아니었던 듯싶습니다. 어쨌거나 청혈교의 입막음이라는 쪽이 가능성이 높겠군요. 추령 정도의 무인이 등 뒤를 마음 놓고 허락할 정도라면 같은 마맹 사람들뿐이겠거니 생각은 했지만 조금만 빨리 그 일을 알았더라면……."

책망하는 듯한 어투였고, 충분히 이해는 갔다. 연청의 얘기대로라면 정마련이 깨지고 무림에 일대 파란을 일으킬 일이 진행 중이었다는 것인데 그런 중차대한 일을 련주도 모르게 감춰두고 있었다는 것은 언어도단. 장명은 성품이 호방하지만 실수와 모욕은 명확히 구분하고 따지는 사람이었다.

"련주, 그 일은 저의 독단으로 벌어진 일, 이후 련의 제재는 모두 화산의 차원에서 받아들이겠습니다. 하지만 그때는 그럴 수밖에 없었다는 걸 알아주십시오."

"그렇다면 이제 와서 제게 말하는 의도는 무엇입니까? 각오하셨다면 아까 각 중진들이 모인 회의 때 말을 꺼내셨어야 합니다. 혹시 절 바람막이로 쓰시겠다는 의도십니까?"

장명이 날카로운 눈으로 연청을 바라보자 노도인은 한숨을 내쉬고 소진을 바라보았다.

"단순히 청혈교와 추령의 문제뿐이라면 이미 아까 다 말했을 겁니다만 여기 소 장로께서 말씀하신 게 걸려서……. 아직 그에 대한 조사가 덜 끝난 상태여서 부득불 이렇게 독대를 청한 겁니다."

"무슨 일입니까? 현 시점에서 청혈교보다 더 중요한 게 있다는 말씀인가요?"

"저보다는 여기 개방의 소진 장로께서 정리해 주실 겁니다. 애초에 저에게 말을 꺼내신 것도 소 장로니까요."

"제가 알아야 할 일이 또 있습니까?"

소진이 히죽 웃었다.

"물론입죠, 련주님. 이건 순전히 제 기우이길 바라고 또 기우여야 하겠지만 또 상황이 이렇다 보니 기우가 아니면 좋다 싶기노 하고……."

머리를 긁적이며 중언부언하는 소진을 보며 장명이 픽 실소를 흘렸다. 화가 나긴 했지만 연청이나 소진 두 사람 모두 크게 미워할 수 없는 사람들이었다. 특히 이 거지 노인은. 장명은 자리에서 일어나 손수 보관하고 있던 매화주 한 병을 들고 나왔다.

"입담 좋기로 유명한 장로께서 말을 제대로 못하는 게 안타까워 여기 기름을 좀 가지고 왔습니다. 기름 좀 치고 다시 시작해 보시죠."

소진은 그럴 줄 알았다는 듯 병을 채 허리에 찬 표주박에 그득 따르더니 벌컥벌컥 들이켰다.

"고맙수다, 런주님. 사실 이 얘긴 나 같은 거지 놈도 막상 꺼내려면 심장이 벌렁거리는 게……. 한잔 필요하긴 했수."

"호오, 소 장로께서 그렇게 얘기하는 걸 보니 대단한 건수인가 봅니다? 제 도법을 눈앞에서 뵈 드려도 콧방귀나 뀌시던 분이."

"그거랑은 다르우. 아까도 얘기했지만 그저 잔걱정이길 바랄 뿐인데 청정과 괴의가 저리 헤매는 걸 보니 아마 맞을 거 같다는 생각도 들고……. 원래 유식한 사람들이라는 게 눈앞 일에 빠지면 다른 건 생각도 않는 거니까. 해설 무네."

소진은 술을 한 모금 더 마신 뒤 곧바로 본론을 꺼냈다. 장명의 안색이 일시에 굳을 본론을.

"그러니까 머시기냐… 아무래도 월광사신의 후인이 출도한 것 같다 이거요."

장내에는 다시 침묵이 감돌았다. 흉흉한 침묵이.

"확실합니까?"

"모른다니간 그러네. 이 얘기는 나도 연청 진인한테만 말하고 나 혼자 비밀리에 조사하고 있었는데 그사이에 일 터진 거라 골머리가 다 아프다 이거요."

"그렇다면 확률은 어느 정도라고 생각하십니까?"

"글쎄, 아마 반쯤?"

장명은 의자에 깊이 몸을 파묻고 연청과 소진을 바라보았다. 둘의 눈빛은 이 말이 결코 추령의 죽음 때문에 억지로 만들어낸 일이 아니라고 말하고 있었다. 그는 잠시 허공을 바라보다 흥분된 듯한 미소를 지어냈다.

“확실하다면… 그렇다면… 기회군요.”

소진도 음충맞은 미소를 지은 채로 고개를 끄덕였다.

“련주는 역시 물건이라니까. 그렇지. 기회지.”

“확인할 방법은 있습니까?”

“소 장로에게 얘기를 들을 때부터 생각해 뒀습니다. 월광사신의 후인이 분명하다는 걸 확인하려면 청정과 괴의에게 언질을 주고, 가능하면 신수 노사에게 시신의 확인을 부탁하면 가능합니다.”

장명은 고개를 끄덕였다.

“이 일에 관계된 아이들이 지금 어디에 있다고 하셨죠? 안전할까요?”

“태진문에서 잠시 머물다 다시 돌아오는 길일 겁니다. 추령의 소식을 듣자마자 사람을 보냈지요. 화산삼검을 보냈습니다. 그 아이들 무위도 그 또래에서 약한 편은 아니니 큰 위험은 없으리라 생각합니다.”

“이 부대주는 오는 대로 저에게 보내주십시오. 그리고 이 일은 제가 엎어쓰기로 하겠습니다. 연청 진인께서는 관련된 다른 분들과 입을 맞춰 주십시오. 단, 월광사신에 대한 부분은 비밀입니다. 신수 노사를 모셔오기 전까지는.”

*   *   *

아버지로부터 온 서신은 첫 문장부터 매형에 대한 매도로 시작되고 있었고, 헛짓거리 말고 빨리 귀환하지 않으면 신상에 어떤 불이익이 있을지 알 수 없다는 협박으로 끝을 맺었다.

그리하여 유수운은 예정대로 유수란에게 진화를 부탁했고, 그녀는 귀여운 동생의 부탁을 충실히 이행했다.

유수란이 아버지에게 보낸 서신은 첫 문장부터 아버지에 대한 원망으

로 시작하고 있었으며, 수운이를 이대로 두지 않으면 자기나 이후 태어
날 외손자와의 대면에 있어 심각한 불이익이 있을 거라는 협박으로 끝을
맺었다.

서신을 훑어본 유수운은 이것으로 아버지의 손바닥에서는 벗어났다고
결론 내렸다.

문제는 가슴앓이하실 어머니인데, 그 또한 수란 누나가 너무 외로워하
더라, 새로 태어날 조카도 볼 겸 경험도 늘릴 겸 해서 머무는 중이다, 편
안하게 잘 지내고 있다, 곧 집으로 돌아가겠다는 내용을 주로 해서 따로
서신을 보낼 작정이다.

이처럼 바쁜 와중에도 가족의 화목[家和]을 최우선으로 시행했으니 모
든 일이 이루어져야[萬事成] 했지만 그게 꼭 그렇지만은 않았다.

뭔지는 모르겠지만 그 큼직한 표물 운송 건이 결국 계약되었고 원래
바빴던 표국은 더욱 바삐 돌아갔다. 아직 경험이 없는 수운은 그저 고참
들을 따라다니며 시키는 일만 하기에도 눈이 돌아갔다. 늘 한가하던 상
혁도 딴 조의 조장과 같이 서류를 붙잡고 몇 명의 최고참들과 뭔가를 논
의하느라 정신이 없었다.

오히려 표사나 표두들이 조금도 바빠 보이지 않았다. 그들은 태연히
검을 다듬거나 적당히 신체를 움직이는 일만 할 뿐 표물에 대해서는 일
절 관여치 않는 듯했다. 상혁이 걸쭉하게 지껄이던 말이 생각났다. 표사
는 지키는 게 일, 쟁자수는 나르는 게 일.

그리고 기본적인 준비물이 갖춰지자 드디어 진형을 짜는 날이 다가왔
다. 두 명의 조장 중 끗발이 한참 높은 상혁이 총지휘를 맡아 진두지휘하
기로 결정되었다.

"잘 들어. 이제부터 수레 거치 작업이다. 실수했다간 아작나. 지랄맞

게 좀 비싼 물건이라고는 하는데 그냥 평소 하던 대로만 해. 이조 전원 창고에서 총관에게 허가 맡아서 표물 전부를 포방으로 옮겨. 칠조, 나와 이조장 명령에 따라서 이조가 옮긴 표물을 계획된 방식으로 수레에 싣고. 알지? 이동과 포장 시에 감찰관은 표사 네 명이 따라다니며 확인할 테니 아무리 작아 보이는 표물이라도 손대지 마. 손대는 새끼는 표국법에 따라 처벌되니까. 손모가지 댕강. 알지? 뭐, 씨발, 내가 이런 거 말 안 해도 다 잘하리라 믿는다. 가라.”

표물은 맡은 즉시 표사들이 삼엄하게 경계를 서는 대창고에 보관되고 그 안에는 창고를 관리하는 서기 한 명이 상주한다. 그러나 이번처럼 뭔가 가치가 대단히 높은 표물일 경우 총관이나 표두가 창고 내부를 관리하며 만약에 있을 불상사에 대비한다.

쟁자수들이 표물을 옮길 때도 옮기는 물품과 옮기는 쟁자수들의 이름, 그들을 감시하며 따라갈 표사의 이름을 서류에 표기한다. 그리고 표물을 수레에 거치하는 포방에서 들어서면 다시 한 번 운반해 온 쟁자수들, 감시인의 이름을 표기하게 된다. 그리고 표물을 수레에 싣는 쟁자수와 그것이 거치될 수레의 번호를 표기한다. 그리고 포방에서의 작업이 끝나면 세 번 작성된 이 서류들을 맞춰보는 작업을 반드시 시행한다.

만일 하나라도 서류와 다르게 되면 수레에 거치된 표물은 다시 다 해체되어 일일이 확인 작업을 걸치고, 그래도 나오지 않으면 그에 관련된 표사와 쟁자수는 손목을 잘리는 것까지는 아니지만 치도곤을 당하고 쫓겨나게 된다. 반대로 표물이 무사하다는 게 확인되면 그때는 그것을 기록한 서기들이 감봉 등의 징계를 당하게 된다.

그리하여 유성표국에서는 단 하나의 표물도 쟁자수나 표사가 건드리지 못하는 체제가 유지되고 있으며, 이는 유성표국을 따라잡으려 애쓰는 타 표국에서도 차용하고 있는 관리 체제였다.

유수운이 느끼기에 작업은 더디고 섬세했으며 난해했다. 그가 보기에 대충 실어도 될 물건들도 고참들은 뭔지 모를 규칙과 순서에 의해 싣고 있었다.

"일륜차, 일륜차 준비했어? 예비에 실어둬. 기름종이 안쪽에 잘 싸두고. 야, 이 새끼, 누가 종이를 유지 밑에 깔랬어? 죽고 싶냐?"

상혁이 쟁자수들을 독려하며 돌아다녔고, 서기들도 혹여 작업을 놓칠세라 입출입 현황을 기록하고 있었다. 북새통이 따로 없었지만 거기엔 뭔지 모를 질서가 있었다. 그 질서를 모르는 유수운은 '방해물' 과 같아서 별다른 도움이 되지 못하고 이리 치이고 저리 치이며 선배들에게 욕만 바가지로 먹고 있었다.

진두지휘를 하던 상혁은 여기서 조금, 저기서 조금 얼쩡거리며 갈피를 못 잡는 그를 보며 피식 웃었다.

"누가 수운이한테 작업 지시 좀 제대로 해줘라. 씨발, 얼쩡거리는 거 보니 내가 가슴이 다 아프다."

일하던 와중에도 쟁자수들이 그 말에 피식거렸지만 곧 한 명이 솔선해서 나섰다. 유수운은 그나마 자기를 챙겨주는 선배 뒤를 따라다니며 일이 돌아가는 모습을 조금씩 파악할 수 있었다.

작업은 저녁 무렵까지 계속되었으나 끝나지 않았고 어둑해지자 진행된 부분까지만 정리하고 작업을 마쳤다. 원칙적으로 고가의 표물을 정비할 때는 화재나 표물의 손상을 염려해서 횃불이나 촛불이 허용되지 않기 때문에 어두워지면 작업이 정지된다.

그렇다고 곧바로 귀가가 허락되는 건 아니다. 서기들이 기록한 서류 외에 각 선임들이 자체적으로 기록한 서류를 바탕으로 다음날 행할 작업과 오늘 행한 작업에서의 결함을 찾아내고 다음날 업무 분담을 하느라 바쁘니까. 그것은 서기들도 마찬가지로 기록된 서류를 낱낱이 대조해서 누락 분이 있는지 확인하는 것이다. 물건을 옮기지만 않을 뿐 바쁜 것은 마찬가지였다.

일이 마무리되고, 표사와 마찬가지로 표물을 점검하기 위해 책임있는 몇 명이 남고 나머지는 푹 쉬었다 나오라고 집으로 귀가 조치 되었다. 집에 가기 귀찮은 이들은 술을 싸 들고 가끔씩 쟁자수들이 침식을 하는 작은 모옥으로 향했다.

한 일도 없이 피곤하기만 한 수운이 장씨 저택에 도착했다. 피곤해서 무작정 침상에 들려던 찰나 장우복이 술을 한 병 들고 찾아왔다. 장우복은 어린 데다 험한 일을 하는 그가 내심 안쓰러운지 자주 그를 찾았고, 수운은 그런 매형이 고마웠다.

"어때, 처남, 처음으로 표행을 나가는 기분이?"

피곤에 절어 있는 수운의 모습을 잠시 감상하던 장우복이 잔에 술을 쳐서 내밀며 싱글거렸다.

"기분이고 뭐고 너무 복잡해요. 표행 한 번 나가는 게 이렇게 큰일인 줄 몰랐어요."

"큰일이지. 이번은 건수가 커서 더 난리긴 하지만."

"듣기론 남아 있는 표두나 표사, 쟁자수가 전부 동원된다던데 매형도 같이 가시는 건가요?"

장우복은 술을 한 번에 털어 넣고 목을 타고 넘어오는 주향과 기운을 동시에 즐기면서 고개를 저었다.

"아니, 난 처남이랑 길이 갈려."

그 대답은 의외였다. 모든 표국 식구가 같이 간다는 소문이 파다한데 장우복 같은 표두가 왜 같이 움직이지 않는가? 그의 의문을 알기라도 한 듯 장우복은 보충 설명을 해주었다.

"일단 아버지가 표행을 이끄시는 데다 아무리 표물이 귀중하다고 해도 다른 표물들도 움직이지 않으면 표국의 신용이 문제가 돼. 그래서 나는 다른 물건들을 책임지고 운반해야 해. 형님은 빨라도 닷새 뒤에나 돌아올 테고. 뭐, 그래서 난 갈라지는 거지."

장우복은 수운의 빈잔에 술을 따르면서 말을 이었다.

"너무 섭해하지 말라구. 나 대신 아버지가 함께 가시잖아. 뭐, 조금 무뚝뚝한데다 성깔도 있으신 분이지만 처남한텐 잘해줄 거야. 공적인 자리니까 눈에 띄게는 안 해도."

장우복을 개 패듯 패서 성혼에 크게 일조했다는 장무성은 이미 여러 번 만난 적이 있었다. 장무성은 사돈 총각이 왔다며 반가워했고, 표국의 일을 하려고 밑바닥부터 시작하는 그를 제법 귀엽게 보고 있는 듯했다.

둘은 일각 정도 요즘 표국에서 돌아가는 일을 안주 삼아 주거니 받거니 술을 들었다.

수운은 주로 상혁에게 괴롭힘당하는 얘기, 상혁이 괴롭히는 얘기, 상혁의 사주를 받은 선배가 자신을 괴롭히는 얘기 등 주로 괴로운 얘기를 꺼냈고, 장우복은 낄낄거리면서 맞장구를 치는 역할을 행했다.

그러나 얘기가 어느새 가족 단위까지 넘어왔다. 문득 누나의 산달이 얼마 남지 않았다는 것이 떠올랐다.

"그러고 보니 누나는……?"

"이제 진짜 산달이 얼마 안 남아서 움직이는 게 싫다네. 먹을 것도 잘 못 먹고. 원래 입이 까탈스러웠는데 더 심해졌어. 고생이지."

"하필 이럴 때 표행이라 심란하시겠어요, 매형."

"나 나가고 얼마 안 있으면 형님이 표행에서 돌아오니까 큰 걱정은 안 되지만 뭐, 별일없을 거야. 우리 수란, 자네 누나가 또 막강하잖나?"

"무적이죠."

둘은 조금씩 술을 나누며 수란의 성격에 대해 애정 어린 험담을 나누기 시작했다.

한 병 술은 금세 바닥을 드러냈고, 장우복은 내일 아침에 보자며 일어섰다. 수운은 약간의 술기운과 피로 덕에 곧바로 침상에 쓰러졌고, 눈을 뜨니 곧 아침이었다. 몸이 편한 것을 보니 한잔 술이 숙면을 가져다준 듯했다.

수운은 평소와 같이 아침을 누나 내외와 들고, 매형을 따라 표국으로 향했다. 이제 작업이 기다리고 있는 것이다.

언제 끝날까 싶던 포장 작업은 의외로 이틀째 곧바로 끝났다. 물건은 이미 어제 모두 포방으로 옮겨놓은 탓에 물건 운반조까지 모두 수레 거치 작업에 나선 탓이다. 상혁과 이조장 마장길은 어제와 마찬가지로 소리를 고래고래 질러대며 작업을 감시했으며, 그런 그들 뒤를 서기들이 바삐 따라다니며 표물의 행방을 정리해 댔다.

수레 거치 작업이 모두 끝나자 곧바로 문사들이 달려들어 다시 한 번 서류를 대차대조했으며, 최종적으로 한 치의 이상도 없다는 것이 확인된 시점에서 표물을 악천후에서 보호하는 기름 먹인 가죽이 덮였다. 표물과 수레는 이 상태로 내일 출고될 때까지 표두 다섯 명과 상급 표사 열 명의 감시 아래 놓여 있는다고 한다.

표행에 동원되는 물량민도 엄청났다.

이번 표행에 동원되는 수레는 모두 열일곱 대. 그중 세 대는 표행에 나선 표사나 쟁자수들을 위한 물건을 따로 실은 것이다. 그 안에는 비상용 식량, 비상용 말 먹이, 술, 야영 도구, 위급 상황에 필요한 환단이나 금창약, 갈아입을 옷, 취사 도구, 부상자 후송용 들것, 예상 밖에 험한 길이 나올 때 표물을 나눠서 돌파할 수 있는 일륜차 등이 그득 실려 있었다.

표행 중 쟁자수들이 교대로 쉴 수 있도록 마차 한 대와 빈 수레 두 대
는 물건이 실려 있는 수레와는 별도로 운용된다.

동원되는 노새는 서른네 필, 말은 모두 스물두 필로 이중 열두 필은 표
두와 상급 표사들이 개인적으로 타는 용도로 쓰이며 나머지는 짐말의 대
용이나 긴급 시의 예비마였다. 노새는 조금 많이 가지고 가는데 중간에
교대로 돌려가며 쉬게 해주려는 의도라고 한다.

수레와 짐승도 그렇지만 그걸 운용할 인원 역시 대규모였다.

대표두를 포함해서 표두만 세 명, 상급 표사 아홉 명, 정규 표사와 삼
급 표사 각각 열 명씩. 이렇듯 표두와 표사만 해도 서른두 명이었고, 쟁
자수가 이, 칠조 각 삼십 명씩 육십 명이 따라붙는다. 거기에 이번 같은
대규모 운송에는 도착해서 표물 인계 서류를 확인할 서기 두 명도 포함
되어 따라간다. 백여 명이 한꺼번에 움직이는 것이다.

모든 작업이 끝나자 상혁은 미련없이 귀가를 포함한 휴식 명령을 내렸
다. 수운도 한숨을 쉬며 귀가해서 푹 쉬려고 했으나 상혁이 픽 웃으며 그
에게 다가와 한마디 건넸다.

"유수운이 너도 쉬게?"

"쉬라고 하셨잖아요?"

"나 이거야, 다른 애들은 쟁자수로 돈 버는 걸 목표로 하고 있으니까
쉬어도 되지. 근데 너, 여기 쟁자수 하러 왔냐? 표사 한다매? 그래서 무
공 배우는 거라매? 어제는 너무 늦어서 불가항력이라 치고, 오늘은 뭐 하
는 날이냐? 쉬란다고 쉬면 너 이 새끼, 매형 보기 민망하지 않냐? 민망하
지? 넌 임마, 몸도 비리비리한 게 남들 쉴 때 쉬어서 되겠냐? 안 되겠지?
그렇지? 그런 거야. 그러니까 어제 못한 만큼 오늘 수련을 해야 않겠니?
그렇지? 그런 거 같지? 씨발, 대답 안 해?"

그가 점점 얼굴을 가까이 들이밀며 한 자 한 자 터뜨리는 폭언에 유수

운은 창백해진 얼굴로 냉큼 '예' 라고 대답했고, 그 즉시 소청산—공터가 있는 야산—으로 끌려갔다. 상혁은 어제 오늘 고생한 일을 유수운에게 모두 풀기로 작정했는지 평소보다 배는 즐거운 얼굴로 배는 더 그를 굴려 댔다.

덕분에 유수운은 이를 바득바득 갈며 거의 기다시피 집으로 돌아갔으며 꿈속에서 '뛰어, 이 새끼!' 라는 상혁의 고함 소리에 가위 눌려 깨기를 반복해야 했다.

아침에 눈을 뜨니 근육이란 근육은 모두 비명을 질러대고 있었다. 그도 따라 비명을 지르다 간신히 멸명마공을 움직이기 시작했다. 가부좌도 틀지 못한 채 와공으로 근육만 달래는 정도였지만 이각 정도 전신 혈도를 풀어가자 간신히 움직일 정도가 되었다.

그 이상 운기할 시간이 없던 수운은 찌뿌드드한 몸을 이끌고 장우복과 함께 표국으로 향했다. 제법 멀쩡히 걸어오는 수운을 보자 상혁이 휘파람을 불며 '이 새끼, 어제 꾀피웠구먼?' 하고 말을 걸어왔다. 이미 그에게 익숙해진 수운은 그 말이 '앞으론 두 배로 굴려서 놀면 되겠구먼' 으로 들렸다.

"앞으론 딱 두 배로 굴리면 되는 건가? 새끼, 기대해."

"……."

수운이 복잡한 심경이 되었든 말든 떠날 준비가 눈앞에서 속속 진행되고 있었다.

포방이 열리고 안에 놓여 있던 수레가 하나씩 끌려 나와 대기하고 있던 노새와 짐말에 묶여 정문 앞에 도열하기 시작한다. 표국주와 표두들은 한 켠에서 진행 중인 작업을 묵묵히 지켜보고 있었다.

반 시진이 지나고 마지막 수레까지 작업이 끝나자 서 있던 표국주가 앞으로 나섰다. 시끌거리던 사람들이 모두 동작을 멈추고 국주 하의민을 바라보았다.

"이제 긴 여정이 시작됐다. 여러분은 유성표국의 깃발 아래 하나임을 명심하고 어느 길을 가더라도 그 깃발이 여러분을 보호한다는 것을 잊지 말기 바란다. 떠나는 모습 그대로 돌아오기를 기대한다."

짧은 연설이 끝나자 국주는 친히 표국 식구들 사이를 거닐며 사람들에게 한마디 한마디 덕담을 건네며 어깨를 두드려 준 뒤 대표두 장무성에게 일을 맡기고 안으로 들어갔다.

"저 녀석들, 여기 웬일이래?"

국주가 사라지자마자 수레 한 켠에 비비적거리며 자리를 잡아가던 상혁이 안쪽을 바라보며 중얼거리는 소리가 들려 그쪽을 바라보자 하태진과 혜진 남매가 대열로 다가오는 것이 보였다. 둘 모두 짙은 색의 활동하기 편한 옷을 입고 있었다.

표사나 쟁자수들이 눈에 띄게 동요하는 모습을 보이자 장무성이 슬쩍 눈을 찌푸리며 입을 열었다.

"이번 표행에는 두 분 소국주도 동행한다. 경험을 쌓길 바라는 국주님의 지시였고 두 사람 모두 상급 표사 대우로 참가한다. 표두들은 그에 준해서 행동하면 될 것이다."

그도 썩 좋은 표정은 아니었다.

장무성도 이 철없는 남매가 표국 내에서 황제처럼 군림하려 하는 것을 알고 있었고, 국주에게 여러 차례 그들의 행동을 바로잡기를 권고했었지만 허사였다.

하의민과는 의형제인 장무성이 길길이 날뛰며 '형님이 조카 녀석들 버릇 못 고치겠으면 내게 맡기쇼. 오늘 내로 사람 만들어 드리리다' 라고 고함을 쳐도 손사래를 치며 그를 뜯어말리기에 급급할 따름이었다. 가끔

술을 먹다가도 만취하면 ‘너, 우리 애기들 때리면 너 그 순간 의절이야,
의절’ 하는 식으로 취중진담인지 협박인지를 할 때도 있었다.

다른 일에는 딱 부러진 국주가 자식 문제에 있어서는 이처럼 허허거리
며 겸연쩍어하는 게 이해가 가지 않았지만 덕분에 하태진 남매의 버릇은
고쳐지지 않았다.

게다가 그들은 밖에서나 윗사람들에게는 딱히 책잡힐 만한 일을 하지
않은 데다 하태진 같은 경우에는 가끔 따라나선 표행에서 ‘소검왕’ 이라
는 다소 과분한 별호까지 얻을 정도의 무위를 지니고 있었다. 사실 그들
은 장무성에게도 깍듯하게 숙부로서의 예를 갖추고 있으니 장무성으로
서야 밑에 애들이 불쌍할 뿐 딱히 제재할 수가 없었다.

이런 저런 연유로 지금에 와서는 장무성이나 몇몇 노회한 표두들조차
그들의 행동을 적당히 눈감아 넘길 뿐이었다. 장무성인들 중요한 표행에
화기를 해칠 수 있는 그들 남매가 참여하는 것이 반가울 리가 없었다. 그
저 큰 사고나 치지 않기를 바랄 뿐이었다.

표두들에게는 그들의 행동을 잘 보고 있다가 마음 상하는 표사나 쟁자
수가 생기면 잘 다독이라고 말해 두었고, 표두로서 절대 얕잡아 보이지
말라고 전해두었다. 그 정도 조치가 할 수 있는 전부였다.

그들은 태연히 표두들 쪽으로 다가가 잘 부탁한다는 의례적인 인사를
건네고 좌중을 둘러보았다. 구석에서 심심 반청을 부리는 유수운을 발견
한 하태진의 눈이 먹이를 찾았다는 듯 빛나더니 그에게 다가가 손에 대
롱대롱 들고 있던 등짐을 유수운에게 던졌다.

“너, 그 짐을 내 말에 매달아놔. 그리고 등자에 먼지도 털어놓고. 한
톨이라도 남아 있으면 책임을 묻겠다.”

그 광경을 지켜보던 장무성은 기가 막혔다. 이 자리의 총책임자인 자
신이 두 눈을 멀쩡히 뜨고 있음에도 저렇게 오만방자한 행동을 하다니.

자기 자식 같았으면 그 자리에서 걸레로 만들어놓고 몇 번 쥐어짜서 국물 한 방울 남기지 않았을 테지만 애석하게도 하태진은 자기 아들이 아니었다.

'저놈이 최일선에 서기 전에 은퇴할 수 있다니 조상의 공덕이로군. 우성이랑 우복이한테는 좀 미안하지만 다 제놈들 복이니 어쩔 수 있나.'

등짐을 받아 든 유수운과 장무성, 그들을 지켜보던 모두가 침묵을 지키고 있을 때 수레 한 켠에 누워 있던 상혁이 몸을 일으켰다. 그리고 전혀 생각지도 못한 말을 던졌다.

"야, 하태진이! 애들이 무슨 시종이냐, 아니면 하인이냐?"

수운은 자기도 모르게 그를 바라보았다. 아무리 조장이지만 쟁자수가 상급 표사 대우, 그것도 국주의 아들에게 하대를 하다니. 하극상도 이런 하극상이 없었다.

그러나 하태진 본인은 물론 다른 사람들도 그의 이런 태도에 전혀 놀라지 않는 듯했고, 그것이 유수운을 더 놀라게 만들었다.

"지금 전 상급 표사 대우입니다. 쟁자수는 빠지시죠."

"아, 오호, 상급 표사셨어요? 이런 씨발, 상급 표사는 대표두님이 앞에서 눈깔, 아, 죄송합니다, 대표두님. 입에 욕이 붙어서. 아무튼 앞에서 두 눈 시퍼렇게 뜨고 있는데 신고도 안 하고 애들 잡으려고 하나? 누가 보면 유성표국도 갈 데까지 갔다고 좋아하겠습니다, 상급 표사님?"

명백하게 빈정거리는 말투였으나 놀랍게도 하태진은 눈만 이글거릴 뿐 어떤 제재도 가하지 못한 채 낮게 으르렁거릴 뿐이었다.

"당신은 그런 말할 자격이 없어. 그런 꼴로."

"그만!"

'그래, 대표두고 나발이고 다 필요없구나' 는 심정으로 어린것들 노는 꼴을 다소 허탈하게 지켜보던 장무성의 입에서 갑자기 위압적인 경고음이 흘러나왔다. 하태진은 불만 어린 눈으로 장무성을 바라보다가 자신도 모르게 황급히 고개를 떨궜다.

"하 표사, 그만 대열로 돌아가."

나름대로 들떠 있던 출정 분위기는 순식간에 가라앉았다. 등장한 뒤 물 한 잔 마실 시간도 지나기 전에 대열의 분위기가 가라앉자 장무성은 국주를 좀 더 말리지 못한 자신을 탓해야 했다.

"자네도 그만 하시게. 적절치 못한 행동이었어."

"저야 뭐……."

순식간에 헤헤거리며 머리를 긁는 모습으로 바뀐 상혁은 다시 터덜거리며 자리로 돌아갈 듯하다 아직까지 등짐을 들고 분위기 파악을 하려 애쓰고 있는 수운에게 다가가 어깨동무를 했다.

"새끼, 넌 너무 쭈뼛거리는 경향이 있어. 너무 쭈뼛거리니까 애송이가 기어오르잖아. 괜찮아. 겁먹을 거 없어. 너, 여기 나가면 갈 데 없냐? 기껏해야 관두는 게 전분데 뭐 그리 쫄아 있어? 가슴 펴고 저딴 개소리는 다 무시해도 괜찮아."

나지막한 목소리였지만 이미 조용해진 장내였다. 이 속삭임은 외침만큼이나 효과 좋게 퍼져 나갔고, '개소리를 하는 애송이' 로 격하된 하태진은 분노로 얼굴이 벌게졌다. 앞으로 나서려던 순간 옆에서 하혜진이 얼른 그의 소매를 붙잡았다. 장무성의 눈초리가 이쪽을 향하고 있는 것을 봤기 때문이다.

상혁은 그런 모습을 보고 코웃음을 치더니 수운의 어깨를 한 번 두드리고 앞쪽으로 기세 좋게 걸어나가며 외쳤다.

"갑시다!"

자신이 해야 할 출발 신호를 빼앗기자 장무성은 '버르장머리없기로는 너도 마찬가지다' 라고 중얼거려 봤지만 누구도 들어주는 사람이 없었다.

장무성이 헛기침을 한 뒤에 다시 소리쳤다.

"가자!"

애석하게도 대규모 운송대는 이미 출발하고 있어 대표두의 위엄을 뽐낼 기회 하나가 줄어들어 있었다.

출발 때 잡음이 있기는 했지만 표행은 순조롭게 진행되었다. 하남성으로 방향을 잡은 표단은 유성표국의 기치를 내세우고 기세 좋게 소리를 내지르며 전진해 갔다.

사람들도 오래간만에 대규모 표물을 운송하는 유성표국의 행렬이 보기에 흥겨웠는지 같이 소리를 질러주고 손을 흔들었다. 아이들도 뛰어나와 줄줄이 지나가는 수레와 표사들 옆을 뛰며 구경하고 있었다.

본격적으로 신경을 곤두세워야 할 위험 지대에 들어서려면 수일은 더 나아가야 하는 터라 수레를 모는 쟁자수 외에 다른 쟁자수와 삼급표사 몇 명은 빈 수레에 올라타 꾸벅꾸벅 졸거나 옆 사람과 잡담을 하고 있었다.

아까의 일로 기분이 가라앉아 있는 수운은 딱히 할 얘기도 없어서 느릿하게 옆 건물들을 지켜보고 있었다. 뒤쪽에서 따라오는 표두, 표사 중에 하태진과 하혜진이 끼어 있어서 기분이 좋지 않았다. 아무리 기분을 돌리려 해도 그들을 보면 기분이 나빠지는 건 어쩔 수 없었다.

저들은 어째서 저렇게까지 오만한 것일까? 누군가가 자신을 멸시하는 것에 익숙하지 않듯 스스로를 높이는 일에도 익숙지 않은 수운에게는 큰 의문일 수밖에 없었다. 저들에겐 그런 것이 필요한 것일까?

앞서 가는 수레에 엎어져서 잠들어 있는 상혁에 대해서도 새삼 의문이 들었다. 남들에게 무술을 가르칠 정도의 솜씨로 쟁자수를 하고 있다는 것이나 표두인 매형에게도 딱히 존대를 하지 않는 그에게 평소부터 의문이 있었던 것은 사실이나 설마 국주의 자식들에게까지 모욕을 가할 정도라고는. 더구나 누구도 그 사실에 토를 달지 않았다. 어르신인 장무성까지도.

수운은 곧 다른 쟁자수와 교대해서 짐수레 하나를 맡아 몰았다. 마부석이 달려 있는 것이 아니라 옆에서 노새와 같이 걸으며 끄는 형태의 짐수레여서 보통 한 시진에 한 번씩 빈 수레에서 쉬는 사람들과 교대해 가며 체력을 비축하는 것이다. 표사들 역시 말을 타고 가던 도중 몸이 지치면 잠깐씩 마차나 수레에 올라 몸이 쉬 지치지 않게 한다.

점심때가 가까워지자 하품을 하며 몸을 일으킨 상혁이 쟁자수 한 명을 불러 먼저 앞질러 가서 사람들이 식사할 만한 객잔을 예약해 놓으라 일렀다. 표행 시 이런 모든 자질구레한 일은 쟁자수들의 몫으로 표사들은 쟁자수가 차린 밥상만 받으면 되었고 표두들은 입에 들어온 밥을 씹기만 하면 된다는 게 상식이었다.

하태진 남매는 아침 때의 작은 소란 이후에 특별히 소란을 부리지 않고 대열의 뒤쪽에서 묵묵히 따라오고 있었다. 가끔 둘이서 무어라 대화를 하는 듯했지만 자세한 내용은 알 수 없었다.

밤이 되자 상혁은 다시 유수운을 불렀다. 쟁자수와 표사들은 짐이 한 객잔에 다 들어가기 힘들다고 판단되면 마을로 가기 전 적당한 터를 잡아 수레들을 모으고 사람들만 객잔으로 보내 숙면을 취하게 한다. 물론 지키는 인원은 따로 그 터에서 물건을 지키며 노숙을 한다.

유수운은 오늘 도성 밖 공터에서 밖에서 지키는 쪽이었는데 갑자기 상혁이 그를 부른 것이다. 그리고 짧게 지시를 내렸다.

"마보 두 시진."

"…네?"

"양 발을 어깨 넓이로 벌린 다음 무릎을 아주 낮게 구부리고 두 시진

동안 서 있으라고. 이해 못해?"

"아뇨. 그게 아니라 지금은 표행 중인데……."

"이 표행이 언제 끝날 거 같냐? 하루냐, 이틀이냐? 그동안 놀래? 내가 어제 말했지? 넌 남들 놀 때 두 배, 세 배로 연습해야 된다고."

"네."

"알아들었으면 빨랑 마보 두 시진."

수운은 다시 속으로 고래고래 상혁의 욕을 하며 땀을 줄줄 흘리며 마보 자세를 취해야 했다. 정말 두 시진이나 마보를 시킬 줄 몰랐던 수운은 계속 쓰러졌다 그의 발길질과 욕설에 다시 몸을 일으켜 세우기를 반복해야 했다. 두 시진이 지나자 허벅지 부근은 아예 힘을 줄 수가 없어서 똑바로 서 있을 수조차 없었다.

"좋아, 이제 육합권으로 몸을 풀어. 안 그러면 내일은 움직이지도 못할 테니."

수운은 이를 악물고 비틀거리며 간신히 육합권을 전개해 나갔다. 그것을 보고 있던 상혁이 고개를 저었다.

"유수운이, 내가 나중에 너한테 뭘 가르쳐 주기 전에 우선 지금 중요한 거 한 가지만 말해 두자. 넌 왜 육합권을 펼치냐? 누가 가르쳐 줘서? 건강에 좋아서? 아니야. 그러면 안 돼. 답은 상대를 쓰러뜨리기 위해서야. 이건 나중에 내가 뭘 가르쳐 줘도 그대로 적용될 거다. 그러니까 지금부터는 육합권을 펼칠 때 네 녀석 앞 두 자나 한 자쯤에 적이 위치해 있다고 생각하고 육합권을 펼친다. 알겠냐?"

"네."

"해봐."

그는 비틀거리며 억지로 가상의 적을 세워두고 육합권을 펼쳤다. 그리고 '네 녀석 앞에 있는 적은 무슨 목인이나 나무토막이냐?' 라는 욕을 먹으며 좀 더 무서운 적을 떠올리라는 주문을 받았다.

그래서 상혁을 떠올리며 그에게 주먹을 먹이는 상상을 하기 시작했고, 결국 한마디 칭찬을 얻어냈다.

그가 떠나가자 녹초가 된 유수운은 간절히 절명마공을 운기하고 싶었지만 주변에 있는 사람들이 행여 자신이 운기 중에 손을 대면 큰일이 벌어지기 때문에 그저 몸으로 고통을 참는 수밖에 없었다.

이처럼 유수운이 개인적으로 고통받는 일 외에는 아무 문제 없이 이틀이 지나갔다. 그리고 그날 오전, 다른 날과 똑같이 수레 옆에서 힘겹게 고삐를 잡고 걷고 있는 수운에게 상혁이 다가왔다.

"유수운이, 말 탈 줄은 알지? 여기서 가까운 곳에 쉬어갈 만한 마을이 있으니까 장은이랑 먼저 가서 객잔 잡아라."

"제가요?"

"그래. 새끼, 표정하곤. 가서 장은이 하는 거 보고 잘 배워놔."

객잔을 예약하는 일이 그리 어려운 일은 아니더라도 일행이 백여 명 정도 되면 협상 과정에서 경험이 필요하다. 표물을 길에 버려놓고 점심을 먹을 수 없으니 제법 큰 객잔을 잡아야 하고, 그 정도 규모를 발견하지 못하면 가까운 곳에 위치한 객잔 여러 개를 동시에 예약해서 사람들을 나눠야 한다.

게다가 난제□ 섬심을 시키면 가격에 있어서도 유리한 흥정이 가능하다. 어려운 일은 아니지만 처음 하는 일에 서툰 건 인간의 공통점이므로 쟁자수들은 가능한 신참들이 많은 일을 경험하도록 유도한다.

수운은 장은이라는 쟁자수와 함께 예비용 말에 올라타고 먼저 앞질러 가겠다고 뒤쪽에 위치한 표두에게 보고를 했다. 그때 하태진이 말을 몰아 다가왔다.

"같이 간다."

막 웃으며 맛있는 곳을 잘 찾아놓으라고 농을 건네고 있던 표두의 얼굴이 슬쩍 굳어졌다. 거기에 하혜진까지 다가오더니 '저도 같이 가보겠습니다' 라고 오연히 허가를 구했다.

수레 위에서 그 모습을 지켜보던 상혁이 히죽 웃었다.

"그냥 계셔도 될 텐데……."

하태진이 물끄러미 그를 바라보았고, 상혁도 눈을 마주친 채 고개를 돌리지 않았다. 상혁은 어깨를 으쓱하더니 표두를 바라보았다.

"표사님이 쟁자수들을 호위해 주신다니 그냥 보내주십시다. 배가 심하게 고프신가 봅니다."

표두는 삼, 사십여 장 앞서 나가고 있는 대표두 장무성의 등을 흘깃 바라보더니 곧 결정을 내렸다. 이런 일로 일일이 장무성의 중재를 바라는 것도 우습고, 일일이 이 골칫덩이들과 싸우는 것도 우스웠다.

"그렇다면 그렇게 하게. 두 사람은 여기 쟁자수들을 따라가서 객잔을 예약하고 자리를 지키고 있어. 쓸데없는 소란은 대표두가 용서하지 않을 테니 조신하게 행동하고."

평상시라면 당연히 소국주로서 존대를 했겠지만 '상급 표사로 대우하라' 라는 공식적인 명령이 있었기 때문에 표두는 자연스레 하대를 하고 있었다.

네 명은 곧 말을 달려 대열의 앞을 질러 나갔다. 장무성은 하태진 남매가 달려나가자 잠시 의아한 표정이었지만 그 앞에 있는 게 유수운이라는 것을 발견하곤 표정을 찌푸렸다.

'저 망나니들이 사돈 총각한테 무슨 억하심정이라도 있나? 그나저나 저거 허가한 거 누구야? 교 표두 이 자식인가?'

장무성이 불만을 속으로 삭이고 있을 때 하태진은 앞에서 말을 달려가고 있는 유수운의 등을 차가운 눈으로, 하혜진은 약간의 호기심이 서린 눈으로 바라보며 달리고 있었다.

그 시각, 당소류라는 이름의 아가씨가 남궁세가로 가기 위해 합비로 향하고 있었다. 남궁세가의 넷째인 남궁정의가 생일을 핑계 삼아 당소류를 초대했기 때문이다.

남궁세가와 당가의 가주는 절친한 사이여서 그 자손들도 어릴 때부터 친하게 지내온 터였다.

성격이 활달하고 귀찮은 걸 싫어하는 당소류는 자신을 보필하는 시비 하나만을 대동하고 남궁세가로 떠났고, 남궁정의는 휘하의 믿을 만한 수하 두 명을 보내 그녀를 마중하게 했다.

애석하게도 그녀는 천성적으로 그런 식의 마중을 싫어하는 편이었다. 당가의 폐쇄 정책 속에서 자라난 그녀는 그에 반발이라도 하듯 억압이나 감시를 싫어했다.

그래서 홀로 타 문파의 검술과 심법을 연마하고 당가의 암기술과 용독술을 눈대중으로 훔쳐 배운 이유는 당가에서 뛰쳐나가 종횡강호하기 위해서였다.

"아가씨, 곧 점심 시간이니 잠시 저 객잔에서 쉬었다 가시지요. 아침부터 쉼없이 움직이셨으니 혹여 귀하신 몸에 탈이라도 생길까 걱정됩니다."

자신을 남궁추성이라 밝힌 남궁가의 무사가 다가와 정중히 말을 걸었다.

"아, 그렇게 하지요."

그 말에 슬쩍 앞으로 나선 남궁추성이 같이 호위 역을 맡은 다른 무사에게 뭐라고 지시하자 그가 고개를 끄덕인 뒤 질풍같이 말을 몰아 시야에서 사라져 갔다.

수운은 '월선대루' 라는 편액 간판이 중후하게 붙은 큰 객잔 안에서 장은이 주인과 흥정하는 것을 바라보고 있었다. 백여 명분의 식사와 육십여 마필 정도의 말 먹이 값을 놓고 장은은 계속 값을 후려치고 있었으며, 주인은 연신 고개를 흔들면서 자신이 생각하는 가격을 말하고 있었다.

장은이 말하는 가격은 표국의 일원인 자신이 생각해도 말도 안 될 정도로 박한 가격이었으나 장은의 표정은 털끝만큼도 흔들리지 않았다. 주인 역시 터무니없이 후려친 가격을 듣고도 주름 하나 만들지 않았고 오히려 웃는 얼굴로 가격을 올려 제시하고 있었다.

결국 일반 손님이 먹는 음식 가격의 팔 할 정도로 합의를 본 두 사람은 서로 인사를 나누고 얼굴을 돌렸다.

"어때, 신입. 봤지? 이 정도 인원이면 정가의 팔 할까지는 음식값을 깎을 수 있는 거야. 주인도 그걸 알고 나도 그걸 알지. 하지만 서로 혹시나 하는 마음에 나는 육 할에서 오 할대의 가격을 불러보는 거고, 주인도 정가 그대로를 제시해 보는 거지. 뭘 제시하든 서로 간에 심한 강짜만 안 부리면 대충 팔 할대에서 가격 흥정이 끝나는 거야. 쉽지?"

장은은 싱글거리며 수운에게 가격 흥정에 대해 말을 해주었다.

두 사람이 주인과 가격 흥정을 하고 있을 때 하태진 남매는 이층에 올라 차를 즐기며 이야기를 나누고 있었다.

"우리가 잘못 생각했을지도 몰라. 이제껏 주시해 봤지만 역시 무공을 익힌 사람이 아닌 거 같아. 아까 말을 타고 올 때의 그 뒷모습, 오빠도 봤지?"

하태진이 고개를 끄덕였다. 왜 안 봤겠는가? 이 표행을 시작할 때부터 그의 일거수일투족을 감시하다시피 했는데. 그렇지만 그의 몸놀림 어디에도 무공의 자취는 없었다.

하체의 움직임은 절도가 없이 산만하고 허리는 중심을 잡지 못해 끊임없이 요동치고, 상체는 흩날리는 먼지처럼 요동치는 것이 어디를 봐도 일반인이었다.

'무공이 없다'라는 걸 가장 확신했을 때는 말을 타는 모습을 봤을 때였다. 말을 타면 그 중심 이동 때문에 무인과 일반인의 미묘한 차이가 확연히 드러난다.

하태진 남매는 일부러 뒤쪽에 따라붙으며 그의 말 타는 모습을 유심히 살펴봤지만 역시 무공을 익혔다는 확증을 잡지 못했다.

"그럼 그날 그건 뭐였지? 우리를 집어삼킬 듯 넘치던 그, 그건 뭐였다는 거야? 무공도 없는 놈이 선천적으로 그런 기도를 가지고 있다고?"

하태진이 찻잔을 움켜쥐며 말했다.

"하지만 역시 아무것도 없어. 우리가 너무 과민한 것 아닐까?"

"흥, 우리 둘이 동시에 같은 걸 느꼈는데 아무것도 없다고? 저놈은 뭔가 감추고 있어."

그가 유수운에게 집착하는 이유. 그것은 그의 신분이 낮기 때문이었다. 자기보다 낮은 신분의 인간이 아무리 순간이지만 자신을 압도했다는 것은 절대 용납할 수 없는 일이다. 그는 이릴 때부터 떠받들이져 살아왔고, 그 스스로 최고가 되어야 한다는 집착에 빠져 있있다.

그런 자신이 무공도 모르는 쟁자수 나부랭이에게 순간이나마 겁을, 아니, 공포를 느꼈다는 것은 너무도 큰 수치였다. 하태진은 그 이후 매 순간마다 유수운을 생각했다. 그가 한낱 쟁자수일 리가 없어. 그 녀석은 뭔가 숨기고 있어. 하태진의 집착은 묘한 구석에서 수운의 정체와 비슷하게 다가서고 있었다.

“이제 뭘 합니까?”

“뭘 하긴, 한 명은 여기서 자리 배정하고 있어야 되고 한 명은 가서 이 객잔 안내해야지. 어제 봤잖아?”

그렇게 말하며 장은은 자리에서 일어섰다.

“어차피 널 보냈다간 중간에 길이라도 잃고 헤매면 난리도 그런 난리가 없을 테니까 내가 간다. 넌 여기서 자리나 확실하게 만들어놔. 주문은 아까 해놨으니까 그거 틀리지 말고. 표두님들 자리는 저 상층으로 확실하게 봐놓고.”

몇 마디 당부를 남기고 장은은 표단을 마중하러 말을 달려나갔다. 그를 배웅한 수운은 문과 가까운 자리에 앉아 큰 기지개를 켰다. 슬쩍 위층에 있을 하태진 남매를 곁눈질해 봤지만 둘은 별다른 기미 없이 차를 마시고 있을 뿐이었다.

그제 상혁의 닦달에 상한 몸이 아직 완전히 회복되지 않아 몸도 그렇고 마음도 피곤한 상태였다. 늘 주변에 사람이 있었기 때문에 혹시나 하여 멸명마공을 움직일 시간이 없었기 때문이다.

그는 다시 내부를 둘러보았다. 객잔 안에는 시간이 일러 손님도 보이지 않았고 주인과 점소이들은 백 인분의 식사를 준비하기 위해 바삐 움직이는지 주변에는 보이지 않았다. 그렇다면……. 유수운은 의자에 몸을 편히 기댄 채 조용히 멸명마공을 움직였다.

반개한 채 조용히 차를 마시고 있던 하태진은 무언가 미약한, 그렇지만 익숙한 느낌에 번뜩 눈을 떴다. 그와 동시에 그 느낌이 사라졌다.

잘못 느낀 것일까?

그는 곧 고개를 돌려 아래쪽에 앉아 있는 유수운을 바라보았다. 의자에 기대어 잠이라도 자는 듯 몸을 기분 좋게 늘어뜨린 모습이었다.

“오빠, 왜 그래?”

하혜진은 아무것도 느끼지 못한 듯했다.

‘예민해져 있었나?’

그는 찻잔을 탁자 위에 올려놓았다. 그렇지만 눈 몇 번 깜박거릴 시간이 지나기도 전에 뭔지 모를 느낌이 질기게 따라붙었다. 등 언저리가 가렵지만 정확히 어딘지 모를 때처럼 뇌수 한구석에 따라붙는 이 불안감.

그는 다시 유수운 쪽을 바라보았다.

왜 그러냐는 듯 말을 하려던 혜진의 입을 손을 들어 막은 그는 심호흡을 한 뒤 오감을 최대한으로 끌어올리기 시작했다. 두 호흡을 넘기기 전에 심신이 안정되며 마음이 물처럼 흐르기 시작했다.

그리고 뭔가 미묘한 느낌을 확실히 느낄 수 있었다.

‘그래, 이 느낌은… 마치……’

뭔가 떠오르려고 할 즈음이었다. 문으로 네 명의 인물이 소리를 치며 들어섰다.

“점소이! 장사 안 하나!”

그로 인해 하태진의 청정이 깨졌다.

‘빌어먹을.’

그는 눈을 뜨고 못마땅한 눈으로 문안으로 들어선 인물들을 바라보았다.

남자 둘에 여자 둘이 들어서고 있었다.

그리고 그중 한 명은 눈이 번쩍 띌 정도의 미모를 지니고 있었다.

‘호오!’

하태진은 앞자리에 앉아 있는 여동생 때문에 대놓고 여인을 평가하지는 못했지만 내심 마음이 동하는 것은 어쩔 수 없었다.

그들은 객잔에서 잠시 쉬어가기로 했던 당소류 일행이었으며, 호통을 내지른 것은 남궁추성이었다.

그의 호통 소리에 백 명의 단체객을 맞이할 준비로 부산하던 점소이들 중 한 명이 막 뛰쳐나왔고, 유수운은 황급히 움직이던 멸명마공을 거두기 시작했다.

그때 당소류가 정확히 유수운이 앉아 있는 쪽을 바라보며 눈을 반짝였다. 남궁추성은 점소이를 부르느라 눈치채지 못한 듯하지만 그녀는 이곳에 들어서면서 이상한 서기를 느꼈다. 그리고 눈길을 돌린 그 자리에 바로 허름한 옷차림의 사내가 뒷모습을 보인 채 앉아 있었다.

"자리로 안내하고 말들을 돌봐주거라."

당소류가 허름한 옷차림을 한 사내의 뒷모습을 바라보고 있는 동안 남궁추성은 점소이에게 주문을 하느라 그 모습을 보지 못하고 있었고, 신묘한 기운도 다시 느낄 수 없어서 그녀는 자신이 피곤해서 뭔가 잘못 느낀 거라고 생각할 수밖에 없었다. 그럼에도 당소류는 그 뒷모습에서 눈을 떼지 못했다.

"빨리 안 움직이고 뭘 그리 꾸물거려?"

"헤헤헤, 그게 손님, 죄송하지만 이제 곧 단체객들이 오실 터라 자리가……."

그의 주문에 점소이가 난감한 미소를 띠며 고개를 조아리자 남궁추성의 눈썹이 꿈틀했다.

"그래서? 감히 우리보고 발걸음을 옮기라 그 말이냐?"

정마련이 세워진 이후 남궁세가는 성장을 거듭한 탓에 그 영향력은 광대했고 이곳까지도 그 위세가 뻗치고 있었다. 하물며 당가의 영애를 모신 자리에서 기껏 객잔 자리 하나 잡지 못한다면 그 망신이야 말해 무어할까?

정작 당소류야 원래 그런 일에 관심이 없었고 지금은 다른 일에 정신이 팔려서 장내 상황을 전혀 인지하지 못하고 있었지만 남궁추성은 그렇게 생각하고 있었다.

"당장 자리를 만들거라. 단체객이라면 아래층을 사용할 것. 특실로 안내하면 될 것 아니냐."

점소이는 슬쩍 그들을 바라보았다. 보아하니 무림인 같으니 이 이상 안 된다고 했다간 크게 경을 칠 분위기였고, 확실히 상층에는 네 명 정도 앉힐 자리야 얼마든지 있다. 점소이는 그 순간 다시 헤헤거리며 굽실거렸다.

"헤헤헤, 이 멍청한 놈이 그걸 깜빡했습니다. 어서 오르시지요."

실랑이가 일어나는 순간에도 당소류는 문 쪽에 홀로 앉아 있던 유수운을 흘끔 바라보고 있었다. 유수운은 갑작스레 들이닥친 손님들 덕에 유동하던 절명기를 급히 달랜 뒤에 천천히 몸의 상황을 살펴보고 아무 이상이 없자 슬쩍 몸을 돌려 객잔으로 들어온 손님들을 쳐다보았다. 그 순간 당소류와 눈이 마주쳤다.

'예쁘다.'

'평범하군.'

둘은 처음 보자마자 상대를 한마디로 평가했다. 그러나 당소류는 문득 그의 눈에서 정심박대한 기운이 흘러나온다는 느낌을 받고 다시 한 번 그를 쳐다보았다.

'흠, 맑고 깊어. 착각이 아니었나?

착각인지 모르지만 일단 그렇게 생각하자 홀로 앉아 있는 청년의 몸에서 아직까지 슬며시 신기한 기도가 흘러나오는 것 같았다. 순식간에 여러 가지 상상이 머리 속에서 만들어졌다.

어쩌면 이 사람은 가출까지 해서 만나려던 숨은 고수가 아닐까? 허름한 옷에 몸에 병장기조차 지니지 않았으니 무슨 사정이 있을 거야.

복수를 위해 일신의 정체를 숨기고 있는 걸까? 사랑하는 연인이 세상을 떠나 무림에 염증을 느껴 은거하는 중인가?

그녀는 어이없는 상상을 발전시키다 키득거리며 고개를 숙여 입을 가렸다. 옆에 서 있던 시비인 소국은 주인의 이상한 행동에도 별로 신경을 쓰지 않아 보였다. 어릴 때부터 같이 자란 터라 이 아가씨 성격 이상한 것은 잘 알고 있는 탓이었다.

그때 그가 신경도 쓰지 않고 자신 쪽을 바라보다가 의자에서 일어서더니 자신에게로 다가왔다. 그 순간 당소류는 자기 생각이 모두 공상이라는 것을 실감해야 했다.

탁자에 놓여 있던 찻잔은 그냥 손에 들고 있었고 주춤주춤 다가오는 품이 숨은 기인은커녕 숨은 도둑도 못 될 것 같았기 때문이다.

"저……."

"넌 뭐냐?"

당소류가 뭐라 대답하기도 전에 남궁추성이 한 발 앞서 나섰다. 이제까지 가끔 당소류의 미모에 끌려 부나방처럼 다가서는 자들이 많았기에 다소 짜증 어린 목소리였다.

다가온 청년은 무인의 짜증 어린 말에 말을 잇기 힘든지 들고 있던 찻잔에서 한 모금 찻물로 입술을 축이더니 용기를 냈는지 어렵게 말을 이어나갔다.

"얘기를 듣자 하니 이곳에 자리를 잡으시려는 것 같으신데요, 저, 실례가 되지 않는다면 가까운 다른 객잔으로 옮기시는 게……."

"옮기라고? 이런 건방진! 넌 뭐 하는 놈이냐?"

남궁추성은 그의 말을 다 듣지도 않고 아까와 똑같은 질문을 반복할 뿐이었다. 말할 필요조차 없다는 뜻이 얼굴에 보였다.

"이거 실례했습니다. 그놈은 우리 표국의 쟁자수입니다."

어느새 하태진이 당소류 일행에게 다가오고 있었다. 남궁추성은 다가오고 있는 청년의 잘 정돈된 모습에서 명가의 후손이라는 것을 느꼈으며, 가까이 다가온 하태진은 과연 정중히 포권을 하며 자기소개를 시작했다.

"처음 뵙겠습니다. 유성표국의 하태진이라 합니다."

위에서 미모의 여인을 주시하던 하태진은 그녀가 들어오자마자 유수운을 바라보며 뭔가 기분 좋은 미소를 짓는 것을 목격하고 몹시 기분이 나쁘던 차에 유수운이 그들에게 접근하는 것을 보자 좋은 기회라 생각하고 다가섰고, 그녀의 관심을 끄는 유수운이 못마땅해 대뜸 '쟁자수에 불과한 놈이다' 라고 밝혀 버렸다.

과연 그녀의 눈동자에 순간 실망의 기색이 스쳐 지나가는 것을 보자 하태진의 기분이 좀 풀렸다.

그의 소개를 받은 무인이 눈에 이채를 띠며 마주 포권했다.

"반갑습니다. 그나저나 유성표국의 하태진이라면 혹시 표국주의 자제로 강서의 소검왕이라 불리는 그……."

"허명을 기억해 주시니 부끄럽습니다. 제가 맞습니다."

"강서에서 이름을 떨치고 있는 소영웅을 만나다니 제가 오늘 운이 좋은 듯합니다. 남궁세가의 남궁추성이라 합니다."

"이런, 남궁세가의 영웅 분들이셨군요. 이런 결례가 없습니다."

둘은 혓바닥에 기름을 바른 듯 유려하게 각자의 소개를 끝마쳤다. 남궁추성의 모습이나 하태진의 태도에서 이전 유수운을 대할 때의 모습은 흔적도 찾아볼 수 없었다. 유수운은 그 모습을 보며 쓰게 웃었다.

새삼 사부가 해주었던 말은 하나도 틀린 게 없다는 점이 떠올랐다. 어느 날 사부는 '네가 절명문도로 세상을 활보하다 보면 언젠가 필히 이런 것을 느낄 날이 올 것이다' 라고 운을 떼고 이런 조언을 해주었다.

"사람들은 누구나 아상(我相)으로 자신을 세우고 인상(人相)으로 남을 구분한다. 세상 모두가 이 덧없는 상에 사로잡혀 자신을 자신 아닌 것으로 보며 남을 남이 아닌 것으로 보는 거란다. 자기가 세운 상을 남에게 투사하고, 자기가 세운 자신의 허상을 남들이 볼 수 있으리라 믿는다. 세상일이 진실로 그러하지 않으며, 나와 너의 구분도 없는 터에 뭇 세상 사람들은 그것이 그러하지 않다고 믿는단다."

그렇다면 사람들은 서로 무엇을 보고 서로를 구분하느냐는 물음에 진현우는 수운의 머리를 쓰다듬으며 대답해 주었다.

"그들은 서로의 가면을 보고 서로를 판단한단다."

확실히 그러했다.

자신의 가면은 쟁자수였고, 남궁추성이라 밝힌 자의 가면은 든든한 세가의 무인, 하태진은 유성표국의 소국주라는 가면을 둘러쓰고 있었다. 적어도 겉으로 드러난 모습은 그랬다.

어쨌거나 유수운은 어이없음도, 이전 하태진과의 마찰로 생겼던 불쾌한 감정도 이 순간 상당 부분 씻어낼 수 있었다. 사부의 말이 떠오른 덕에 자신도 상(相)의 지배를 받고 있다는 것을 깨달았기 때문이다.

그는 두 사람이 자신은 염두에 두지도 않고 연달아 인사를 나누는 광경을 보며 다시 들고 있던 찻물을 한 모금 입에 머금었고, 그것을 바라보는 당소류는 눈을 빛내며 입을 삐죽였다.

'흥, 고생 좀 해봐라.'

하태진이 다가와 '그는 쟁자수요' 라고 말하는 순간 당소류는 혼자 전

개하던 공상이 산산조각나는 것을 느꼈다. 어쩌 다가올 때 숨은 고수 같
은 거창한 인물은 아니라고 생각했지만 그래도 한가닥 혹시나 하는 감정
이 남아 있었는데 전혀 아니지 않은가?

쟁자수면 쟁자수답게 눈동자에도 현기가 없어야지 그 맑은 눈동자는
또 왜 지니고 있어서 사람의 마음을 들었다 놓는단 말인가. 당소류는 저
맑은 눈동자의 쟁자수에게 갑자기 심술이 났다. 원래 당가 내에서도 갑
갑함을 장난으로 풀어내는 일이 많던 그녀였다.

멍하니 하태진과 남궁추성의 대화를 보고만 있는 유수운이 손에 찻잔
을 들고 있는 걸 보자 번득 하고 한 가지 보복(?) 방법을 생각해 냈다. 거
리는 가까웠고 이 정도 거리라면 그녀의 용독술이 실패할 확률은 전무했
다. 그녀는 슬며시 손을 움직여 내공으로 번뇌산(煩惱散)을 그의 찻잔에
슬쩍 하독했다.

'흥이다. 오늘 하루 화장실에서 내가 왜 그랬을까 고민해 봐랏.'

하독을 끝낸 그녀는 속으로 혀를 내밀면서 이제 곧 얼굴을 일그러뜨리
며 화장실로 달려갈 그의 얼굴을 생각하며 즐거워했다. 번뇌산은 그녀가
열네 살 때 스스로 조합한 독(?)으로 증상은 배탈, 설사, 소화불량, 갑작
스런 복통이었다.

약효는 하루나 반나절 정도 지속되며 '자신에게 잘못한 일을 측간에
서 곰곰이 생각하며 반성하라' 라는 깊은 뜻—소녀치고는—을 가지고 조
제한 회심의 장난용 독이었다.

불쌍하게도 아무 잘못도 없이 당소류의 상상과 어긋났다는 이유로 독
을 마시게 된 유수운이었다. 들고 있던 찻물을 다시 한 모금 넘긴 그는
대화를 나누는 일행에게 슬그머니 눈을 떼고 원래 있던 자리로 가서 앉
았다.

"아까 저 쟁자수 놈의 무례를 용서하십시오. 미천한 것이라 귀인들을

알아보지 못하고 주제에 임무랍시고 나선 것 같습니다. 아랫것들을 제대로 관리하지 못한 제 책임입니다."

그런 유수운의 귀에 하태진의 발언이 들어왔다. 일전 같았으면 대번에 있는 대로 화가 뻗쳤겠지만 지금은 속으로 반야심경을 외우며 끓는 속을 달랠 정도의 경지에 도달해 있었다. 그는 슬며시 손에 들고 있던 찻잔에 힘을 주고는 들어 있던 찻물을 한 번에 입에 털어 넣었다.

그 모습을 지켜본 당소류는 속으로 즐거워하며 쾌재를 불렀다.

한 명은 분을 삭이고 한 명은 몹시 즐거워하는 도중에도 남궁세가와 유성표국을 업은 두 사람의 의례적 겸양의 말은 계속 오가고 있었다.

그러나 하태진의 눈길은 그녀가 유수운을 바라보며 방긋 웃는 장면을 포착하고 말았다. 덕분에 남궁추성이 던진 말의 첫 부분을 미처 듣지 못할 정도로 분해하고 있었다.

"…일이 아닙니다. 그게 어디 하 소협이 신경 쓸 일이겠습니까? 그나저나 그렇다면 이 객잔을 통째로 빌렸다는 게……."

"아, 네. 본 표국이 이번에 대규모 표행 중이라 인원이 많다 보니 그렇게 됐습니다. 마침 잘됐습니다. 저 위로 드시지요."

남궁추성이 다시 감사의 뜻을 표하며 포권을 한 뒤 뒤에 서서 잠시 후 있을 유수운의 불행을 생각하며 키득거리고 있는 당소류에게 공손히 머리를 숙였다.

"아가씨, 저 위로 드시지요."

"아, 네. 알겠습니다."

하태진의 입장에서는 남궁세가의 무인이 공대하며 모시는 여인의 정체가 궁금했지만 함부로 그 신분을 묻는 건 예의가 아니기에 호기심을 눌러 참고 자연히 알 수 있는 기회를 노리고 있는 중이었다. 가까이서 보니 더 더욱 눈부신 용모의 여인이었다.

유수운에 대해 악감정이 더욱 커져 갔다. 이런 여인의 미소를 받다니, 용서받지 못할 놈이 아닌가?

아무튼 지금 가장 중요한 것은 여인의 정체였기 때문에 유수운에 대한 응징은 뒤로 미루기로 했다. 그는 남궁추성과 의례적인 말을 주고받으며 슬슬 여인의 정체 쪽으로 화제를 돌리려 노력하며 여동생이 기다리고 있는 탁자로 일행을 안내해 돌아갔다.

'진짜 확 그만두고 집에 가서 장사나 해? 이래서야 강호행이라고 말할 수도 없으니까 장사나 마찬가지고. 아냐. 사나이가 칼을 뽑았으면 무라도 베어야 사나이지. 하물며 일반인도 아니고 대절명문의 제칠대 장문인이 한 번 먹은 마음을 이리 쉽게 허물면 어찌 장부라 할 수 있겠나? 게다가 저들은 전형적인 어리석은 중생이 아닌가 말이다. 그런 자들의 말은 신경 쓸 거 없다고 사부님이……'

남궁추성과 하태진의 언행에 또다시 평정심에 타격을 받은 유수운이 사부의 말과 경전을 떠올리며 사심을 흩어내고 있을 때였다. 갑자기 속이 갑갑해지는 느낌이 들었다.

뭘까 하고 고개를 갸웃하는 순간에도 갑갑증은 점점 아래로 내려가더니 갑자기 장이 꼬이는 듯한 통증이 몰려왔다.

'크악!'

식은땀이 흘러내렸다. 조금만 잘못 움직이면 크게 낭패를 볼 정도로 배가 아파왔다. 절명문 칠대 장문인 유수운, 일생 최대의 위기였다. 그는 떨리는 손을 아랫배에 가져다 댄 뒤 본능적으로 멸명마공을 일으켰다.

멸명마공은 모든 외적인 힘에 대응한다.

뒤집어지고 일그러지는 듯하던 속이 점차 가라앉기 시작더니 이내 싸늘한 시원함이 가볍게 단전에 내려앉았다. 유수운은 전신이 식은땀으로 젖은 채 안도의 한숨을 내쉬었다.

'큰일날 뻔했네. 갑자기 왜 그랬지? 뭘 잘못 먹었나?

한편 이층에서 하태진 남매와 인사를 나누고 있던 당소류는 슬쩍 아래쪽의 쟁자수를 바라보던 중 그가 얼굴을 일그러뜨리며 탁자 위에 몸을 누이고 부들부들 떨기 시작하자 '흐흥, 고생해 봐요, 눈만 맑은 쟁자수 아저씨' 라고 중얼거리며 산뜻한 미소를 지어 보였다.

이번에는 남궁추성도 그 모습을 발견했고, 힐끗 그녀의 시선을 따라 간 곳에는 아까 자신에게 버릇없게 행동했던 쟁자수의 모습이 있었다. 그는 당소류가 왜 웃는지 몰랐으므로 다시 고개를 돌려 하태진과 대화를 나누기 시작했다.

당소류는 쟁자수가 비명을 지르며 허리춤을 부여잡고 측간으로 뛰어들 그 순간만을 기다리느라 하태진의 물음에도 건성으로 대답하고 있었다.

이미 그녀가 사천당가의 인물이라는 것을 들어 알고 있는 그는 당소류가 계속 무성의하게 대답하자 불만이 쌓여갔다. 게다가 그녀의 시선은 자주 아래쪽의 유수운에게 향하고 있었다.

문득 쟁자수가 한 손을 아랫배 쪽으로 갖다 대자 '이제 끝이 다가왔다' 며 노골적으로 그 순간을 기다리던 당소류는 한순간 그가 내뿜는 이상한 서기를 느끼곤 당황했다. 아까 들어올 때 느꼈던 그 이상한 기운과 비슷한 그런 기운이었다.

'뭐지? 또 착각?

잠시 그 느껴질 듯 말 듯 이어지던 기운이 어느 틈에 사라졌는지도 모르게 사라졌고, 쟁자수가 한숨을 쉬며 고개를 드는 것이 보였다.

통증이 없어 보였다.

'해독해 냈어?

그 순간 그녀의 얼굴이 굳었고 자신도 모르게 입술을 잘근 깨물었다.

하독에도 독에도 아무 이상이 없었다.

그렇다면 문제가 된다.

비록 장난에 불과하다지만 그 기본은 어디까지나 대사천당문의 비전에 바탕을 두고 있다. 그것을 한낱 쟁자수가 몽땅 흡수하고서도 멀쩡하다고?

마침 그때 유수운도 살았다는 표정으로 우연히 위쪽을 바라보았고, 굳은 표정으로 자신을 바라보고 있는 당소류와 눈이 마주쳤다.

'근데 진짜 예쁘다.'

잠시 그의 얼굴이 풀렸다. 어려서는 사부를 따라 인적이 드문 곳에서 수련을 했고, 돌아와서는 힘들게 일만 하고 있었으니 여자를 접할 기회가 드문 그에게 저렇게 예쁜 여인을 보는 것은 낯선 경험이었던 것이다.

그 순간 그는 뭔가 번쩍 하며 쏘아져 오는 것이 느껴져 본능적으로 몸을 뒤로 물렸다. 그 순간 무언가가 발치에서 퍽 소리를 내며 깨졌다.

그것은 술잔이었다.

"응?"

"건방진! 이놈! 감히 이분이 어떤 분이신데 네깟 놈이 그런 눈으로 바라본단 말이냐! 본 표국의 수치다!"

하태진이 버럭 고함을 치며 손을 떨치고 있는 품으로 봐서 잔을 던진 것도 그인 듯했다.

'왜 저래?'

영문을 모르는 유수운이 멍한 얼굴로 그를 바라보자 하태진의 얼굴이 더욱 붉어졌다.

사실 조금 전 당소류의 얼굴이 굳어진 것을 발견한 하태진이 그녀의 시선을 따라 고개를 돌리자 유수운이 멍청한 얼굴로 그녀를 바라보고 있는 것을 보았던 것이다.

"말로는 안 될 녀석인가 보군. 하 형, 제가 손을 써도 되겠습니까?"

비슷한 순간 유수운의 눈길을 발견했으나 하태진이 먼저 손을 쓴 탓에 잠시 관망하던 남궁추성이 앞으로 나섰다.

"아, 예. 남궁 형이 손을 더럽히시겠다는데 어찌 소제가 남궁 형의 앞을 막겠습니까?"

"배려에 감사드립니다."

쟁자수라 하더라도 유수운이 유성표국의 일원인 이상 하태진에게 말이라도 하는 것이 예의였다.

하태진에게서 사실상 생사부를 건네받은 남궁추성이 이층에서 경공술을 펼쳐 바람처럼 날아 떨어져 왔다.

"별 버러지 같은 게."

그는 한낱 쟁자수가 자신이 모시는 아가씨를 눈으로나마 희롱했다는 점에 특히 분노하고 있었기에 낮게 으르렁거렸다.

"본시 두 눈을 뽑아놔야 하겠으나 하 소협 얼굴을 봐서 그렇게까지는 않으마! 무릎을 꿇고 아가씨께 사죄하라!"

이 무슨 아닌 밤중에 봉창 두드리는 소리인가.

"네?"

유수운은 멍하니 그의 입을 바라보았다. 그것은 또한 이층에 있던 당소류도 마찬가지였다.

'왜들… 이러는 거지? 그보다 저 사람 정말 내가 하독한 독을 혼자 풀어낸 게 맞는 건가? 아니면 우연히 체질이? 아냐. 당문의 독은 체질을 따지지 않아.'

이렇듯이 당소류는 당소류대로 이 사람들이 뭐 때문이 이러는지 영문을 알지 못했고, 게다가 아까 유수운이 자신의 독을 어떻게 해독했는지를 심각하게 고민하고 있어서 그의 행동을 강하게 말리지 못했다.

그게 화근이었다.

"저… 죄송하지만 무슨 말씀이신지 잘……."

"하아……."

남궁추성이 한숨을 내쉬었다.

"이래서 좀 잘해주면 기어오른다는 말이 나오는 거야."

"저, 그러니까……."

도무지 무슨 영문인지 알 수 없는 수운은 눈앞에서 한숨을 쉬고 있는 무인에게 조금 다가서며 무슨 일인지 얘기를 들으려 했다.

팡!

주루의 마룻바닥이 경쾌하게 울렁거렸다. 느긋하게 한숨을 쉬고 있던 남궁추성의 모습이 섬전처럼 유수운을 향해 쏘아갔다.

"뭐……."

뭔가 말하려던 수운의 배에 남궁추성의 주먹이 틀어박혔고, 거대한 소리가 울려 퍼졌다.

유수운은 이 장이나 데굴데굴 굴러 벽에 부딪친 이후에야 바닥에 처박혔다.

"커헉!"

깊은 곳에서 치밀어 오르는 신음성을 토하는 유수운을 보며 남궁추성이 별다른 감정이 들어 있지 않은 목소리로 말했다.

"사죄할 기회까지 줬는데 말이야, 깝죽거리며 눈깔만 치켜뜨고 있다니, 단매에 죽어도 억울하단 말은 못할 거다. 아니, 단매에 죽여줬으니 고맙다고 해라. 고통은 없을 테니."

마우에게 맞았을 때에는 절명기가 몸을 보하고 있었기에 큰 충격은 받지 않았었다.

국주의 아들인 하태진에게 맞았을 때에도 피는 봤을지언정 이렇게 엄청난 충격을 받진 않았다.

그러나 명치에 파고든 이 한 수는 마치 뼈를 모두 뭉개 버린 듯한 그런 일격이었고 무방비로 당한 수운은 혼백이 저절로 흩어지는 느낌이었다.

"무슨 짓을!"

잠시 상황을 이해하지 못하던 당소류가 벌떡 일어나며 수운에게 일격을 가한 남궁추성에게 소리쳤다.

그러나 남궁추성 입장에서 보자면 그는 대남궁세가의 무인이었고 유수운은 한낱 쟁자수였다. 그의 입장에서 상전인 당소류에게 불경을 범한 쟁자수 따위는 단매에 때려죽여도 오히려 주먹이 더럽혀졌다며 하태진에게 책임을 물을 수도 있는 일이었다.

실제로 하태진 남매는 바닥에 쓰러져 있는 유수운을 보면서도 아무 항의도 하지 않았다. 남궁추성은 자신을 질책하는 듯한 당소류를 보며 불만 어린 목소리로 말했다.

"이런 미천한 놈조차 아가씨에게 음탕한 눈길을 보내는 것을 용서한 것을 도련님께서 아시면 이놈의 목이 달아날 일입니다. 그저 하 소협의 얼굴을 봐서 적절한 징벌을 가한 것뿐입니다."

"아무리 그렇다 한들 일반인에게 그렇게까지 할 필요는……."

그것이 오해라는 것을 말하려던 그녀는 거기까지 말하다 입술을 가볍게 문 채 말없이 자리에 앉았다. 그런 거였다. 그의 말은 일면 옳은 구석이 있었다. 그 진실이 무엇이 되었더라도. 아아, 그래, 이런 게 '가문'이고 명예였지. 그게 싫었었지.

그녀의 표정이 다시 차갑게 굳어갔다. 당문의 여식답게.

유수운은 일격에 내장이 상하고, 여력이 척추에 스며들고, 날아 떨어지며 골이 흔들려 코와 귀에서 피를 흘리며 바닥에 쓰러진 상태였다.

'죽는… 건가? 이렇게?'

언뜻 그런 생각이 들었다. 귀에서 '웅' 하는 소리가 커져 왔고 무의미하게 눈에 들어오는 세상은 이미 그가 속할 곳이 아닌 듯했다.

"쿨럭!"

그의 몸이 가볍게 진저리를 치며 고여 있던 피를 밖으로 쏟아내었다. 너무 허무하다는 생각이 들었다. 그 순간 지겹도록 읽었던 불경의 한 구절이 자연스레 떠올랐다.

인연으로 뜻이 생한 바이니,
이 뜻이 적멸하여 생함이 아닌 것.
모든 생멸의 뜻이 적멸하여,
이 뜻이 생하여 멸함이 아니니라.

이 한 구절이 그의 정신을 조금이나마 돌려놓았다. 생도, 사도, 그 뜻도.

'그게 무슨 소리야, 대체?'

그의 치켜떠진 눈에 초점이 맞지 않는 바닥이 비춰졌다.

세상이 웅웅거리고 있었다. 그 시끄러운 소음 속에서 꿈결처럼 자신을 가격한 무인을 질책하는 어인의 목소리가 들린다. 무인의 항변이 들린다.

미천한 놈. 음탕한 눈길. 적절한 징벌.

진득한 무엇이 침과 함께 입가를 타고 흘러 바닥에 고이는 느낌이 들었다. 전신에 힘이 들어가지 않았다. 그는 자신이 벌레처럼 꿈틀거린다고 생각되었다.

이미 고통은 없었다. 죽음. 죽음 직전.

그에게 이 이상의 표현은 떠오르지 않았다.

한순간 눈길의 마주침이, 그에 대한 정당한 징벌이 죽음이던가.

분노도 일지 않았다. 자신이 처한 상황이 매우 객관적으로 인식되어 의식은 오히려 확장되었다.

그 순간 유수운은 조금 전 떠올린 금강삼매경의 한 구절에 깊이 빠져 들어갔다.

인연으로 뜻이 생한 바이니 이 뜻이 적멸하여 생함이 아닌 것……

그의 동공이 풀렸다.

'적멸하여… 생함이 아니며……'

근육에, 온몸에 내장을 움직이던 모든 힘[力]이 모두 스러져 갔다.

'생하여 멸함이 아니니라……'

작은 깨달음, 그리고 환희가 있었다.

그리고 단전에 봉인되어 있던 절명기가 스스로 움직이며 거침없이 움직여 나갔다.

우득!

스스로 봉인해 두었던 멸명마공이 사단계 '전(澱)'의 단계에서 오성인 '풍(風)'의 단계로 폭발해 나갔다.

온몸에 절명기가 휘몰아친다. 전신 구석 어디라도 절명기가 기묘하게 기어들어 가 작은 상처라도 감싸 안는 듯한 느낌이 든다.

몸이 정화되는 듯했다.

마치 절명기가 생명을 지닌 것처럼 똬리를 풀고 혈도를 혀로 핥아나 간다.

혼란이 계속되는 동안 유동하는 절명기는 죽음을 목전에 둔 유수운의 몸을 깨끗이 치유했고, 유수운은 한 덩이 검은 피를 뱉어낸 뒤 서서히 몸을 꿈틀거렸다.

몽환에 빠져 있던 정신도 서서히 되돌아왔으나 그는 오히려 그것이 아쉬웠다. 뭔가 보일 듯하던 그 무엇인가가 멀어져 가는 느낌이 들어서였다.

그는 혼란 중에도 몸에서 들끓으며 뭔가 몸에 이상한 작용을 하고 있는 절명기를 다시 갈무리해 들였다.

"음?"

남궁추성은 막 이층으로 올라서려다 유수운이 신음 소리를 내며 꿈틀거리자 기분이 나빠졌다.

방금 전에는 적당히 손을 썼다고 둘러댔지만 그 정도면 즉사까지는 모르겠지만 일반인이 살아나기 힘든 정도였다.

그런데 저 쟁자수 놈이 살아 꿈틀거리다 일어서려고 하니 당연히 기분이 나빠질 수밖에 없었다.

그는 힐끗 위쪽을 바라보았다. 당소류는 차갑게 자신을 외면하고 있었고 하태진 남매는 '마음대로 하라'는 식으로 여유롭게 앉아 있었다.

그러나 차마 자기 체면에 쟁자수 따위에게 다시 출수를 할 수는 없었다. 그는 자비를 베푼다는 마음으로 쟁자수에게 신경을 끊고 다시 위층으로 걸음을 옮겼다.

그때 목소리가 들렸다.

"잠깐만."

유수운이 간신히 손을 짚어 상반신만 일으켜 세운 뒤 남궁추성을 불러 세우고 있었다.

"사람… 이렇게 만들어놓고… 그냥 가는 겁니까?"

"허허, 인생이 불쌍하여 목숨을 붙여놨더니 마냥 짖어대는구나. 네놈
잘못은 생각지도 않는 거냐?"

벽을 붙잡고 비틀거리며 일어선 수운이 호흡을 고르며 남궁추성을 바
라보았다.

"잘못이라……. 그래, 그 잘못이 뭐란 말이오?"

남궁추성의 얼굴이 다시 싸늘해졌다.

'어리석은 것이 스스로 살길을 버리는구나.'

그의 마음에 다시 살심이 일었다.

"몰라서 묻느냐? 미천한 것이 감히 아가씨……."

남궁추성의 말은 끝까지 이어지지 못했다. 중간에 유수운이 끼어들어
다른 물음을 던졌기 때문이다.

"미천해? 내가?"

이번엔 노골적인 반말이었다.

유수운의 뜻밖의 반응에 당황한 그는 잠시 머뭇거리다 하태진을 바라
보았다.

'쟁자수가 아닌가?'

그러나 분명히 그의 입에서 쟁자수라는 말이 나왔고 앞에 누워 있는
이놈도 선선히 그 말을 받아들였다.

자신을 바라보는 남궁추성의 눈길을 느낀 하태진은 어깨를 으쓱하며
'쟁자수 맞으니까 맘대로 하시오' 라는 뜻을 보냈다. 하태진으로서는 왠
지 모르게 신경 쓰이는 건방진 놈을 자기 손도 대지 않고 남궁세가의 힘
을 빌어 없앨 수 있는 아주 좋은 기회였다.

"이 건방진 놈이 이제 말장난까지 하는구나. 잔소리 말고 한 목숨 부
지하고 싶으면 무릎 꿇고 아가씨께 목숨이나마 붙여달라고 빌어라. 나도
이 이상 손을 더럽히고 싶지 않다."

남궁추성은 마지막으로 한 번 더 참고 대남궁세가의 무인다운 자비심을 발휘해서 그에게 기회를 주었다. 사실 쟁자수 한 놈 때려죽인다고 무슨 득이 있겠는가?

그 말에 유수운이 조금씩 웃기 시작하더니 마침내 폭소를 터뜨렸다.

아니, 폭소라기보다는 미친 듯한 광소라는 게 어울릴 듯했다. 꾹 눌러 참고 있던 당소류가 다시 남궁추성을 바라보며 '그만 하고 와서 앉으세요!' 라고 외치려던 순간이었다.

"이거 정말… 사부님 말씀은……."

수운은 그렇게 중얼거리다 남궁추성을 바라보았다.

"미천하다고? 내가? 그렇게 보인단 말이지? 어떻게 하면 안 미천해 보이는데? 가만있는 사람 쳐 죽여놓고 이유가 미천하다고? 고작 눈길 한 번 잘못 돌려서 죽는 거라고?"

그가 손가락을 들어 남궁추성이 차고 있는 검을 가리켰다.

"그런 거 하나 차고 있으면 잘난 거야? 그런 거야?"

"이놈이 실성을……."

"맘에 안 든단 말얏!"

갑자기 유수운이 삼 장 거리에 있는 남궁추성에게 뛰어들었다.

남궁추성으로서는 어이없는 일이었다. 이건 진짜 미친놈이 아닌가? 그는 가볍게 손을 들어 가볍게 일수를 뻗어냈다. 당소류가 어써 막아보기도 전의 일이었다.

모두가 유수운의 죽음을 예감할 때 수운의 눈이 반짝였다.

으득!

이빨을 악문 그는 남궁추성의 공격이 시작되는 순간 절명기의 도움 없이는 펼칠 수 없는 절대부동을 사용했다.

순수한 근육의 힘.

귓가로 근육이 터져 나가는 소리가 환청인 양 들려왔다. 근육의 힘줄 하나하나가 갈래갈래 찢겨 흩어지는 고통이 아득하게 전신을 감쌌다. 고통 때문에 자기도 모르게 피눈물 같은 것이 눈에 고였다.

그러나 유수운은 포기하지 않고 순서대로 보법을 밟았다.

스슥—

유수운의 모습이 흐려졌다. 그러나 절대부동이라 하더라도 절명기를 사용해서 운용할 때의 그 절대부동이 아니었다. 이형환위와도 같이 면전에는 자취만 남기고 배후를 그림자처럼 점령하는 그 절대부동과는 판이하게 달랐다.

'느려. 하지만……'

은연중 그 섬전과도 같은 이동에 익숙해진 수운은 자기가 나아가는 속도가 한없이 느리게만 느껴졌다.

그래도 그는 포기하지 않았다.

갈려 나가는 공기가, 자기 몸에 부딪쳐 산산이 부서져 나가는 공기가 피부로 느껴졌다. 그 무게를 헤치고 악착같이 전진하는 자기 자신이 느껴졌다. 모든 게 한없이 느리게만 느껴졌다.

그리고 진기 운용 없이 절대부동이 성공했다.

위층에서 관전하던 모든 이가 갑자기 섬전과도 같은 몸놀림으로 남궁추성을 빠져나가는 유수운을 목도하고 경악했다.

당사자인 남궁추성 역시 경악할 수밖에 없었다. 그러나 놀라는 것은 나중 일. 그는 '뒤'를 잡힌 상태였다. 그것을 느끼는 순간 그는 이를 악물고 자신이 펼칠 수 있는 최고의 신법을 펼쳐 상대의 공격권 밖으로 빠져나가려 했다.

그러나 유수운은 그것을 허락치 않았다. 그는 몸의 한계까지 끌어올린

절대부동을 사용해 뒤를 잡자마자 다시 온몸의 힘을 모아 육합권의 태고
로 남궁추성의 등에 부딪쳐 가고 있었다.

조금 전과 같았다. 한계의 극한까지 끌어올려 몸을 움직이고 있는 중
이다. 그와의 거리는 겨우 두 자. 요 며칠간 '상혁 조장을 때려잡던' 그
거리였다.

'쾅' 소리와 함께 유수운의 진각에 객잔의 마룻바닥이 깨져 나가고
결국 피하지 못한 남궁추성은 그의 어깨에 실린 기운을 고스란히 등에
얻어맞았다. 엄청난 충격이었다. 추성은 울컥 치솟아오르는 핏덩이를 삼
키며 삼 장 앞으로 미끄러져 나갔다.

막 신법을 전개하려던 중 등을 때린 강렬한 태고(殆靠) 공격에 의해 추
성의 몸이 심각한 내상을 입었다면 유수운의 상태도 심각한 편이었다.
한계를 초월해서 움직인 탓에 근육이란 근육은 온통 파열되어 있었고,
남궁추성의 등에서 흘러나온 내력에 의한 반탄력 때문에 오른쪽 어깨가
탈골되어 덜렁거리고 있었다.

그럼에도 유수운은 웃고 있었다.

"이러면 되는 거야? 내가 이기면… 이러면 되는 거였어? 응?"

"네놈……."

급히 운기요상으로 내장을 달래고 있던 남궁추성은 이만 북북 갈아댈
뿐 그 이상 답하지 못했다.

"왜, 말해 봐. 내가 쟁자수라서 천해 보였다면서. 반항 못할 거 알고
죽이려 한 거잖아. 이젠 어쩔 건데? 응?"

장내에는 유수운의 목소리만이 무겁게 흘렀다.

방금 보여준 몸놀림과 그 한 수는 절대 평범한 것이 아니었다. 아무리
남궁추성이 방심했고 그 본신무공인 검을 꺼내 들지 않았더라도 저리 간

단히 뒤를 잡아 치명적일 수도 있는 공격을 가한다는 것은 어지간한 고수들조차 쉽게 할 수 있는 일이 아니었다.

'저놈, 역시 뭔가 있었어.'

하태진은 자신의 직감이 맞은 것에 대해 가슴 한 켠이 통쾌해짐과 동시에 또다시 밀려오는 질시로 마음이 혼탁해졌다.

'내 눈이… 아까 전 느낀 그 이상한 기운이… 내가 옳게 봤던 걸까?'

당소류는 당소류대로 아까 전 느꼈던 그 느낌을 떠올리며 애써 두근거리는 마음을 가라앉혔다. 어쩌면, 어쩌면 정말로 세파에 염증을 느낀 은거한 청년고수일지도 모른다. 아니, 지금 중요한 것은 그런 것이 아니다. 그녀는 자신도 모르게 그의 몸 상태를 걱정하고 있는 것을 발견했다.

모두 다른 생각을 하느라 침묵이 유지되고 있었지만 결국 침묵을 깬 것은 위에서 입을 딱 벌린 채 상황을 인정하지 못하고 있던 다른 남궁세가의 무인이었다.

"용서할 수 없다!"

그는 버럭 소리를 지른 뒤 일층으로 날아 내렸다. 그리고 유수운 앞에 버티고 서서 곧바로 검을 뽑아 들었다.

"…집어넣어."

수운이 낮은 목소리로 중얼거리자 곧바로 짓쳐들려던 남궁가의 무사가 일순 멈칫했다.

"경고했다. 집어넣어. 안 그러면……."

수운은 '모두 죽는다' 라는 뒷말을 삼켜야 했다. 비록 공력을 끌어올리지는 않았으나 지금의 수운에게는 묘한 박력이 있었다.

"한 수 훔쳐 배운 것으로 의기양양한가 보구나. 이……."

남궁세가의 무인은 불길하다고 외치는 본능을 무시한 채로 벼락처럼 그에게 짓쳐 들어갔다.

‘좋아, 까짓거!’

이미 흥분할 대로 흥분한 유수운이었다. 그는 일순간에 전신에 절명기를 끌어올리고 상대방의 칼을 응시했다.

정체가 고스란히 노출될지 모른다는 생각은 이미 피가 몰린 머리 속에서 지워지고 없었다.

“죽······.”

절명기를 최대한 집중시켜 호신강기처럼 두른 손바닥을 검에 마주쳐 갈 때 뭔가가 날아와 남궁세가 무인의 검면을 두들겼다.

“크윽!”

손이 벼락에 맞은 듯 떨려와 세가의 무인이 황급히 뒤로 물러섰다.

“그만! 이 이상 멋대로 행동하는 것은 당가의 이름을 걸고 용서 않겠어요!”

그 뾰족한 목소리는 당소류의 것이었다.

급한 김에 잔을 암기 삼아 던져 무사의 검을 뿌리친 당소류의 목소리였다. 그 서슬 퍼런 목소리에 두 무인은 움찔 몸을 굳혔다.

“언제부터 대남궁세가의 무인이 일반인을 괴롭혔단 말인가요? 그것도 백주에! 이 일은 정의에게 반드시 따져 물어야겠어요!”

두 무인은 말없이 고개를 숙이고 물러섰다. 당소류는 말없이 자신 앞에 앉아 있는 하내신, 하혜신을 일별한 뒤 아래층으로 내려갔나.

그 눈길엔 ‘자기 사람이 죽어가는 데도 아무것도 하지 않은 한심한 인간들’이라는 노골적인 멸시의 감정이 담겨 있었기에 하태진은 손톱이 파고들어 피가 날 정도로 주먹을 꾹 쥐고 분을 삭여야 했다.

‘빌어먹을······.’

그는 다시 눈을 들어 유수운을 바라보았다. 여러 가지 감정을 담고서.

‘대충 살았군. 나도… 저들도.’

유수운은 멍한 눈으로 객잔의 천장을 바라보다가 고통에 절은 몸을 느릿하게 움직여 근처에 있는 의자에 털썩 주저앉았다. 어쨌거나 목숨은 건졌고, 정체도 드러내지 않았으며, 나름대로 무위도 뽐낼 수 있었다.

‘너무 흥분했어. 앞뒤 생각 없이 날뛰려고 했으니…….’

수운은 방금 전의 자신을 떠올리곤 쓴웃음을 지었다. 정체를 드러낼 짓을 하는 것은 절대 금물이다. 자칫하면 공적이 된다. 무림 공적이.

‘이래서 그런 표정이셨던 건가요, 사부님?’

그는 자신을 내보내며 걱정스런 표정을 지우지 못하던 사부 진현우의 얼굴을 떠올렸다. 확실히 참는 것은 무엇보다 힘든 일이었다. 그것도 힘을 가지고 있을 때 말이다.

“괜찮으세요?”

아까 전 그 어여쁜 여인이 다가오고 있었지만 아까처럼 ‘예쁘다’ 라는 감정은 들지 않았다. 수운에게 있어선 이 여인도 저 무사도 모두 똑같은 인간으로 느껴질 뿐이었다. 상대할 가치도 없는.

만약 자신에게 멸명마공이 없었다면 자신은 이미 저자의 첫 출수에 목숨을 잃었을 것이다. 그것을 보고 넘긴 뒤 때늦은 동정심으로 안부를 물어온다? 얕다.

수운은 시선을 회피한 채 대답했다.

“눈이 마주쳐 죽을 뻔했으니 얼굴이 마주치면 삼족을 멸할 것 같아 두렵습니다, 소저. 절 살려주시려면 이만 올라가 주시지요.”

“그건…….”

“죽었으려면 아까 죽었을 테니 더 신경 쓰지 말고 가보십시오. 귀한 분들 기다리십니다.”

명백한 비아냥이어서 발끈한 남궁추성이 다시 한 걸음 앞으로 나섰으나 매서운 당소류의 눈길에 고개를 떨구곤 뒤로 물러섰다.

"이 일은 제가 사과를……."

"그럴 필요 없습니다, 당 소저!"

다시 당소류가 유수운에게 사죄의 마음을 전하려는 순간 위에서 하태진의 고함이 울려 퍼졌다.

"쟁자수입니다! 감히 음탕한 눈으로 소저의 심기를 거스른 것도 저놈입니다! 게다가 주제도 모르고 어디선가 훔쳐 배운 한 수로 남궁세가의 무인에게 해를 입혔습니다! 저놈이 저지른 죄가 이토록 명백한데 어찌 소저께서 고개를 숙이시려 하십니까? 저놈은 제가 유성표국의 이름으로 용서할 수 없습니다! 오히려 이 자리에서 저놈을 처단해서 아가씨께 사죄하는 게 마땅한 도리인 듯합니다!"

"하 소협의 말이 맞습니다, 아가씨! 저놈은 당장 물고를 내야 합니다!"

한 수 심하게 손해 본 탓에 분노를 삭일 길이 없던 남궁추성은 유성표국의 소국주인 하태진이 이렇게 기세등등하게 자신을 편들어주자 반색을 하며 그 말에 동의했다.

유수운은 물끄러미 그런 그들을 바라보며 심한 갈등에 빠져 있었다. 그의 인생에 있어 가장 심할지도 모르는 갈등.

'모조리 죽여 버리면, 그러면 아무도 모를까? 하지만…….'

누나가 생각났다. 이제 곧 태어날 아직 얼굴도 보지 못한 조카가 떠올랐다. 큰형이 생각났다. 형수님, 그리고 큰형을 쏙 빼닮은 조카 녀석. 손을 쓰면 그들과는 영영 이별이 될지 모른다. 어떻게 해야 하는 걸까?

그의 마음속을 모른 채 하태진이 허리춤에 찼던 검 손잡이로 손을 가져다 댔다. 자신이 왜 유수운이라는 쟁자수를 이렇게까지 신경 쓰는 것인지 스스로도 몰랐지만 그래도 그는 지금 이 순간 속에서 끓어오르는 무언가를 참을 수 없었다. 수치, 모독, 질투, 두려움이 어우러진 감정이었다.

“그만두세요, 하 소협. 그 이상 저에게 수치를 주지 마세요.”

“무슨 소립니까, 소저? 수치라니요? 저는 그 수치를 제거하기 위해…….”

“지금 사천당가의 여식이 한낱 쟁자수에게 희롱을 당해 다른 이들이 그 뒤처리를 했다는 소리를 듣게 하려는 겁니까? 치욕이군요.”

그 말에 하태진이 주춤했다. 그러나 그녀가 유수운을 감싸고돌면 돌수록 속에서 끓어오르는 열화는 더욱 강해졌다. 그는 자신의 주장을 굽히지 않았다.

“그건 틀린 말이십니다, 소저. 이놈은 표국의 풍기를 문란케 했기 때문에 그 자리에서 즉결 처분되는 것뿐입니다. 중요한 표행 중에 말입니다. 이건 표사의 직권입니다. 절대 소저의 영명에 누가 되는 일은 없다는 말씀입니다.”

“하 소협 말이 맞습니다, 아가씨. 내부를 깨끗이 하는 것을 막는다는 것은 무림의 금기입니다. 여기선 우선 지켜보시지요.”

그들의 말에 유수운은 간신히 부여잡고 있던 마지막 한가닥 끈을 미소 지으며 놔버렸다.

“후우…….”

유수운이 천천히 의자에서 몸을 일으켜 자신을 둘러싸고 있는 무인들을 바라보았다.

“좋아.”

자신을 떠나보낼 때의 사부의 미소가 떠올랐다. 걱정으로 가득 찬, 그 쓸데없는 걱정이 가득한 눈동자.

“그렇게 소원이라면 모두 덤벼.”

지금 생각해 보면 세상을 너무 쉽게 생각한 것 같다.

그는 나름대로 여러 가지를 재보고 있었다. 힘겹게 정당방위, 그 이후 도주, 죽은 자 중에 하태진이 끼어 있어 시끄럽겠지만 누나가 장무성의 며느리인데다 일반 상인 집안을 심하게 핍박하지는 않을 것이다.

혹시 무림 공적으로 몰리지 않을까가 가장 두려운 일이지만, 힘겹게 두들겨 맞던 쟁자수에게 거창하게 공적 선포까지는 않을 것 같았다.

'그냥 사라지면 되겠지… 조사님들처럼……'

사람은 위급한 상황에 몰리게 되면 자신에게 유리한 생각을 떠올리게 된다. 수운 역시 예외는 아니어서, 이들을 해치워도 자신이 사라지면 힘들긴 해도 어찌 수습이 되리라 결론내렸다.

수운은 조용히 멸명마공을 끌어올렸다.

"기억해 둬. 먼저 시비를 건 건 당신들이야."

"건방진!"

"하… 그 소리밖에 할 줄 모르는군. 오려면 빨리 와."

하태진은 분노로 두 눈이 붉게 충혈되었다. 이때까지 살아오면서 이런 수치는 처음이었다.

'기르던 개가 대들다니? 그것도 중인환시에……'

그는 천천히 검자루로 손을 가져다 댔다.

그 순간이었다.

'뭐야, 이 느낌은?'

뭔가 묘한 기운을 느낀 하태진이 검자루에 손을 가져다 댄 상태에서 멈칫했다.

'그때와 같은? 아냐. 달라.'

수운이 풍(風)의 단계에 올라 전신에 갈무리하며 운용하고 있는 절명기는 일전 마구간에서 억지로 뽑어내던 기세와는 본질적으로 달랐다.

멸명마공은 억지로 쥐어짜지 않고, 흘리지 않고, 넘치지 않으며, 받아들이지 않는 무공임으로 그 당시 수운의 행동은 멸명마공의 원리를 완전히 무시한 행위였다.

마치 한 잔의 물을 한꺼번에 헛되이 뿌리는 짓이었다.

살기와도 같은 위압감을 느낄 수는 있으나 그것이 멸명마공의 본질은 아닌 것이다.

지금 이 순간 유수운이 내뿜은 것은 잘 단련된 명문가 제자의 그것과도 같았다. 그것도 감히 범접하면 안 될 듯한 느낌의.

당소류 역시 그것을 느끼고 다시 한 번 눈에 이채를 띠었다. 정말 여러 번 놀라게 하는 사람이었다.

사람들이 자신을 둘러싸고 놀라거나 말거나 수운은 가볍게 육합권의 자세를 잡은 뒤 고개를 숙였다. 흐르는 눈물을 남들에게 보이고 싶지 않았기 때문이다.

"와봐."

"네놈, 중요한 표행 중에 감히 표사의 명령에 항명한 죄, 유성표국의 이름으로 단죄하겠다."

하태진은 약해지려는 마음을 다잡은 뒤 검을 곤추세우고 유수운을 베기 위해 나아가려 했다.

그때, 절묘한 시점에 문가에서 걸쭉한 목소리가 들려왔다.

"그거참 편하구먼. 야, 하태진이! 중요한 표행 중에 표사의 직권이 무슨 영명이 어떻게 됐어? 씨발, 딱 보니까 애가 죽도록 맞았는데 윗대가리가 됐다는 새끼가 그딴 개소리나 늘어놔? 너 이 새끼, 일루 튀어와. 그리고 당신들, 누가 애를 이따위로 패놨어? 백주에 무공 좀 안다고 생사람 잡아도 돼? 씨발, 그게 무인이야?"

상혁이었다. 눈물이 그렁거리는 얼굴로 고개를 들어보니 그가 이글거리는 눈으로 좌중을 훑어보고 있었다.

반가웠다. 수운은 길게 안도의 한숨을 내쉬며 끌어올린 내공을 모두 단전으로 갈무리한 뒤 다시 의자에 털썩 주저앉았다.

"어이, 거기 애한테 화풀이하고 있는 날건달들, 니들은 뭐 하는 놈들이야?"

"말조심해요! 이분들은 남궁세가와 사천당가……."

발끈한 하태진이 상혁의 입을 막으려는 순간 또 다른 목소리가 나긋하게 들려왔다.

"아니, 잠깐만. 그 부분은 나도 해명을 좀 듣고 싶은데……."

대표두 장무성이었다. 그가 장내를 훑어보며 '야, 이거 밥 한번 먹기 힘들군' 하는 태연한 표정을 지으며 안으로 들어서고 있었다.

"남궁세가 분이라고 하셨는데 혹시 아시는지 모르겠지만 우리 유성표국은 식솔이 부당한 대접을 받으면 눈 뒤집히는 놈들이 좀 많아서. 얘기는 좀 들어보셨나, 어떻게?"

상혁은 씩씩거리다 의자에 앉아 고개를 숙이고 있는 유수운에게 다가가더니 턱을 휙 젖혀 들었다.

토해낸 피로 얼룩진 상의와 눈물을 줄줄 흘려내는 그를 보더니 그가 쌍소리를 내뱉었다.

"이 새끼, 유수운이, 남자 새끼가 이만한 일로 눈물을 보여? 씨발, 내가 그랬지? 억울한 거 참지 말라고? 니가 뭐 죄지었어? 이 새끼, 넌 오늘부터 다섯 배로 굴러야겠다!"

그러면서도 그의 손은 수운의 몸 여기저기를 분주히 점검하고 있었다. 그리고 탈골된 어깨에 다다르자 힐끗 그의 얼굴을 보며 말했다.

"어깨… 끼워 넣어야겠다."

"예?"

"아플 거라고, 새꺄!"

그렇게 말한 상혁은 수운이 미처 마음의 준비도 하지 않았는데 곧바로 어깨를 비틀어 끼워 넣었다. 눈이 튀어나올 듯한 격통에 수운은 비명조차 제대로 지르지 못했다.

"아프냐?"

"……."

너무나 고통스러워 대답조차 하지 못하는 수운을 보며 상혁이 씨익 웃었다.

"안 아픈가 보구나. 이놈의 솜씨는 줄어들지를 않으니. 어디 가서 의원이라도 내볼까?"

"……."

그동안 장무성은 유유히 좌중을 돌아보더니 하태진 앞으로 가서 자초지종을 듣고 있었다.

그의 입장에서 정리된 사건의 전말을 다 듣고 난 장무성이 고개를 끄덕였다.

"호오, 그러니까 저 아이가 눈깔로 이 사천당가의 고귀한 아가씨를 쳐다봐서 이 지경을 만드셨다? 그래서 남궁세가의 무인께서 목숨을 걸고 격투를 벌이다 우리 쟁자수의 암습에 부상을 당하셨다? 그리하여 우리의 공평정대하고 용감무쌍한 하 표사님께서는 친히 문규를 정리하기 위해 검을 빼셨다는 말인데……."

빈정거림도 이런 빈정거림이 없었지만 아까와 달리 남궁세가의 무인들은 꼼짝도 할 수 없었다. 얼굴은 웃고 있었지만 말을 하면 할수록 그 몸에서 짙은 투기가 발산되어 자신들을 얽어 묶고 있었다. 무섭다. 유성표국의 대표두 장무성이라면 강호삼십대고수 중 한 명으로 꼽힐 정도로 고강한 인물이었다.

그 장무성이 노려보며 빈정거리는데 자신과 같은 젊은 무인이 무슨 토를 달 수 있겠는가? 그런 장무성이 순간 투기를 거두었다. 여전히 웃는 얼굴이었으며 더욱 친숙한 웃음을 띠며 하태진을 바라보았다.

"하 표사 말에 일리가 있어. 우리 용감무쌍한 하 표사의 마음에 감복해서 나도 그 의견을 그대로 따르기로 했네."

"아, 네. 가, 감사합니다, 대표두님."

그 순간 바닥에 쓰러져 있던 의자 하나가 튀어 올라 장무성 손에 잡혔다. 그는 능숙한 솜씨로 다리만 하나 뽑아내더니 양손에 침을 퉤 뱉어냈다.

"대표두님? 큭!"

어리둥절해하던 하태진은 갑자기 장무성의 퇴법에 바닥으로 굴러 떨어졌다. 무슨 일인지 감을 못 잡고 있을 때 장무성이 바닥에 때림직스럽게 누워 있는 그를 보면서 스산히 웃기 시작했다.

"카악! 퉤!"

"수, 숙부님?"

불안하게 눈알을 굴리던 하태진을 보던 장무성이 몽둥이를 내려치기 시작했다.

"이노무 자식! 내가 아무리 참고 참아도 네놈 숙부 자격으로 오늘만은 못 넘기겠다! 사람 목숨이 장난이냐? 장난이야? 직권? 직권 좋다! 나, 대표두니까 너 오늘 한번 직권에 당해봐라!"

픽! 떡! 빡! 픽퍼퍼퍼퍼픽!

'아, 저게 말로만 듣던 그 예술이군.'

유수운은 아버지에게 말로만 전해 듣던 '장무성의 사람 다지기'를 직접 눈으로 목격하는 영광을 누리고 있었다.

이른바 '고생 뒤에 낙이 온다는 것이 이런 뜻이던가'라고 이상한 쪽으로 납득하는 그였다.

　소란한 장내에서 다른 생각을 하는 것은 오직 한 명, 당소류뿐이었다. 그녀의 독을 해독해 냈고, 거의 무방비 상태에서 얻어맞은 남궁추성의 일장에도 끄떡없었으며, 순식간에 그의 뒤를 잡아 일격을 날리는 날카로운 무위를 보여준 사내. 그럼에도 쟁자수?
　'이 사람, 뭔가 있어. 그게 뭘까? 뭘 감추고 있는 거지?
　그녀의 직감은 그렇게 외치고 있었다.

　그 의문과 별도로 고기 다지는 소리는 높아가고 뒤에서 대기하고 있던 표사와 표두들도 멀건히 그 광경을 구경하는 볕 좋은 날의 홍겨운 오후였다.

유성표국, 마왕을 만나다

도착한 신수 노사가 마우 등의 시신을 살펴보고 있었고 그 뒤에서 장명과 연청 등이 초조하게 지켜보고 있었다. 마침내 신수 노사는 시신의 부검을 마치고 고개를 들었다. 소진이 급히 물었다.

"어떻습니까, 노사?"

"좀 조용히 해라, 이 거지 녀석아. 원래 이런 중요한 일은 분위기 좀 잡고 말하는 게 원칙 아니냐?"

그러나 사람들은 싱거운 소리를 내뱉는 신수의 손에 미묘한 흔들림이 있음을 눈치채고 있었다. 신수 노사는 가벼이 한숨을 내쉬며 좌중을 돌아보았다.

"내가 아는 한에서는 월광사신이 손댄 흔적이 맞아. 월광사신이 다시 강호로 나왔군. 다시 나왔어."

청정과 괴의는 '역시' 하는 표정으로 고개를 숙였다. 신수 노사가 직접 검시를 하기 전 소진에게 월광사신에 대한 이야기를 듣자마자 무릎을 내려쳤었다. 그만큼 듣기만 했던 '죽음의 손'에 딱 들어맞는 증상들이었다. 그제껏 의심하지 않은 게 의원으로서 민망할 정도였다.

그러나 월광혈사 당시 사십대의 창창한 나이로 월광사신에게 당한 무림인들을 손수 진찰하고 치료하고자 고군분투했던 신수 노사의 판단이 나올 때까지 혹시나 하고 있었을 뿐이다.

배석해 있던 개방의 소 장로와 화산의 연청도 혹시 했던 일이 들어맞자 얼굴을 굳혔다.

"이제 확실해졌소. 어찌할 생각이시오, 련주?"

"글쎄요……. 여하간 오늘 대회의에서 이 사실을 발표해야겠지요."

"아직 좀 이르지 않겠수? 적어도 월광사신의 후인이 누구인지 확실히 알아낸 뒤에 발표하는 게 더 나을 거 같은데?"

"아닙니다. 정마련은 이 이상의 분규를 버틸 능력이 없어요. 지금만 해도 마맹 측이 들고일어날 기세입니다. 아쉽지만 이쯤에서 사실을 밝히고 판세를 뒤엎어야 합니다."

소 장로가 머리를 벅벅 긁으며 고개를 끄덕였다. 그도 요즘 정마련 돌아가는 상황을 잘 알고 있었고, 오늘 회의에선 그간 침묵을 지키던 마맹주가 드디어 모습을 나타낸다.

"마음 같아선 그 월광사신의 후인이 한바탕 혈사를 일으켜 주기라도 했으면 좋겠는데 말이오."

"장로."

연청이 얼굴을 굳히며 소진을 바라보았다.

"아따, 농담이우, 농담."

"어쨌거나 이 부대주가 빨리 도착해야 그 사신의 용모파기라도 할 수 있을 것 같으니……. 별다른 이상은 없다던가요, 연청 진인?"

"화산삼검으로부터 정기적인 서신이 도착하고 있는 걸로 봐서 무탈한 듯합니다. 늦어도 닷새 안에 도착할 겁니다."

"잘됐군요. 만리추종 무현종의 수배도 끝났으니 남은 건 그들이 도착하는 것뿐인가 싶습니다."

그리고 또 하나, 장명의 머리 속에는 이제 곧 시작될 대회의가 자리잡고 있었다. 그간 많이 두드려 맞으면서도 일체 변명을 않고 있었다. 그 결실을 거둘 때가 된 것이다.

장명이 월광사신에 대한 일을 확인하고 도착한 대회의실은 시끄럽고 무거웠다. 추령의 일로 정마련이 떠들썩한 가운데 청혈교의 일이 본격적으로 떠올라 있었으며 정마련의 핵심 세력이 모두 대청에 모여 있었기 때문이다.

추령의 행사가 밝혀진 이후 정마련주 장명에 대해 비난이 이어지는 나날이었다. 구파일방, 오대세가, 삼교이곡이방을 아우른 정도, 마도 세력은 그런 중차대한 일을 감추고 혼자 일을 처리하다 돌이킬 수 없는 일을 불러들인 정마련주에 대해서 정중함으로 포장된 엄청난 비난을 퍼붓고 있었다.

그리고 마침내 한 켠에서 묵묵히 침묵을 지키던, 그러나 흥분으로 그 얼굴이 붉게 물들어 있던 일세혈도 고욱현이 등장한 것이다.

그는 상명이 도착하자 스산하게 입을 열었다.

"거두절미하고 련주 당신에게 묻지. 정말로 마맹 쪽의 청혈교가 정마련을 탈퇴하려 한다고 생각하나?"

그는 당금의 마맹주를 맡고 있으며 마교의 현 교주이기도 했다. 인의 폭렬도와는 우위를 정할 수 없다는 현 무림의 가장 고강한 인물 중 한 명이며 그가 지배하는 십만마교는 단연 마도제일세력이었다. 그 마교의 주인인 고욱현이 현재 마맹을 이끌고 있다.

그런데 청혈교가 그들의 이목조차 벗어난 채 일을 꾸몄다는 것은 그 체면이 바닥에 떨어졌다는 것을 의미한다. 그렇기에 그의 질문에는 한 점 예의도 찾아볼 수 없었다.

"자세한 것은 알지 못합니다."

"자세히 알지도 못하면서 본 청혈교를 반도로 지목하다니! 정신이 있는 거요, 없는 거요, 장명 련주?"

추령과 함께 파견되어 있던 청혈교의 반반사사 진추웅이 탁자를 내려치며 분개했다.

"이건 모함이오! 본 교는 누구보다 정마련에 충실해 왔소! 또한 마도의 본류에서 한 치의 어긋남도 없었다는 건 누구보다 여기 고 맹주께서 잘 아는 일이오!"

"그러나 제가 했던 말은 모두 추령 장로 본인의 입에서 나왔다고 합니다. 이후성 부대주의 말에 따르면 그렇습니다."

인의폭렬도 장명이 흥분하는 진추웅을 진정시키며 가볍게 입을 열었다.

"다만 제가 알고 있는 한에서 여러분에게 말씀드린 것뿐입니다. 이후성 부대주가 추령 장로에게 청혈교에서 뭔가 이상한 일이 일어난다는 언질을 받았다. 그 이후 장로의 부탁대로 목적을 숨기고 이동하다 괴한들에게 습격을 받았다. 그 괴한이 탁살장 마우였다. 그리고 지금 추령 장로가 암습당해 목숨을 잃었다. 말씀드릴 수 있는 것은 그것뿐입니다. 거기서 뭘 추론해 낸다 해도 제 뜻은 아닐 겁니다."

그는 좌중을 둘러보고 다시 입을 열었다.

"하지만 상황이 뭔가 불길한 일이 일어난다고 말하고 있습니다. 지금 여기 모인 우리가 할 일은 그게 무엇인지를, 왜 이런 일이 일어나고 있는지를, 앞으로 어떤 일이 벌어질 것인지를 짐작해 보는 것 아니겠습니까?"

그 말에 고욱현이 픽 웃으며 잔을 들어 탁자 위에 집어 던졌다. 잔은 정확히 절반으로 갈려 찻물을 내장처럼 탁자 위에 흘려냈다.

"중요한 정보를 은폐시켜 뒤통수를 맞게 한 분치고는 참 말도 청산유수시군. 애들이 장난으로 군대 놀이를 할 때도 대장에게는 대장 대우를 해주는 법이야. 하물며 그런 중요한 정보를 감춰두고 있다가 일이 터진 뒤에야 마지못해 알려주는 판에 뭘 믿고 결론을 내? 깨졌어. 이미 깨진 신뢰 같은 건 저 잔이나 같아. 아무것도 담지 못하지."

"그 일에 대해선 잘못된 판단이었다고 공식적으로 인정했습니다. 지나간 잘못으로 앞으로 일어날 일을 막지 않는다면 그 또한 큰 실수일 듯합니다. 그리고 고 맹주, 아무리 상황이 이렇다 하나 그런 태도는 대종사답지 못하군요. 감정을 앞세우는 건 이롭지 못합니다."

"마도의 묘미는 감정에 충실하다는 거지 누가 그걸 막아?"

양대거두는 일견 담담한 눈초리로 서로를 탐색했다. 그때 정련의 수뇌인 산동 제갈세가의 신기박 제갈영호가 나섰다. 이미 일흔이 넘은 노강호인 그는 세가의 인물이라 구파일방의 견제를 받고 있긴 했지만 그 학식과 치밀한 계획 수립 능력을 인정받아 정련의 맹주―정련의 수장이면 련주로 불려야 하지만 그렇게 되면 정마련주와 혼동이 되기 때문에 마땅한 호칭이 없어 맹주라 부르고 있다―를 맡고 있었다.

"아아, 고 맹주, 흥분은 잠시 가라앉히시게. 그리고 련주, 나 역시 이 일은 반드시 따져야 한다는 고 맹주의 의견에 동감하는 바이지만… 그전에 하나 묻고 싶은 게 있어서 이렇게 나섰네."

"무엇입니까?"

"앞으로 일어날 일을 알아보자고 말할 정도라면 뭔가 알아냈다는 말이겠지? 그게 뭔가?"

　제갈영호가 허옇게 센 턱수염을 쓰다듬으며 장명을 바라보았다. 장명
은 노강호의 눈길을 받으며 슬그머니 웃음을 지어 보였다. 그는 좌중의
모든 여론이 자신에게 불리하게 되기를, 그 불만이 최고조에 다다를 때
를 기다리고 있었다. 폭급한 고욱현과 발언권의 신장을 노리는 제갈영호
덕에 그 일은 더욱 쉬워진 듯했다.

　그는 속으로 이런 생각을 하는 자신을 씁쓸하게 되돌아보았다. 이 자
리에 오르기 전까지는 이러지 않았다. 정마련주의 힘이 어느 정도인지
몰랐을 때는 술수와 담을 쌓고 살았건만 이제는 고독하게 술수의 바다
속에서 헤엄을 쳐야 했다. 그는 이런 마음을 감추고 더욱 심각한 표정을
지었다. 씁쓸함이야 어찌 되었든 적당히 때가 무르익었다 판단한 장명이
깊은 한숨을 몰아쉬었다.

　“사실 믿고 싶지도 않고 믿을 수도 없는 일이어서… 그 파장을 생각해
서 비밀리에 조사한 것입니다만…….”

　장명의 우울한 얼굴에 모두 의아한 표정이 되었다. 저런 표정은 그에
게 어울리지 않는다. 심지어 고욱현조차 ‘저치가 왜 저래?’ 라는 얼굴로
다음에 이어질 말을 기다리고 있었다.

　“사실 정련과 마맹은… 이번 청혈교의 일이 아니었어도 언젠가 다시
갈라질 수도 있었습니다. 두 단체가 추구하는 바가 너무나 다르기 때문
에 아무리 정마련 자체에 힘을 실어두었어도 언젠가는 일어날 일이겠지
요.”

　“잠깐만, 련주! 지금 불난 데 부채질하는 건가?”

　제갈영호가 어처구니없다는 듯 급히 그의 발언을 막았다. 그렇지 않아
도 추령의 사망으로 정련과 마맹의 화기가 크게 상해 있고, 게다가 련주
라는 작자가 혼자 비밀을 독점해 그 권위와 책임에 큰 의심을 사고 있는
상황에서 정마련에 대한 비판이라니? 정마련의 드러난 힘과 숨어 있는

힘을 생각하면 이렇게 막 갈 수는 없는 일이었다.

"아닙니다."

"그러면?"

"정마련이 생겨난 이유를 기억하십니까? 정, 사, 마를 아우르는 이 방대한 조직이 왜 생겨났는지?"

"그야 당연히⋯⋯."

제갈영호는 거기까지 말하다 멈칫했다. 정마련의 존재 이유, 그러나 절대로 말하면 안 되는 그 이유가 생각났기 때문이다. 그러나 장명은 그 금기와도 같은 이유를 곧 입에 담았다.

"짐작하시는 대로 월광사신이 관계되어 있습니다."

당문에 보관되어 있는 독을 몽땅 풀었다 해도 이 정도의 반응을 얻어 내지는 못했을 것이다. 장내는 크게 술렁거렸다. 배짱 좋은 고욱현이나 침착한 제갈영호조차 얼굴이 창백해졌으니 다른 이들은 볼 필요도 없었다.

"그 말, 사실이오?"

"사실입니다."

장명은 내심 분위기를 즐기며 침중히 고개를 끄덕였다.

"이후성 부대주가 서신을 넣어오고 은밀히 제압당해 있는 마우 일행을 호송해 오는 과정에서 알게 된 일입니다."

그는 이후성의 서신에서 개방의 소진이 발견한 사실을 입에 담았다.

"이후성 부대주를 구출한 신원 미상의 고수는 마우가 소림속가라고 착각할 정도로 소림 무공과 유사한 그 무엇을 사용했다고 하더군요. 그리고 당시 그가 볼 수 있었던 장면으로 판단해 볼 때 제대로 된 공격도 하지 않았는데 마우를 비롯한 세 명의 고수들이 모두 쓰러졌다고 했지요. 여러분은 이 이야기를 듣고 무엇이 떠오르십니까?"

제갈영호가 자기도 모르게 내뱉었다.

"월하논공……."

"그렇습니다. 월광혈사가 시작되었던 바로 그 순간의 일. 평범한 촌부와 무공에 대해 논하다 시비가 붙었을 때 무당, 곤륜을 포함한 후기지수 서른두 명이 몰살했을 때의 그 상황, 그것과 너무나 유사했습니다. 월하논공 그 단어가 떠올랐을 때부터 저는 혹시나 하는 생각을 가져야 했습니다."

우연히 무공이란 무엇인가에 대해 무당의 한 후기지수가 허름한 옷을 입은 촌부와 토론이 붙었다. 촌부는 의외로 무공에 대해 박식했고, 때로는 놀랄 정도로 날카로운 의견을 개진하기도 했다. 그러다 사단이 벌어졌다.

자신의 무공관이 통렬히 논박당한 무당의 검사 하나가 검을 뽑아 그 촌부를 공격했던 것이다. 그 촌부가 바로 월광사신이었다. 달빛 아래에서 벌어진 그 싸움에서 무당의 검사는 눈 깜박할 사이에 목숨을 잃었다.

당연히 놀라고 분노한 다른 후기지수들이 덤벼들었고, 그들 역시 곧 목숨을 잃었다. 싸움은 확대되어 갔고, 무림 역사상 가장 악랄했던 월광혈사가 시작되었다.

이 월하논공의 이야기는 유명한 것으로 이후성의 서신을 보다 문득 월광사신에 대해 의심을 가진 것이 바로 개방의 소진이었다. 나름대로 백방으로 조사를 하다 모든 것을 장명에게 넘겼으므로 그에게 월광사신의 귀환을 짐작했다는 공이 돌아가는 일은 없을 것이다.

"하지만 그것만으로 어찌 월광사신을 입에 담는다는 말이오? 증거는? 증거는 있는 거요?"

"말씀드렸잖습니까? 마우를 비롯해서 그 신원 불명의 고수에게 목숨을 잃은 시신 네 구가 있다고요. 여러분도 알다시피 월광사신에게 당한 희생자들에 대해 많은 연구가 이루어졌습니다. 그 결과도 기억하십니까? 시신에는 아무 흔적도 남지 않습니다. 월광사신에게 당한 걸 눈으로 확인하지 않았다면 자연사로 판단할 만큼… 그들의 시신이 바로 그러했습니다. 그리고 그 시신들은 이미 신수 노사께서 확인을 끝내셨습니다. 그분께서 장담하셨지요."

더 이상 말이 필요없었다. 월광사신, 혹은 그의 제자의 재출도. 그것이 시사하는 바는 지대했다.

월광혈사. 그 시기, 정사마를 막론하고 그 말도 안 되는 사신을 추격하고 격살하려다 죽어간 고수만 사백여 명에 이른다. 수많은 비전 절예가 실전될 위기에 처했고 문파의 존립마저 뒤흔들릴 정도로 몰렸었다.

그래서 결성된 것이 바로 정마련. 오로지 월광사신 하나만을 상대하기 위해 만들어진 단체가 바로 정마련이다. 다른 이유는 필요없었다. 그러나 월광사신은 곧 자취를 감췄고, 결집된 정마련의 힘은 전혀 다른 쪽으로 활용되었다.

그 이후 오십여 년. 다시금 그 월광사신의 흔적이 드러난 것이다. 그 이름 앞에서 정치란 무의미한 일이다. 논의조차 무의미하다.

침중하게 가라앉은 고욱현이 입을 열었다.

"만일 그렇디면… 본 미맹에서는 련주의 침묵이 이유가 있었다고 인징하는 마요."

장명은 그의 간접적인 후퇴 선언에 속으로 미소를 지었다.

"그래서 련주께서는 이제 어쩌실 생각이오?"

"정마련 본래의 일을 시작해야겠지요. 이제 곧 이후성 부대주가 도착하면 우리 무림동도들이 오십 년간 미뤄온 일을 시작할 수 있습니다. 복수, 그리고 말살."

말살. 그 단어를 말하는 장명의 눈빛은 단호했다. 조금 전까지 서로를 비난하고 의심하는 기색이 역력했던 정, 사, 마의 모든 고수들, 배석해 있던 모두의 눈이 똑같이 빛나고 있었다. 그들의 빛나는 영광을 한순간에 쓰레기통에 처박아 버린 이단아. 그를 처리할 때가 다가온 것이다.

그리고 그중, 특히 소림 대표인 공해의 눈빛이 강렬했다. 때가 온 것이다. 월광사신의 무공이 소림의 그것과 유사하다 하여 지난 오십여 년간 강호동도에게 받아온 의심과 모멸, 그것을 갚을 기회를. 천하 무공의 정종인 소림의 명예가 한순간에 스러졌을 때 받은 그 충격은 이루 말할 수 없다.

월광혈사 때 '저자는 소림에서 만든 마공을 익힌 반도가 아니냐'는 의심을 받은 소림의 고승들은 앞장서서 월광사신에게 달려들었고, 열반에 들었다. 소림이 받은 피해는 구파일방, 오대세가, 삼교이곡이방에 비할 바가 아니었다.

회의가 시작된 이후 공해가 처음으로 입을 열었다.

"소림이오. 우리 소림이 앞장서겠소. 그것만은 약속해 주시오, 련주."

"진심이십니까? 대사 단독으로 결정할 일이 아닐 텐데요."

"빈승은 그런 결정을 할 수 있습니다. 만약 월광사신이 나타난다면, 그 후인이 무림에 등장한다면 소림은 백팔나한, 이십팔금강동인, 사대천왕, 이대명왕 모두를 투입하기로 오래전부터 결의하고 있었으니까요."

공해의 말에 좌중이 술렁였다. 월광혈사 이후 소림의 위세와 명성이 눈에 띄게 꺾인 것은 사실이지만 그렇다 해도 지금 공해가 투입하겠다고 말한 전력은 의외였다. 사실상 지난 오십여 년 소림이 키워낸 모든 전력을 위험한 월광사신과의 대결에 던져 넣겠다는 얘기가 아닌가?

장명조차 공해의 말에 잠시 말을 잇지 못했다.

"무림 안위를 위한 소림의 결단에 진정으로 경탄하는 바입니다. 다른 장로 분들의 의견도 들어봐야겠지만 그 진정성을 반대하는 곳은 없으리라 믿습니다."

인의폭렬도는 그렇게 말하고 참석자들과 일일이 눈을 마주쳤다. 모두들 소림이 앞장서겠다는 데 큰 반발은 없어 보였다.

"좋습니다. 아무튼 제 발언은 모두 월광사신이 실제로 모습을 나타냈다는 데 근거하고 있습니다. 그러니 잘 이해하고 들어주시기 바랍니다. 지금 이 순간 이후 청혈교에 특감대를 파견하려 합니다."

"무슨 소리요? 아직도 본 교를 의심하는 거요?"

"대적을 앞두고 적전 분열은 있을 수 없는 일이지요. 수상한 일을 원천 봉쇄하려는 것뿐입니다. 진 장로, 반발은 있을 수 없습니다. 고 맹주께서도 같은 말을 하실 겁니다."

진추웅은 고욱현을 바라보았지만 그는 묵묵히 눈을 감은 채였다. 진추웅은 부득 이를 갈았지만 대세를 거스를 수는 없었다.

"본 교에 아무 일도 없을 경우 그 책임은 지시기 바랍니다."

"그렇게 하지요. 그리고… 중요한 문제 하나를 더 얘기해야겠습니다. 전 월광사신의 종적이 확인되는 대로 그것들을 꺼내려 합니다. 어떻게 생각하십니까?"

"그것이라면……?"

"삼십칠 구 생사강시 말입니다."

모두들 올 것이 왔다고 생각하고 있었다. 월광사신을 상대하기 위해 만들어진, 무림의 모든 역량이 결집되어 만들어진 생사강시. 월광혈사 때 사망한 절세고수들의 시신으로 제련된 강시들은 한 구 한 구가 절정고수를 상회하는 파괴력을 지렸으나, 지난 세월 봉인된 채 먼지만 뒤집어쓰고 있었다. 월광사신이 등장했다면 꺼내는 것이 당연하겠지만 현 정마련의 규칙상 그 생사강시는 모두 련주가 직접 움직이도록 되어 있었다.

엄청난 권한과 함께 엄청난 힘까지 그의 손에 들어간다. 그것을 알고 있는 좌중은 아무 말도 할 수 없었다.

"꺼내야겠지요. 희생을 줄이려면."

마 맹주 고욱현이 어렵게 입을 열었다. 반(反)장명 진영 가운데 가장 강력한 세력이던 그가 고개를 끄덕이자 눈치를 보던 이들 모두가 어쩔 수 없이 고개를 끄덕였다. 가장 민감한 사안이 통과되자 회의는 일사천리로 진행되기 시작했다.

무림에 적을 둔 사람들 모두가 꿈꾸던 그 일, 월광사신의 존재 말살에 대해서.

*　　　*　　　*

그 무렵 이후성 일행은 화산삼검을 따라 이동하고 있었다. 분위기는 당연히 축 가라앉아 있었다. 적당히 유람하러 나온 길이 처음부터 꼬여도 너무 꼬이고 있었고, 이후성은 이후성대로 평상시의 그가 아니었다.

오유란은 노는 중에도 틈틈이 '수상한 사람 찾기 놀이'를 진행하느라 이런 분위기를 느끼지 못했지만 설우준이나 남궁정후, 옥수현은 이상하게 긴장된 분위기 때문에 이동 중에 숨도 제대로 쉬지 못할 정도였다.

결국 설우준이 밤에 이후성을 찾았다.

"대체 무슨 일이야? 추령 장로가 죽었다는 건 들었지만 그것 때문에 우리가 이렇게 움직여야 할 필요는 없잖아? 게다가 화산의 중진인 화산삼검까지 우리와 동행하고 있어. 말해 봐. 무슨 일이야?"

"나는 말할 수 없어."

이후성이 단호히 말을 끊었다. 그가 생각하기에 이것은 위에서 판단하고 처리해야 할 일이었다. 한동안 어떠한 지침을 내리지도 않고 시간을

끌던 수뇌부에서 화산삼검을 보내왔다면 뭔가 중요한 변수가 생긴 것이
고 그런 시점에서 자신이 입을 열어 좋을 것은 없었다.

"말할 수 없다고? 우리는 그 뭔지 모르는 것 때문에 죽을 뻔했어. 벌
써 잊은 거야?"

"그렇기 때문에 말할 수 없다는 거야. 너도 잘 알 텐데? 통제할 수 없
는 비밀이라면 알리지 말라는 얘기를. 조금만 참아. 이제 곧 정마련이야.
도착하기만 하면 곧 얘기가 있겠지."

그가 친구의 어깨를 두드려 주자 설우준도 어쩔 수 없다는 듯 자리에
서 일어섰다.

"좋아. 곤란한 거 같으니 캐묻지는 않겠어. 그냥 한 가지만 묻자. 중요
한 거냐?"

"그래."

그러나 막상 이후성도 자신과 그녀의 사매 오유란이 얼마나 엄청난 일
에 휘말려 든 것인지는 알지 못했다. 자신들을 구했던 신비인의 일부분
이나마 목격한 인물들. 그것이 가지는 의미는 여러 가지로 중요했다.

*　　　　　*　　　　　*

유수운은 고약으로 전신이 띡칠이 된 채 수레에 뉘어 이동 중이었다.
그의 몸을 살펴봤던 대표두 장무성의 지시였고, 상혁 역시 같은 의견인
듯했다. 또 다른 수레에는 전신이 붕대로 동여매진 하태진이 눕혀졌고
그 옆에서 하혜진이 간병을 하고 있었다.

객잔에서 있었던 일을 전해 들은 표단 일행은 그 이후론 노골적으로
하태진에게 적의 서린 눈길을 보내고 있었다. 표국 내부에서 오만방자가
하늘을 찌르든 말든 그거야 사람 사는 세상에 비일비재한 일이니 어쩔

수 없다. 그러나 한솥밥을 먹는 식구를 밖에서 그렇게 대우했다면 얘기 자체가 다르다. 그가 오만한 것을 용납했던 것은 유사시 식구들을 보호해 준다는 대전제 하의 일이다.

실제로 가끔 있던 표행에서 하태진이 비록 화기를 상하게 하고 일을 힘들게 만들기는 했지만 교전이 있을 경우 앞에 나가 싸워 식구들을 보호하는 데에는 머뭇거림이 없었다. 어쩌면 장무성이나 다른 표두들이 그의 행동을 그나마 인정하고 넘기는 데에는 그런 것도 작용했을 것이다. 그러나 지금 하태진은 그것을 보기 좋게 무시했다.

이 일이 표국 내에 퍼지게 된다면 그는 보다 본격적인 견제를 받게 될 것이다. 결국 하태진은 식솔 하나를 개죽음시키려는 데 동조했기 때문에 그 대가로 장무성에게 떡이 되도록 두들겨 맞았으며 표국 내에서의 잠정적 위신마저 심각한 위기에 처한 것이다.

그런 걸 생각해 보면 인과응보라는 말이 아주 틀린 건 아니라고 생각하며 유수운은 누운 채로 하늘에 눈을 두었다. 그는 언제나처럼 낙향을 심각하게 고려하고 있었다. 사실 표국에 몸을 담은 뒤로 좋은 일이라곤 단 한 가지도 없다. 무공 수련에 힘쓰지 말라는 지침까지 어겨가며 외공을 습득했는데도 돌아온 것이라곤 멸시와 모멸감뿐이었다.

무리하게 펼친 절대부동 덕에 전신 근육통으로 수레가 덜걱거릴 때마다 터져 나오는 비명을 간신히 눌러 참으며 그는 앞으로의 거취를 곰곰이 따져 보고 있었다.

수레의 남은 빈 공간에는 쉴 때가 된 다른 쟁자수나 표사들이 올라타 끙끙 앓고 있는 그에게 몇 마디 격려의 말을 건네곤 했다. 지금 와서야 해줄 말도 떨어져 그냥 얌전히 쉬다 가는 경우가 더 많았지만 전혀 그렇지 않은 사람이 하나 있었다.

"유수운이, 아직도 아프냐?"

상혁이 신발에 흙을 탈탈 털며 수레 위로 올라섰다. 그리고 축 늘어져 있는 그의 모습을 죽 훑어 감시하고는 실실 웃으며 머리맡에 엉덩이를 붙이고 앉았다.

"다 큰 자식이 엄살은. 내가 너만할 때는 팔뼈가 다섯 조각으로 부러졌어도 말이야, 어디 쉬기는, 그냥 나가서 한판 뜨고 그랬어. 어디 근육통 조금 있는 걸로 엎어지나? 약해 빠져 가지고는."

"……."

조금 전에도 '난 소싯적에 세 조각 난 다리뼈로 백 리 길을 주파했다'라는 말을 들었던 수운은 그저 그런가 보다 하고 고개를 돌렸다. 상혁의 주장대로라면 그는 소싯적에 최소한 서른일곱 번의 대형 골절을 입었으나 어디 한 군데 이상이 없는 초인이어야 했으니 어떻게 들어도 실없는 농담이었다. 그래도 유수운은 그의 농담이 싫지 않았다.

어찌 보면 그의 짓궂은 행동 때문에 적당히 화가 나고 적당히 웃는 것이 마음에 맺혀 있는 작은 허물들을 털어내 주는 듯했기 때문이다. 어쩌면 그의 행동거지에서 큰 형의 자취를 보기 때문에 마음이 편해지는지도 모를 일이다.

그러나 대부분의 시간 동안 그는 혼자 있을 수 있었고, 혼자 있는 동안에는 끊임없이 번뇌하고 번뇌 속으로 침잠해 들어갔다. 절명문주가 아닌 이제 막 인생 속으로 들어선 젊은 청년으로서의 그는 미숙하고 상대에 대해 두려워하는 평범한 인간일 뿐이었다.

'나 자신을 너무나 쉽게 잃는다.'

그가 가장 크게 고민하는 것 중 하나가 바로 이 점이었다. 사부는 인내를 강조했었다. 하도 읽어서 구절구절이 뇌리에 박혀 있는 법구경조차 그에게 설한다. 무릇 인내는 최상의 고행이요, 인내는 최고의 안온함이라. 남을 해치는 사람은 출가자가 아니며 남을 방해하는 사람은 수행자 또한 아니다.

남궁세가의 무인과 싸울 때에는 화가 골수에까지 미쳐 순식간에 끝장을 볼까 하는 생각까지 갔지만 이처럼 수레에 실려 덜컹덜컹 실려가다 보니 그게 얼마나 즉흥적인 생각이었는지도 깨달을 수 있었다.

머리로는 알 수 있다. 알 수 있지만 가슴으로 승복할 수 없다는 데서 그는 하루 종일 번민과 고민 속에서 헤매야 했다. 게다가 그의 마음을 몹시 당혹스럽게 하는 일은 또 있었다.

사성의 단계에서 그 이상을 넘보지 않으려 수행을 멈춘 멸명마공이 순식간에 오성의 단계로 넘어선 것이다. 지금 단전에 몰아넣은 절명기의 느낌은 사성 단계의 그것과는 확연히 달랐다. 사부는 사성의 단계는 '고여 있다' 로 표현할 수 있고 오성은 '휘날린다' 로 말할 수 있다고 알려주었었는데 그게 무슨 뜻인지 확연히 알 수 있었다.

마음 같아서는 한 번 몸속의 절명기를 휘몰고 싶었지만 주변에 사람이 늘 오가는 상황이어서 확실히 확인할 수 없었다. 이렇게 동시에 대여섯 가지의 고민과 상념으로 머리가 복잡한 수운이었다.

"뭘 그리 인상을 쓰고 있나?"

어느 틈에 상혁이 다시 수레에 올라 있었다. 우마를 쉬게 하느라 일각 정도 행렬 자체가 쉬는지라 모두들 기지개를 켜며 근처 바위 같은 곳에 앉아 찌뿌드드한 몸을 풀어주는 틈에 그가 수운에게 다가선 것이다.

"그야 아프니까⋯⋯."

"이 새끼, 그것도 상처라고. 아프다 아프다 하면 더 아픈 거야. 내일부터 다시 수련이다."

"봐주세요, 좀."

'봐주긴 개뿔이' 하며 중얼거리면서 그가 수운의 허벅지를 슬쩍 찔렀다. 짜릿한 아픔이 온몸을 타 올랐다.

"봐, 나한테 와서 한 달만 더 수행을 쌓았으면 이런 쪽팔린 부상은 입지도 않았어. 새끼, 약골 주제에 무리는."

그의 말에 수운은 적당히 말대꾸를 하면서도 내심 고개를 끄덕이고 있었다. 온몸이 터져 나갈 정도로 상하긴 했지만 절명기의 도움없이 순수히 근력만으로 펼쳐 낸 절대부동. 산을 굴러내리기 이전에는 상상도 할 수 없었다.

"그건 그렇고, 기분 나쁘냐? 하긴, 안 그런 게 이상한 거겠지만."

"뭐가요?"

농을 던지다 뜬금없이 주제를 바꾼 상혁의 말에 유수운이 뻑뻑한 고개를 힘겹게 돌려 그의 얼굴을 바라보았다. 상혁은 그런 유수운을 물끄러미 바라보고 있었다.

"하태진이 말이다. 그 녀석이 한 일, 기분 나쁘냐?"

"그거야……."

"좋아할 수는 없겠지만 이해는 해라. 세상이 원래 그래. 그 녀석은 그렇게 살아가게 키워졌으니까 싫어해도 이해는 해라."

"무슨 괴상한 소립니까, 그건?"

"난 대표두님이 좋아. 화끈하고 뒤끝없고. 한마디로 사나이지. 장부란 이렇게 살아야 한다는 걸 그 삶으로 증명하시는 분이니까. 하지만 국주님은 다르다는 얘기야."

얘기가 이상한 쪽으로 흘러가고 있었다. 그가 무슨 소리인지 알 수 없다는 듯 눈만 말똥거리자 상혁이 갑갑한 듯 손부채질을 시작했다.

"이거야 원, 유수운이 같은 초짜 쟁자수 애송이한테야 석 달 열흘 말해도 모를 소리를 해주는 나도. 그러니까 세상에는 그런 성깔의 직위가 필요한 법이야. 국주는 그걸 바라고 있는 거야. 사실 국주님의 무공은 대표두님보다 한 수 처지지. 유성표국의 무력을 대표하는 건 장무성 대표두님이야. 겉으로야 내색 안 하지만 속으로는 불쾌한 거야. 그래서 전혀 다른 형태의 표국을 그 후계자… 아들에게 바라는 거고."

"……?"

"됐어, 새꺄. 어쨌거나 모를 소리겠군. 여하간 돌아가면 시끄러울 거다. 돌아가면 이 일을 놓고 대표두님과 국주님이 심각하게 대립할 테니까. 모르긴 몰라도 조용히 넘어가긴 틀렸어."

"설마요. 국주님 정도 되시는 분이 아무리 그래도 애들 좀 때렸다고……."

유성표국의 국주 정도 되는 사람이 이런 일로 표국의 기둥과 시비를 가릴 리 없다, 그렇게 생각한 수운이 말했지만 상혁이 수레 가장자리에 등을 붙이고 하늘을 바라보며 설레설레 고개를 저었다.

"애송아, 그러니까 아까부터 말했잖냐. 세상일이란 게 그렇게 쉽게 쉽게 생각대로 되면 거지는 왜 생기고 실패자는 왜 생기겠니? 새끼, 생각해 봐라. 국주님 정도 되는 사람이 일부러 자기 자식이 버릇없이 굴도록 놔뒀다고 생각하냐? 그건 말이야, 불가능해."

"그럼 왜?"

상혁이 픽 웃었다.

"유수운이, 그 이상 설명해 봐야 이해할 수나 있겠냐? 지금까지 말한 것도 못 알아들었지? 새끼, 그래도 마음의 각오는 하라고 말해 주는 거야."

"무슨 각오요?"

"이 새끼, 사람이 말을 하면 이해 좀 해보려고 노력해 봐. 내가 뭐랬냐? 돌아가면 이번 일로 대표두님과 국주님이 싸운다고 했어, 안 했어? 그러면 태진이가 장 대표두님한테 두들겨 맞은 이유가 뭐야? 너잖아, 새꺄. 그럼 어떻게 된다고? 국주님께서 길길이 날뛰며 사실 확인을 위해 쟁자수를 닥닥닥 긁겠어, 안 긁겠어? 어?"

새가 푸드덕거리며 나는 소리가 들려온다. 사방에서는 두런두런 이야기를 나누는 사람들의 기척이 들려오고, 누런 빛을 띤 햇살도 기분 좋은 오후다. 그러나 유수운은 상혁의 얘기를 들으며 뭔가 전혀 다른 세계로 와 있는 기분이 들었다. 상혁은 중지로 가볍게 그의 이마를 튕기더니 그의 주의를 돌렸다.

"염려 마. 아무리 그래 봐야 큰 해는 없을 거야. 말했지? 그래 봐야 잘리기밖에 더하냐? 미리 걱정해 봐야 아무 해답도 안 나온다. 그러니 얌전히 무학 수련이나 해둬. 그리고 너, 이제부터 무기를 배워. 이번에 느꼈지? 너 정도 하수가……. 어쨌거나 무기를 들어."

상혁은 '하수' 부분에서 잠시 말을 우물거리다 슬그머니 얼버무리고는 무기를 들라는 말만 강조했다. 그도 장무성도 하혜진의 입을 빌어—하태진은 말조차 할 상황이 아니었다—마지막 순간 유수운이 펼쳐 낸 그림 같은 '뒤잡기'에 대해 설명을 들었다.

장무성과 상혁은 유수운이 십 년간 병을 고치느라 집을 떠나 있었고, 내공을 쌓을 수는 없었지만 그의 병을 고쳐 준 기인에게 뭔가 비장의 한 수를 배웠으리라 짐작했기에 단순히 '하수' 운운할 수가 없었던 것이다.

상혁의 머뭇거림을 눈치채지 못한 수운은 '무기를 들어라'는 부분에 내해서만 고민하고 있었다.

"조장님, 전에도 말했지만 무기를 들 수는 없어요."

"뭐가 들 수가 없어야. 검법 좋다. 그거 배워. 너네 누나가 건네준 검, 그거 괜찮더라. 새끼, 내가 또 한검법 하니까 이제부터라도 배워둬. 내공 없어도 꽤 괜찮은 데까지 갈 수 있어."

수운은 단호했다. 사부의 말을 많이, 너무나 많이 어긴 지금 무기까지 들어서 또다시 사문의 금기를 어길 생각은 눈곱만치도 없었다.

"죄송합니다, 조장. 병장기를 들 수는 없어요. 지금처럼 권각이나……."

거기까지 말하던 수운은 외공 수련도 그만둬야 하지 않을까 생각했다. 아무래도 이번에 멸명마공이 단숨에 오성으로 넘어간 이유 중 가장 큰 것이 상혁이 시킨 무식하도록 가혹한 수련 덕이 아닐까 하는 의심이 들었던 것이다.

"하여간 약해 빠져서 죽도록 얻어 터지는 새끼가 가리기는. 검이 싫다면 다른 무기라도 들어. 날카로운 게 싫어서 그러는 거면 다른 걸 추천해 줄게. 너 이 새끼, 나중에라도 그런 실력으로 강호로 나가면 그때는 그냥 죽어. 죽고 나면 다 소용없는 거야."

그는 수레에서 뛰어내리더니 뒤쪽을 따라오던 여행용 도구들을 챙겨 놓은 수레로 가서 뭔가를 뒤지기 시작했다. 그리고는 대충 팔 길이 정도 되는 단봉 같은 것을 두 개 꺼내더니 다시 수운이 있는 수레로 다가왔다. 그가 내민 그 단봉들은 손잡이 부근에 또다시 손잡이가 가로로 튀어나와 있었다. 마치 복(卜) 자의 삐침을 짧게 만든 듯한 모양이었다.

"이건 뭡니까, 또?"

상혁이 손잡이 부분을 잡고 빙그르 돌렸다. 봉의 긴 부분이 팔꿈치와 일체가 되고 짧은 부분이 주먹 바깥으로 툭 튀어나온 형세를 이루었다.

"흐흐흐, 새끼. 이게 바로 괴자다. 쓸 만한 녀석이지. 그러니까, 어떤 산적 새끼가 연장을 휘두르며 다가온다고 하면 이걸로 막는 거야. 그러면 나머지 한 손에 든 이 괴자는 뭐 하겠냐? 이게 땔감이냐? 아니지? 칼 휘두른 새끼는 칼이 두 개냐? 아니지? 그러니까 남는 괴자로 그냥 패는 거야. 패다 보니 이 새끼가 안 쓰러져? 그러면 이렇게 잡고 요 갈고리 모양 손잡이로 그 새끼 다리를 잡아 걸어. 그러면 쓰러지지? 그럼 또 패는 거야. 이렇게 팰 때도 좋고 막을 때도 좋은 게 바로 이 녀석이라 이거지.

때려잡을 땐 이게 제일이라 이 말이지."

전방에 있는 가상의 적을 두들겨 패듯 횡횡 괴자를 휘둘러 대는 상혁을 보며 실소를 머금었다.

"아니요. 그래서가 아니라… 역시 무기를 들 수는 없어요."

"아, 새끼, 까다롭기는. 뭐가 그렇게 복잡해? 뭐, 이유라도 있어? 아버지 유언이라도 되냐?"

"그런 건 아니지만… 스승님 당부라서요."

"아, 그분, 성격 참 이상하시네. 아니, 왜 들지 말라고 한 건데?"

"무기를 들면… 어중간하게 끝낼 수 없다고……."

그 말에 상혁이 입을 다물었다. 무기를 들면 어중간하게 끝나지 않는다. 표현 방식은 다르지만 그것은 자신이 유수운을 처음 만날 때 그의 검을 빼앗으며 한 말과 크게 다르지 않다.

그리고 수운의 스승인 그 기인—장무성과 그는 잠정적으로 그렇게 결론을 내렸다—이 또 무엇인가를 가르쳤을지도 모른다. 그렇다면 수운이 하고 싶은 대로 두는 게 최선일지도 모른다. 상혁은 이 어리숙한 젊은이를 괴롭히는 게 꽤 마음에 들었기 때문에 되도록이면 그의 뜻을 존중해 주기로 했다. 그래서 누워 있는 유수운을 물끄러미 바라보다가 괴자를 수레 한구석에 던져 놓았다.

"그래라, 새끼. 맘대로 해. 대신 수련은 지금의 다섯 배다."

상혁은 구시렁거리면서 다시 쟁자수들을 관리하러—혹은 괴롭히러—발길을 돌리다 표단의 저 뒤쪽에 눈길이 멈췄다. 그리고 입에 짓궂은 미소를 달고 수운을 바라보았다.

"그런데 말이야, 유수운이. 정말 그때 그 여자하고 아무 일도 없었어? 응? 그런데 저 여자는 왜 따라오는 걸까? 혹시 우리 유수운님에게 반하신 게 아닐까? 응? 새끼, 능력은 있네?"

수운이 그를 따라 웃다가 근육통으로 신음성을 내뱉었다. 그리고 찡그린 얼굴도 간신히 한마디 내뱉었다.

"말이 되는 소리를 해요, 조장님. 조장님 말대로 난 쟁자수, 저 뒤에 따라오는 아가씨는 대사천당문의 귀한 따님이라구요. 눈 한 번 잘못 됐다 이 모양인데 수작 부렸으면 내가 지금 귀신이지 사람 꼴로 있겠어요?"

"알아, 새꺄. 근데 말야, 그러면 저 아가씨가 왜 따라오는 건데?"

"내가 알아요? 혹시 모르죠, 소국주한테 반했는지."

그리고 누워서 하혜진의 간병을 받고 있던 하태진은 실제로 '그럼 그렇지. 말은 안 했어도 나한테 반했던 거야'라는 희망을 품고 있었다.

장무성에게 곱게 다져진 지 이틀.

절묘한 장소 선정과 강약 조절로 주요 관절이나 내장 등은 멀쩡하고 피륙만 상한 하태진은 서서히 몸을 움직일 수 있었다. 거동할 수 있게 된 이후 그는 수레보다는 마차 속으로 들어가 사람들과의 대면을 피했다.

"장무성, 내 어릴 때부터 숙부로 여기고 모셔 한 점 예의에 어긋남이 없었거늘 고작 쟁자수 한 놈 때문에 중인환시에 내게 이런 모욕을 주다니……. 용서하지 않겠어. 용서하지 않아."

하혜진이 붕대를 갈아주고 있을 때 문득 그가 스산하게 중얼거렸다. 그녀는 자기도 모르게 주변을 두리번거리며 낮은 목소리로 주의를 주었다.

"조용히 해, 오빠. 그러다 누가 듣기라도 하면……."

"들으면? 들으면 어쨌다는 거지? 너도 겁을 먹은 거냐?"

겁을 먹었냐는 말에 그녀는 묶고 있던 붕대를 꽉 동여맸고 하태진은 절로 신음 소리를 흘려냈다.

"내 말은 뒤를 칠 때는 쥐도 새도 모르게 해야 한다는 거야. 잊었어? 오빠가 평소부터 그 쟁자수에게 살기를 풀풀 풍기니까 그 쟁자수 놈이 수상해서 그 기회에 시험해 보려 했다는 우리 말을 믿어주질 않잖아. 마찬가지야. 장 대표두에게 드러내 놓고 불만을 보이면 그자에게 복수할 기회가 오지 않아. 와신상담이랬어. 또 같은 실수를 반복할 거야?"

화난 얼굴로 낮게 낮게 속삭이는 그녀의 말에 하태진의 붉게 물든 눈이 서서히 정상으로 돌아왔다.

"네 말이 맞다. 당분간 아무 소리 않겠어. 쥐 죽은 듯 있어주지."

그 말을 끝으로 하태진은 입을 다물었다. 평생 처음 당하는 매질은 그의 자존심을 극도로 뒤흔들어 놓았다. 게다가 용서할 수 없는 것은 그게 하찮은 쟁자수 때문이라는 것이었고, 그렇게 개처럼 구타당하는 자신을 보던 사람들 중 그녀가 끼어 있었다는 점이다.

당소류. 그 오만한 미인이 쟁자수에게 관심을 가지고 있다. 자신보다 더. 유수운 때문에 자신을 무시하고 경멸하는 듯한 태도를 보였다. 그리고 장무성에게 무력하게 허물어지는 자신을, 처음부터 끝까지 살려달라고 바짓자락을 잡고 애걸하는 자신을 바라보았다. 견딜 수 없었다. 절로 이가 갈렸다.

다행히 그녀가 이 표행을 따라오고 있다. 당소류가 남궁세가의 넷째 공자 남궁정의 초대를 받아 여행 중이라는 사실을 알고 있는 그로서는 당가의 장중보옥 당소류가 쟁자수 때문에 이 대열을 따른다고는 상상조차 하지 않았다. 그렇다면 남은 이유는 하나.

지난 이틀간 장무성에 대해 이를 갈면서도 틈틈이 그녀가 따르는 이유에 대해서도 생각해 봤으나 결론은 항상 그것뿐이었다.

'남녀 간의 정은 평생을 가도 이어지지 않고 눈을 깜빡이는 순간에도 통한다더니 혹시 그녀가……'

어쩌면 자신이 장무성에게 맞는 모습에서 연민을 느꼈는지도 모른다. 아니, 어쩌면 쟁자수에게 관심을 가진 것조차 자신의 관심을 끌기 위한 것인지도 모른다. 생각해 보면 그가 자기 표국의 쟁자수라는 것을 알고부터 그녀가 묘한 행동들을 하기 시작했잖은가?

"그녀는… 당 소저는 아직도 뒤에서 따라오고 있겠지?"

마차 안에서 밖을 확인하지 못하는 하태진이 혜진에게 확인하듯 묻자 그녀가 콧잔등을 실룩이며 웃었다.

"그 아가씨에게 반했나 보네? 염려 마. 확실히 따라오고 있으니까. 세상에, 대체 무슨 생각으로? 세가의 아가씨라고 소문 같은 건 겁내지도 않는 건가?"

그날, 두들겨 맞은 하태진을 곱게 포장해서 수레에 싣는 광경까지 구경하던 당소류가 갑자기 장무성 앞에 나섰다. 그리고 오해가 있었다고 사과까지 하며 잠시 표단을 따라도 되겠느냐고 물었다. 장무성은 하태진을 다지던 의자 다리로 손바닥을 탁탁 치면서 그녀의 얼굴을 바라보다가 대충 고개를 끄덕이곤 돌아섰다.

그 이후 당소류 일행은 곱지 않은 시선을 보내는 유성표국 행렬의 뒤를 따르고 있었다. 멀찌감치서 따르긴 하지만 이는 장무성의 공인을 받은 행동이므로 누구도 불평을 입 밖에 내는 것은 금지되어 있었다. 이는 사천당가와 강서 남궁세가가 가진 힘과 유성표국과의 관계를 고려한 장무성의 지시였다.

어차피 따라오겠다는 거 막을 방도도 없다. 그럴 바엔 아예 잡음없이 마음 내키는 대로 따라오게 하자. 그게 장무성의 방책이었다. 그다운 단순하면서도 효과적인 결정 사항이었지만 덕분에 뒤쪽을 경계하는 표사들이나 수레를 모는 쟁자수들은 거리를 두고 천천히 따라오는 그들 때문에 상당 시간 신경을 곤두세워야 했다.

그것은 표단을 따르는 세 명 중 두 명, 남궁추성과 당소류의 시비인 소국도 마찬가지였으나 당소류가 묵묵히 행렬을 따르기 때문에 별다른 방도 없이 유성표국의 뒤를 따를 뿐이었다.

하루 정도 따르다 남궁정의의 생일 때문에 곧 말 머리를 돌릴 것이라던 기대는 이미 사흘째 깨져 버렸다. 결국 한 명의 남궁세가 무인은 상황을 알리기 위해 본가로 돌아간 뒤였고 남궁추성만이 남아 그를 따라다니고 있는 상황이었다.

이것은 대단한 오해를 살 수도 있는 행동이었다. 하태진의 착각처럼 그녀가 하태진에게 반했기에 머뭇머뭇 따르고 있다는 소문이 날 수도 있었고, 또는 마음이 독랄하여 유수운을 끝까지 해치려고 따라붙는다는 소문이 날 수도 있었다.

"좀 더 몸을 추스르면… 내가 가서 물어보마."

하태진이 상상 속에서나마 헛물을 켜고 있던 그 시각, 남궁추성은 표단을 따르는 이유를 드디어 직접 묻고 있었다.

남궁추성은 치욕스런 그날 이후 가급적 이 까탈스럽고 즉흥적인 당가의 아가씨 앞에 안 서려고 노력하고 있었지만 결국 그녀 앞에 나설 수밖에 없었다.

"언제까지 이렇게 따라다니실 겁니까, 아가씨? 시일이 많이 지났습니다."

당소류는 차분히 '내가 알아서 할 테니 걱정 말아요' 라고만 말할 뿐 돌아갈 뜻을 비치지 않았다. 남궁추성은 머뭇거리다 여세를 몰아 다시 한 번 돌아갈 것을 채근했다.

"이만하면 충분하다고 생각됩니다. 그만 돌아가시지요. 왜 아가씨 같은 분이 이런……."

“그만 하세요. 정의에게는 이미 전갈을 보냈잖아요? 중간에 볼일이 생겼으니까 끝마친 다음에 남궁세가로 향하겠다고. 아직 용건이 안 끝났어요.”

“용건이라니요? 대체 무슨 용건이 있으시단 말씀입니까? 자칫 수습할 수 없는 소문이라도 떠돌면 그건 당가뿐 아니라 본 남궁세가에도 큰 죄를 짓는 것임을 잊으셨습니까?”

남궁추성으로서는 드물게 강경한 자세로 나오고 있었다. 그도 그럴 수밖에 없는 것이 남궁정의의 초청을 받아 세가로 향하던 아가씨가 중도에 이상한 일에 휘말려 그 초대에 참석하지 않으면 남궁정의의 체면, 나아가서 남궁세가의 체면까지 바닥에 곤두박질치는 것이다.

말없이 그녀의 뜻을 따르던 소국조차 걱정스런 얼굴로 남궁추성의 말에 조심스레 동의했다.

“추성 무사 말이 맞습니다, 아가씨. 추성님 말씀에 따르는 것이 좋을 듯싶어요. 이제 남궁 공자님의 생신도 머지않았으니…….”

그렇지만 그녀는 들은 척도 하지 않고 오히려 소국을 돌아보며 다정하게 말했다.

“나도 알고 있어, 소국. 하지만 진짜 용건이 있어. 꼭 알아볼 게 있단 말이야.”

“그러니까 그게 뭔데요, 아가씨?”

“그게…….”

처음에 따라온 것은 확실히 충동적이었다. 그러나 시간이 지날수록 자신이 느꼈던 그 이상한 느낌과 남궁추성의 뒤를 밟던 그 그림 같은 한 수, 피를 흘리면서 광소할 때 느껴지던 묘한 외로움 등이 떠올라 쉽게 발길을 돌릴 수가 없었다.

알고 싶다. 그러나 이대로 정의의 생일에 도착하고 나면 저 이상한 사람에 대해서는 더 이상 알아내지 못하고 곧장 당가로 보내질 것이다. 더 이상의 기회는 없다. 흐르는 시간처럼.

그러나 그 모든 걸 어떻게 입 밖에 낼 수 있겠는가? 대답이 궁해진 그녀가 한숨을 내쉬었다. 남궁추성의 말이 옳다. 옳지만 따르기는 싫다. 심통이라 생각해도 좋다.

망설이던 그녀가 남궁추성을 돌아보았다.

"내일 정오, 그때까지예요. 볼일이 끝나지 않아도 그 시간이면 돌아가지요."

"그러니까 아가씨, 대체 그 볼일이라는 게……."

당소류는 대답하지 않았다. 그녀는 저 앞에서 약간은 어색한 품으로 걷고 있는 유수운을 바라보고 있었다.

유수운은 조금씩 몸을 움직여 보았다. 짜릿짜릿한 고통, 혹은 감각이 뇌수 끝 자락을 간지럽혔지만 그럭저럭 걸을 수는 있었다.

"움직일 만하냐?"

"네."

"그럼 내려서 걸어라."

"……."

"이 새끼, 그 표정은 또 뭐야? 내가 말했지? 표사는 싸우는 게 일, 쟁자수는 나르는 게 일이야. 나르려면 어떻게 해야 돼? 그래, 걸어야지. 몸이 대충 나았으면 일어나 걸어야지 무슨 벼슬했다고 계속 수레에 자빠져 있나? 표사는 움직일 만하면 싸우는 거고 쟁자수는 움직일 만하면 나르는 거야! 걸어, 새꺄! 누워만 있으면 나을 것도 안 나아!"

"네."

그와 언쟁을 벌이겠다는 무모한 생각은 표국에 들어서면서부터 단 한 번도 한 일이 없는 유수운은 짜릿함을 감수해 가며 표단을 따라 걸었다. 그가 거동을 하자 같은 쟁자수나 표사들이 지나가며 어깨를 치며 씨익 웃어주고는 했다. 쑥스러운 위로의 말은 없었지만 그걸로 충분했다.

자신이 서 있는 곳은 어디일까? 강호일까? 아니면…….

사부는 강호행 삼 년을 말했다. 이런 일을 당할 것을 알면서도 꼭 그 것을 지키라고 말한 이유는 무엇일까? 그리고 생각도 않고 있었지만 창 주의 무관에는 무엇이 있을까?

"몸은 괜찮나?"

왼쪽에서 조용히 묻는 목소리가 들려와 고개를 돌려보니 어느새 장무 성이 다가와 있었다. 그는 대표두라는 입장이 있기 때문에 지난 시간 일 부러 그를 찾아와 위로의 말을 전하는 등의 행위는 일체 하지 않았다. 실 제로 유수운과 장무성의 관계를 아는 것은 상혁이 유일했다.

"네, 이제 괜찮습니다, 대표두님. 살펴주셔서 감사합니다."

"아니야. 식구들의 안전을 책임지는 게 내 일이지. 오히려 다치게 해 서 미안하네. 그리고 너무 마음에 두지 말아. 젊은 나이에 이런 일을 마 음에 두면 혼이 상하고 백이 탁해지지. 아물게 해야 해. 내버려 두고 끊 임없이 상처를 자해하면 마음속에서도 고름이 나오는 거야. 사마외도가 다른 게 아니야. 혼백이 상하고 더럽혀지면 그게 사마외도야. 난 그런 친 구들을 알지. 하지만 기억해 두게. 세상은 좋은 곳만은 아니지만 그렇다 고 나쁜 것만도 아니야. 알겠나? 세상이 좋기만 하면 천국은 왜 있고 세 상이 더럽기만 하면 지옥은 또 왜 있겠나?"

"네, 명심하겠습니다."

"그래, 다시 그런 일은 없을 거야. 유성표국이 식솔들을 팽개치는 일 은 여태까지 없었고, 다시 있을 수도 없지. 그게 우리 표국의 전통이야. 그 전통을 어기는 것들은 내 몽둥이가 용서치 않아!"

마지막 말은 두 명만 나누는 말이라기보다 다들 들으라는 듯 목소리를 높인 말이었다. 주변에서 걷고 있던 표사나 쟁자수들 모두 장무성을 힐끗 바라본 뒤 고개를 끄덕이다 몽둥이 대목에서 실소를 터뜨렸다.

장무성은 다시 대열의 선두로 돌아갔고 유수운은 어쩐지 가벼워진 마음으로 수레를 모는 노새의 고삐를 슬슬 잡아챘다. 그래, 좋은 것도 있고 나쁜 것도 있는 게 세상이란 것이다. 가슴 한구석에 자리잡고 있는 묵직한 무언가가 사라지진 않고 있지만 장무성의 말은 어릴 때 사부가 해주던 말처럼 그 마음 한 켠에 자리를 잡았다.

유수운의 작은 부상—상혁의 표현에 따르자면—을 제외하고 나면 표행 자체는 이 이상 순조로울 수가 없었다. 장소 섭외, 금액 산정, 지역 유지와의 친분 등 문제가 생길 수 있는 모든 것들이 완벽하게 진행되어 갔다. 처음 표행에 따라나선 유수운은 그들의 일 처리에 절로 감탄할 따름이었다.

밤이 되자 다른 날처럼 절반의 인원이 가까운 마을로 앞질러 가서 쉬고 나머지 인원이 야영을 준비하고 있었다. 오래간만에 일어나 몸을 움직인 유수운도 수레 가까운 곳에 자리를 준비하고 일찌감치 잘 준비를 하고 있었으나 불청객이 다가왔다.

"유수운이 니, 지금 뭐 하냐?"

"네? 그야 잘 준비를……."

"이 새끼, 내가 그렇게 여러 번 말했으면 제까닥 알아들어야지. 내가 뭐랬어? 수련은 다섯 배, 기쁨도 다섯 배. 그렇게 말했지?"

유수운이 눈을 동그랗게 떴다.

"지금부터요?"

상혁이 고개를 끄덕였다.

"본시 몸이란 다쳤을 때나 피로할 때 담금질을 해야 쑥쑥 자라는 법이
지. 그렇게 생각하면 첫날부터 조져 주고 싶었지만 내 차마 대표두님의
눈길 때문에 그렇게까지는 못했다. 내 이놈의 모질지 못한 성미 때문에
세상을 살면서 손해를 너무 많이 보는구나. 그런데 아직까지 안 일어나
고 뭐 하냐?"

상혁의 말에 눈물을 머금고 자리에서 일어나는 수운이었다. 그는 수운
을 데리고 가까운 숲 속의 조그만 평지로 데리고 들어갔다.

"앉아."

그의 말에 수운은 습관적으로 대답을 하고 힘겹게 마보 자세를 취했
다. 부들부들 떨면서 평상시보다 훨씬 무릎이 덜 굽혀진 마보 자세를 간
신히 취하고 있는 수운을 보자 상혁이 픽 웃으며 말했다.

"이 새끼, 너 지금 뭐 하냐? 앉으라고. 누가 마보 취하래? 너 이 자식,
다칠 때 귀때기도 다쳤냐? 앉아봐."

워낙 수련만 시켰다 하면 마보만 시켜서 착각을 했던 수운이 쑥스럽게
자리에 앉자 상혁이 나무 호로병의 뚜껑을 열어 향긋한 내가 나는 술을
시원하게 들이켰다.

"담금질도 순서가 있는 법이지. 지금 너한테 마보 한 시진 같은 거 시
켰다간 금 가. 지금 네가 할 건 따로 있어."

"그게 뭔가요?"

"전투 기술."

그 말에 유수운이 눈을 동그랗게 떴다.

"싸움이란 상대가 있고 그 상대가 강한가 약한가, 큰가 작은가, 강한
가 부드러운가에 따라 그 대응 방법이 달라지지. 그 갈래는 한도 끝도 없
어. 맨손인가, 무기를 들었나, 무기는 긴가, 양손에 들었나, 발기술을 쓰
는가, 근접해서 싸우는가……."

상혁은 다시 호로병을 입에 물고 그 안에 들어 있는 미주를 단번에 들이켰다.

"그러나 역시 기본은 하나지. 뭔지 알겠어? 자기의 거리를 아는 거야. 자기의 힘을 알고 자기의 장점을 아는 거지. 한마디로 자기를 파악해 둬야 해. 너 유수운이라는 존재를 너 스스로 알고 있어야 한다 이거지. 넌 너 스스로가 어떤 존재인지 알고 있나?"

물론 알고 있었다. 자신은 절명문의 제칠대 문주이면서 당금 무림에서 가장 고강한 절공을 소유하고 있는 이이기도 했다. 그렇게 생각하자 다시금 스스로에 대한 자긍심이 솟아올랐으나 이어지는 상혁의 말이 그 자긍심에 소금을 걸쭉하게 뿌렸다.

"보법을 쓰지 않고 공격 가능한 거리가 고작 두 자 다섯 치, 적이 한 자 안으로 파고들면 대응 방법이 전무하고, 적이 다섯 자 이상 떨어져 공격해 오면 곧바로 저세상. 이게 바로 너다. 게다가 그 힘으로 말할 거 같으면 오 년 내공만 쌓인 무사를 만나면 평생 때려도 치명상을 입힐 수 없는 게 또 너다. 한마디로 형편없지. 적과 싸운다면 꿈에서라도 만나보고 싶은 적이 바로 너다. 한마디로 밥이지."

상혁은 그간 관찰했던 수운의 몸놀림과 권의 이해를 바탕으로 그의 현실을 적나라하게 까발렸다. 물론 그가 보지 못한 '미지의 무공'에 대해서는 논외로 친 견해였다. 그가 돌연 그에게 기초 훈련 대신 전투 기술을 전수하기로 한 것은 자신이 보지 못한 그 '미지의 무공'을 끄집어내는 데 보다 적극적으로 개입하기 위해서였다. 어쨌거나 유수운은 그의 혹평에 눈에 띄게 시무룩해졌다.

"그러니 그걸 고치기 위해서 지금부터 훈련을 시작한다. 특히 너처럼 내공이 없는 무인에게 가장 중요한 훈련, 힘의 전달에 대해서."

그렇게 훈련이 시작되었고 유수운은 '담금질에 순서는 무슨, 차라리 마보가 백배는 편하잖아' 라고 비명을 지르며 뒹굴어야 했다.

멸명마공의 기초인 가결은 힘에 대해서 이렇게 얘기하기 시작한다.

무릇 힘[力]이란 한 잎 낙엽이 움직이는 것, 태산이 무너지는 것, 낙엽은 움직이지 않으며 태산은 무너지지 않는다. 그것이 힘을 드러낸다. 어제 낸 힘이 어디에 쌓여 있는가, 앞으로 낼 힘은 어디서 오는가, 낸 힘은 없어지고 낼 힘은 없으니 그것이 힘이다. 없고, 없으며, 겨룸 또한 없으니 그에 이김도 없고 짐도 없다.

가혹한 훈련을 마치고 잠이 든 수운은 꿈결에 그 가결을 보듬었다. 가결은 실용법문이 아니라 실용법문을 이해하는 데 지침이 되는 함의들을 그득 담고 있는 문장들이었다.

사부 진현우가 말하길 '한 걸음 나아가면 가결은 그 형태를 달리하고, 두 걸음 나아가면 원래대로 돌아온다. 가결이 천변하면 너 자신이 일변하며 그것은 너이며 또 네가 아니게 될 것이다' 라고 했었다.

'그게 무슨 뜻인가요?' 라고 묻자 사부는 단호히 '내가 아냐?' 라고 답해주었다. 정확히 말하자면 사부의 가르침 하나하나가 그에게는 가결이나 마찬가지였다.

상혁이 그날 집중적으로 가르친 공격력의 낭비를 없애는 훈련, 발끝에서 만들어진 힘을 허리와 등을 거쳐 적에게 전달케 하는 그 훈련이 수운이 등한시하던 '힘' 의 가결을 상기시킨 것이다. 힘이란 있으나 또한 없다. 겨룸이 없으니 힘도 의미가 없다. 이 한 문장의 가결을 화두처럼 붙잡고 수운은 꿈결을 거닐었다.

부처가 코끼리를 던져 올리고 가섭존자가 부촉을 건네받으며 아난존

자가 팔만대장경을 읊조린다. 서천이십팔조(西天二十八祖)가 차례로 법맥을 이어받으며 부처의 말을 전한다. 여래께서는 사십구 년간 단 한 번도 설법한 일이 없으며, 반야바라밀은 반야바라밀이 아니므로 반야바라밀이라 명한다.

꿈은 끊임없이 흘러갔으며 어느 순간 그 흐름을 놓친 그는 미망에서 허우적거렸다.

유수운은 눈을 떴다. 뒤숭숭한 꿈자리만큼이나 몸의 피로도 풀리지 않고 있었다. 아무래도 훈련을 마쳤을 때 상혁이 '피로 회복의 특효약'이라며 억지로 마시게 한 술이 크게 한몫하는 듯했다.

간신히 상체를 일으켜 주위를 둘러보자 벌써부터 사방에서는 부산하게 출발 준비를 하고 있었다. 수운이 부스스한 눈을 부비며 일어서자 칠조의 선배 하나가 '몸도 성치 않은데 더 누워 있으라'고 어깨를 다독인다.

"아뇨. 일어나야죠. 이러다 조장님한테 걸리면 그게 더 큰일이잖아요."

꿈의 편린을 흩으려 노력하며 수운은 자리에서 일어서려 했고, 선배는 그런 그를 말렸다.

"상혁 조장님? 괜찮아. 아까 마을 쪽 파견 인원들 만나러 일찌감치 나갔어. 그쪽 사람들 돌아올 때까지 시간이 있으니까 좀 더 누워 있어도 돼."

그의 만류에도 수운은 곧 일어나서 자리를 정리했다. 모두가 바삐 움직이는데 혼자만 움직이지 않는 것이 오히려 고역이니까. 개인 물품을 모두 챙기고 자재를 수레로 옮긴 뒤에 표두들이 간단한 점호를 실시할 때쯤 마을에 가 있던 인원들이 돌아오고 있었다.

"자, 교대하고 밥 먹으러 가자."

이름은 모르고 성이 고씨라는 것만 알고 있는 고 표두가 손짓을 하자 야영조가 그들에게 표물들을 넘기고 왁자하게 떠들며 식사를 하러 나섰 다. 이제까지와 마찬가지로 식사를 끝마칠 즈음 교대조가 표물을 끌고 객잔 근처에 도착할 것이다. 아무리 쉬워 보이는 일에도 절차와 순서가 있다.

객잔에 가자 이미 식사가 준비되어 있었다.

아침이라 거창한 음식들은 없다지만 따스한 음식은 그것만으로 굳은 몸을 풀어주는 효과가 있다. 식사를 끝마치고 차를 마시며 한담을 나누 고 있을 때 저 멀리서 표행이 들어온다는 것을 알리는 경고성이 들려왔 다.

"쉴 만큼 쉬었으니 이제 그만 일하러 나가보자고."

고 표두가 남은 찻물을 조금 마신 뒤에 일어서자 나머지 표국 식구들 도 그를 따라 밖으로 나섰다. 하늘은 조금 흐려 있는 게 자칫 비가 쏟아 질 수도 있어서 고참들은 피수 장비를 빼기 쉽게 해놓으라는 지시를 내 려놓고 있었다.

"이번 표행처럼 쉽기만 하면 인생 참 편한 건데 말이지."

어느 틈에 쟁자수 장은이 유수운 옆에 와서 말을 걸고 있었다. 몇 달 간 걷기만 하는 표행에서 동료와의 대화는 유일한 즐거움이어서 대열에 큰 해만 없다면 아무리 깐깐한 표두라도 묵인하는 게 관례였다. 하물며 이번 표행처럼 가용 인원이 많을 때는 다소 산만할 정도로 여기저기서 수군거림이 들려온다.

"편한 건가요?"

"그럼. 편한 거지. 잘 모르겠지만 규모가 작은 표행 나가면 진짜 고생 해. 산적 놈들 나올까 봐 마음 고생도 심하고, 한다 하는 떨거지들은 혹시나 표물 좀 먹을 수 있을까 덤벼들기 일쑤고. 아이고, 말도 마라, 말도 마. 거기에 비하면 이건 거저 먹는 거지. 게다가 대표두님도 같이 계시잖아. 혹시 어떤 미친놈들이 시비 걸면 우린 뭐 지난번처럼 신나게 구경이나 하는 거지."

"헤에, 말로만 들어서는 잘 모르겠네요. 전 이것도 꽤 힘든 것 같은데……."

"그래, 말로야 알 수 있나. 아무튼 운 좋은 거라고 생각해 둬."

"장은이 너 이 새끼, 네놈 입으로 그런 말 하면 입 안 간지럽냐? 저놈의 자식은 자기 운 좋은 건 생각도 안 해요."

어느새 다가온 상혁이 히죽거리며 장은의 뒤통수를 손가락으로 꾹꾹 찌르며 말하자 장은도 입을 삐죽거리며 맞받았다.

"아따, 거 조장님은 왜 맨날 나만 갖고 그래요? 내가 뭐 틀린 말 했나?"

"시끄러. 비 날리는 거 안 보여? 놀지 마. 놀지 말고 피풍의 꺼내서 사람들한테 돌려."

아침녘부터 구질구질하던 하늘이 기어이 비를 뿌리기 시작했다. 아직 가는 비였지만 먹구름이 점점 짙어지니 잠시 뒤 본격적으로 퍼 부울 태세였다.

피풍의가 사람들에게 돌려졌고 쟁자수들은 표물을 덮고 있는 가죽을 꼼꼼히 살펴보기 시작했다. 혹여 표물이 상한다면 그것은 표행의 실패를 의미하는 것이기 때문에 살피는 눈길이 신중했다.

유수운도 전달받은 피풍의를 머리부터 뒤집어썼다. 묘하게 코를 자극하는 냄새가 났지만 곧 익숙해졌다. 표국에서 사용하는 피풍의는 여행 중 바람과 비를 막기 위해 거친 천에 기름을 먹여 관리하고 있었다. 중원 어디를 가도 흔히 사용되는 잿빛 천으로 가장 싸면서도 효과적인 방풍,

방수 효과를 지니고 있었다. 표두나 표사도 모두 피풍의를 뒤집어썼다.

그 모습을 멀찌감치서 지켜보던 남궁추성은 힐끗 당소류를 바라보았다. 자신은 괜찮다 치고 당소류나 소국이 비를 날로 맞게 할 수는 없었다.

"아가씨, 잠시만 기다려 주십시오. 제가 가서 피풍의를 좀 얻어오겠습니다."

"난 괜찮아요. 공연히 걸음을 할 필요는……."

그러나 남궁추성은 이미 말을 속보로 몰아 십여 장 앞에서 대열 후미를 관장하는 표두에게 다가가고 있었다. 표두는 힐끗 다가오는 남궁추성을 보더니 '무슨 일이신지?' 라고 물었다.

"아가씨들이 두를 만한 피풍의가 좀 필요하오. 은자라면 지급할 테니 좀 나눠 주실 수 없겠소?"

"그게… 곤란하군요. 지금 가지고 온 물품은 전부 인원에 맞춰서 가지고 온 거라 여벌이 없습니다."

실은 있었다.

긴 여행이기 때문에 모든 물품에 최소한의 여유는 두는 게 상례였지만 객잔에서 그들이 저지른 짓에 모두 거부감을 지니고 있었기에 딱 잘라 없다고 말해 버린 것이다.

남궁추성의 목소리가 커졌다.

"이렇게 큰 표행에 설마 하니 피풍의 몇 벌이 남지 않는단 말이오? 말도 안 되지 않소?"

"본 표국에선 출발하기 전에 모든 물품을 최소화하여 지니고 나옵니다. 그렇지 않으면 우마에 부담이 되기 때문이지요. 그런 이치도 모릅니까?"

이쯤되면 이미 오기 싸움이었다.

"이치, 이치 좋구려. 내 직접 짐을 뒤져 남는 피풍의를 찾아내면 어찌 하시겠소?"

"누가 감히 대유성표국의 짐을 함부로 뒤진단 말입니까? 허어, 아주 큰일날 소리를 하시는군요. 대표두님이 그 소리를 들었다간 큰일날 테니 어디 가서 그런 소리는 아예 꺼내지도 마십시오."

입가에 비웃음을 띠며 장무성으로 그를 협박해 오자 남궁추성은 이를 악물었다. 그가 어디 가서 이런 모욕을 당해보았겠는가? 그의 눈에 살의 가 감돌며 붉게 충혈되었다가 다시 뭐라고 입을 열려고 할 때 한 박자 빨 리 젊은이의 노한 목소리가 들려왔다.

"장 표두, 말이 심하군. 겨우 피풍의 몇 벌 가지고 남궁세가의 무인을 농락하려는가?"

하태진이었다. 마차에 칩거하다시피 하던 그는 둘의 목소리가 높아지 자 대충 상황을 판단했고, 장무성의 이름을 듣자마자 홧김에 개입한 것 이다. 그러나 그에게 돌아온 것은 싸늘한 눈초리뿐이었다.

"장 표두? 장 표두라⋯⋯. 이봐, 하 표사, 뭔가 착각하고 있나 본데 자 네 직급은 표사야. 이제 막 가자는 건가?"

마차의 창을 부여잡고 있는 하태진의 손이 부들부들 떨려왔다. 만약 급히 하혜진이 그의 손을 잡고 진정시키지 않았다면 당장 문을 박차고 뛰어나왔을 것이다.

간신히 화를 억누른 하태진이 남궁추성을 돌아보며 말했다. 다행히 갈 라진 목소리가 아니라 침착한 목소리가 나와주었다.

"비가 심해지니 잠시 마차에 오르시지요. 그러면 될 듯합니다."

장 표두는 '마차 역시 표국의 재산이니 표사 따위가 마음대로 할 수 없다' 라고 말할까도 했으나 그도 흥분을 가라앉힌 뒤 맘대로 하라는 듯 말없이 자리에서 멀어져 갔다.

남궁추성은 멀어지는 그의 뒷모습을 보며 이를 한 번 갈아붙이더니 하태진에게 정중히 포권했다.

"소국주의 호의에 감사드리는 바입니다. 그럼 아가씨를 모시고 오겠습니다."

"별말씀을요. 오히려 비례가 거듭되어 송구할 따름입니다."

둘은 여전히 정중하고 의례적인 인사를 주고받았다. 남궁추성은 곧장 당소류에게 다가가 마차에 자리를 얻었으니 잠시 비를 피하시라고 제의했으나 별로 그럴 필요를 느끼지 못한 당소류는 고개를 저었다.

"하지만 비가 거세집니다. 계속 비를 맞으시다 건강이라도 해칠까 염려됩니다. 만약 이 이상 아가씨께 누가 간다면 제가 무슨 면목으로……. 게다가……."

남궁추성이 슬쩍 소국을 바라보았다. 그녀는 내공이 깊지 않아 당소류는 괜찮더라도 그녀가 상할 수 있지 않겠느냐는 뜻이었다. 당소류는 잠시 생각하다 고개를 끄덕이고 소국과 함께 마차로 다가갔다.

말을 남궁추성에게 맡기고 안으로 들어서자 하태진이 아픈 몸을 꼿꼿이 세운 채 웃는 낯으로 그녀를 맞았다.

"어서 드시지요. 이쪽으로……."

마차 안은 제법 넓었으므로 당소류, 하혜진, 소국이 나란히 앉았어도 자리가 넉넉했다. 하태진은 아직도 군데군데 쑤시는 몸 상태를 억지로 참고 견디며 얼굴에 은은한 미소를 지어 보였다. 그리고 적당히 당소류에게 말을 건네기 시작했다.

"진짜 하태진이한테 마음이 있나? 저 여자, 보기보다 남자 고르는 눈이 형편없나 보네? 안 그러냐, 유수운이?"

"그걸 왜 저한테 물어요?"

“새끼가 짜증은. 가만, 오호라, 그래. 그런 거구먼. 솔직히 말해 봐. 너, 저 아가씨한테 마음 있었지? 그치? 그러면 감히 나한테 짜증 내는 것도 이해가 되지. 응? 그렇지? 자, 나한테만 말해 봐. 비밀 지켜줄게.”

상혁이 얼굴을 가져다 대고 은근히 묻자 수운은 픽 웃었다. 갑자기 그날 월선대루에서 있었던 일이 떠올랐기 때문이다. 아름다운 얼굴, 그리고 자신을 보던 눈동자, 실망의 표정, 그리고 싸늘한 표정으로 죽어가는 자신을 외면하던 그 얼굴. 그 광경은 머리 속에 깊숙이 박혀 있었다.

“예쁘긴 하죠.”

“그렇지? 이 새끼, 솔직하네? 용감하다. 야, 내가 도와줄게. 이거 좋네. 쟁자수와 세가 아가씨와의 사랑 이야기.”

“그냥 예쁘다고요. 전 저런 여자 싫어요. 예쁘면 뭐 해. 속에 사갈이 우글대는 거 같다구요.”

그 말에 상혁이 혀까지 차며 눈을 부릅떴다.

“이 새끼가? 새꺄, 여자는 원래 요물이야. 어차피 요물이면 예쁘면 됐지 사갈이 좀 더 들었으면 어때서? 잘 들어. 세상에는 말이야, 예쁜 요물, 조금 덜 예쁜 요물, 오직 이 두 가지 여자만 있단 말이지. 그러니까 사갈이 들었든 아니든 무조건 예쁜 쪽으로 가는 거야.”

그의 여성관에 수운이 이치가 닿지 않는다는 듯 고개를 설레설레 흔들며 그 답지 않게 밀내꾸를 해버렸다.

“조장님, 세상을 좀 더 넓게 보세요. 저도 누나가 두 명이나 있지만 두 사람 다 사람이지 요물은 아니라구요.”

“아니긴, 너도 요즘 장우복이 어떻게 사는지 알지? 그런데도 네 누나가 요물이 아니야? 그 단순무식, 과격화통하기로 장 대표두를 쏙 빼닮은 장 표두가 말이야, 네 누나한테는 갓 태어난 고양이 새끼처럼 알랑거린단 소문이 파다해. 이 풍진 인생사, 그게 요물의 신통력이 아니면 대체 뭐냐?"

들고 보니 그런가라는 생각이 절로 들었다. 그렇게 두 사람이 점점 굵어지는 빗살 속에서 여자와 요물, 그리고 인생에 대해 서로의 견해를 주고받고 있을 때였다.

뒤쪽에서 갑자기 짧은 휘파람 소리가 두 번 날카롭게 울려왔다. 짧게 두 번. 뭔가 이상한 것이 있으니 조심하라는 경고의 뜻이었다. 대열이 일시 정지했고, 선두에 있던 표두와 표사들도 후미로 이동해 상황을 파악하기 시작했다.

"무슨 일이오, 장 표두?"

"말발굽 소리입니다. 뒤쪽. 전력으로 달려오고 있는 것 같아요. 비 때문에 먼지가 보이지 않지만 확인할 수 있을 겁니다."

과연 안력을 돋우자 얼핏 봐도 열은 넘어 보이는 기마가 전력으로 달려오고 있었다. 별일 아닐 가능성이 컸으나 만약의 사태에 대비해서 동료들에게 알리는 것이 당연한 수순이었다.

쟁자수와 수레, 마차들을 전진시키고 그 사이를 표사들이 막아섰다. 그렇게 후미로 표사들이 모여 선을 형성하자 장무성을 비롯한 표두들도 후미 쪽에 천천히 자리를 잡았다. 쟁자수들도 뒤쪽에서 빼꼼히 고개를 빼고 빠른 속도로 가까워지는 기마군을 응시하며 수군거리고 있었다.

차 한 잔 마실 정도의 시간이 지나 행렬에 다가선 기마들은 서서히 속도를 줄였다. 즉, 볼일이 표단에 있다는 것이므로 표사들은 긴장된 표정으로 검병에 손을 올렸다.

이윽고 말들이 완전히 멈추어 섰고, 말 한 필이 서서히 앞으로 다가왔다.

"우리는 남궁세가에서 왔소."

뜻밖의 말이었다. 남궁세가에서 왔다는 말에 설핏 눈살을 찌푸린 장무성이 눈짓을 하자 장 표두가 앞으로 나섰다.

"먼 곳에서 남궁세가의 무인들을 뵈어 반갑습니다. 한데 남궁세가 분들이 무슨 연유로 본 표국의 표행을 따라오셨는지요?"

그가 대답을 하기도 전에 뒤쪽 대열에서 남궁추성이 급히 뛰어나오더니 뒤쪽에 눈에 띄게 하얀 백마와 하얀 색 천으로 만든 우의를 뒤집어쓰고 있던 사람에게 다가가 무릎을 꿇었다.

"공자를 뵈옵니다."

백마에 기승하고 있던 사내는 남궁추성은 일별조차 하지 않고 낮게 중얼거렸다.

"공과는 나중에 따질 테니 물러나 있어라."

남궁추성이 숨도 제대로 쉬지 못한 채 옆으로 물러나자 그가 얼굴을 가리고 있던 천을 치우며 앞으로 나섰다.

"세가의 남궁정의라 합니다. 당가의 아가씨가 신세 지고 있다 해서 결례를 무릅쓰고 찾아왔습니다만… 어디 계신지? 얼핏 보이지 않습니다만……."

상대가 남궁정의라고 밝혀지자 뒤쪽에 물러서 있던 장무성이 앞으로 나섰다.

"이곳에서 남궁세가의 넷째를 만나게 되다니 그거참 반갑군. 이번 표행에선 왠지 남궁세가 분들과 자주 마주치게 된단 말이야? 그래, 당기의 처자를 찾아오셨다 얘기했는데, 그게 우리 표국과 무슨 관계가 있는 건가?"

남궁정의의 얼굴엔 여전히 미소가 감돌고 있었다.

"글쎄요, 저도 무슨 관계가 있는지는 잘 모르겠습니다. 다만 제 수하가 도착해서 이야기를 전해 들었습니다. 당가의 아가씨가 뭔가 불명예스러운 소란에 휘말려 유성표국을 따르고 있다고 하더군요."

그때 빗속을 뚫고 당소류가 모습을 드러냈다. 그녀는 표단이 멈춰 섰을 때 무슨 일인지 밖을 기웃거리다 남궁추성이 사색이 되어서 달려가는 모습을 보고 혹시나 하는 마음에 하태진의 만류를 물리치고 밖으로 나와 본 것이다.

그녀가 다가오자 남궁정의는 만면에 웃음을 머금은 채 그녀에게 손을 흔들었다.

"이야, 이거 예쁜 공주님! 얼굴 보기 힘들어요!"

그의 농에 당소류는 얼굴이 발갛게 달아올랐고 장무성은 '내가 어린 것들과 뭐 하는 짓인가' 라는 생각으로 헛웃음을 지으며 한 발 물러섰다.

"아무튼 본 표국이 끼어들 여지가 없는 것 같으니 우리는 이만 길을 떠나겠네. 먼 길, 조심히 가게."

장무성과 표사들이 몸을 돌리려던 때 남궁정의의 싸늘한 목소리가 들려왔다.

"아니, 아니지요. 듣자 하니 이 웃긴 일의 시작이 모두 대유성표국의 말종 하나 때문이라고 들었습니다. 게다가 남궁세가의 사람을 핍박하셨다더군요. 전 여기 공주님도 공주님이지만 그 일 때문에 왔습니다."

그의 얼굴은 여전히 맑았고, 서서히 되돌아서 남궁정의를 바라보는 장무성의 얼굴은 험상궂게 바뀌어 있었다.

"자네 아버님이 책임질 수 없는 말은 하지 말라고 가르치지 않던가?"

"모욕을 참지 말라고 가르치시긴 했지요."

둘의 대립이 날카로워지고 긴장감도 점차 높아지기 시작했다.

한 명은 젊지만 남궁세가의 힘을 지고 있는 세가의 직계 자손, 한 명은 고강한 무위를 무림에 떨친 산전수전 다 겪은 절정고수.

물론 두 사람 모두 결정적인 충동질을 자제하고 있었다. 장무성으로서는 남궁세가의 이름과 그 재력—특히 표국에 표물을 맡길 때의 재물—이,

남궁정의로서는 장무성의 무림에서의 명성이 마음에 걸렸기 때문이다.

무의미한 대치가 계속되는 동안에도 기상은 점점 나빠졌고, 장무성은 힐끗 하늘을 바라보았다.

"여기서 시시비비를 가릴 생각은 없네. 우리는 오늘 유탄곡을 넘어 장하를 건너야 해. 비가 그칠 생각을 않으니 자칫 시간을 지체하단 장하를 넘을 수가 없어. 그러니 큰 볼일이 없다면 여기서 저 아가씨를 데리고 돌아가든가 굳이 시비를 가려보겠다면 따라와 보게."

"좋습니다. 얘기를 끝내고 돌아가야겠지요."

"듣기로 생일 잔치가 멀지 않았다던데 그냥 돌아가는 게 좋지 않겠나?"

"생일이야 내년에도 있고 내후년에도 있지만 이런 일은 다시 오지 않지요. 혹시 제가 생일에 늦더라도 아버님은 이해하실 겁니다."

오기가 대단했다. 장무성이야 코웃음을 칠 정도의 유치한 오기라 생각했으나 남궁정의로서는 남궁세가의 이름에도 위축되지 않는 장무성이 내심 괘씸하게 생각되었다. 그의 무위가 대단하다는 정도는 알고 있다. 그러나 남궁세가가 어떤 곳인가? 무수한 고수를 배출했고 지금도 오대세가의 수위를 다투고 있는 곳이다. 여기서 자신이 그냥 돌아가면 강호의 동도는 자신을, 나아가서 남궁세가를 비웃을 거라 생각했다.

장무성은 그가 무슨 생가을 하는지는 생각 않고 '어린 놈이 고집은' 이라고 투덜거린 뒤 시비를 가리든 뭐 하든 마음대로 하라며 행렬을 다시 움직였다.

당소류는 설마 남궁정의가 자신의 생일 잔치까지 팽개치고 달려올 줄은 상상도 못했으므로 내심 난감해했다. 우의에 떨어지는 빗방울 소리를 들으며 애써 현재에 대한 일을 털어내려 해봤지만 쉽지 않았다.

빗속에서 나란히 말을 몰고 있던 남궁정의가 나지막하게 입을 열었다.

"나 화났다. 소류 너, 나한테 이렇게 망신을 줘도 돼? 이거 소문나 봐라. 내가 무슨 꼴이 되고 너는 또 무슨 꼴이 되는지."

"미안해. 화 풀어. 일부러 그런 거 아니니까. 그리고 안 그래도 오늘쯤 돌아가려고 했어. 네 생일에는 맞출 수 있었으니까. 괜찮지? 화 풀어."

"뭐가 괜찮다는 거야? 너, 알고 있어? 나 이번에 널 부른 건 내 생일날 너에게 청혼하기 위해서였어. 그런데 이게 뭐냐? 너 엉뚱한 건 어릴 때부터 알고 있었다만 이번엔 또 무슨 변덕이길래?"

갑작스레 들려온 단어 하나가 당소류의 생각을 막았다. 그녀는 맥이 탁 풀린 목소리로 자신이 들은 말이 정확한지 되물어야 했다.

"청혼?"

"그래."

"너랑 내가?"

"안 돼?"

"글쎄……."

당소류는 대답을 흐리며 빗물이 튀어 오르는 바닥을 내려다보았다. 어쩌면 이렇게 될 것을 짐작하고 그것을 회피하기 위해 자신이 생각해도 어처구니없는 일만 저지른 것이 아닐까. 당가라는 우리를 벗어나 남궁세가라는 감옥으로 들어간다. 어쩌면 그것 때문이었을까?

"지금 대답해야 돼?"

"아니, 난 시간 많으니까. 하지만 빨리 대답해 주면 기쁘긴 하지."

남궁정의는 여전히 자신감에 차 있었다. 친우로 생각하자면 그만한 남자도 없을 것 같다. 하지만 사랑일까? 그녀는 애써 웃어 보인 뒤 고개를 돌렸다.

뒤쪽에서 청춘의 미묘한 사랑 싸움이 벌어지고 있을 때 장무성은 조금씩 피풍의를 뚫고 오는 습기를 내공으로 말리면서 선임표두에게 보고를 받고 있었다.

"일각 정도 더 가면 유탄곡 초입에 들어설 겁니다. 지형상 혹시 매복이 있다면 위험한 곳이라 표사 몇 명을 정찰시켰으면 합니다만……."

아무리 태평한 시대라 해도 엄연히 녹림은 활동을 하고 있었다. 그들이 활동하는 것이 곧 표국의 존재 이유였으니.

"어, 그래. 야, 혁태하고 진철이, 너네 둘이 휑하니 둘러보고 와. 잘봐. 또 옛날처럼 산적이 떼거지로 매복하고 있는데 아무것도 없다고 허위 보고 하지 말고."

"으아, 그게 언젯적 일인데 아직까지 그거 갖고 그러십니까?"

혁태라 불린 표사가 투덜거리며 말을 몰아 앞으로 나아갔고, 진철도 뭐라고 웅얼거리며 그를 따랐다.

"어쩔까? 애들이 정찰 마치고 올 때까지 여기서 잠깐 쉴까, 아니면 속도를 줄여서 계속 나갈까?"

"비 때문에 마땅히 쉴 곳도 없고 걸음을 멈추면 오히려 몸이 식어 곤란할 거 같습니다. 그냥 속도를 조금 줄여서 나가지요."

장무성이 고개를 끄덕였다. 장거리를 오가는 표행의 경우 틈이 생기면 쉴 여건을 만들어주는 것이 상식이었다. 피로가 누적되어 탈이 나는 사람이 생기면 그로 인해 그만큼 일정에 변동이 생기니 표행은 절대 무리하게 진행하지 않는 법이었다.

느릿하게 표행이 진행되었고, 반 각이 조금 넘었을 때 두 명의 표사가 되돌아왔다.

"이상없습니다."

"그래, 이상이 없다 이거지? 잘 살펴본 거 맞아?"

장무성이 의도적으로 미심쩍다는 표정을 지으며 묻자 두 표사가 흥분하며 말했다.

"정말 왜 그러십니까, 대표두님? 진짜 곡의 끝까지 세세히 살폈지만 아무 흔적도 없었습니다."

"사람들, 흥분하기는. 뭐, 이상없으면 됐고. 정상 속도! 전진!"

장무성이 외치자 행렬은 금세 정상 속도를 회복해서 기운차게 앞으로 나아가기 시작했다.

유탄곡은 완만한 경사가 이어지다 중간에 한쪽이 깎아지른 단면을 고스란히 내보이는 급한 경사를 이루는 곳이었다. 그러나 짝을 이루는 다른 한쪽이 비교적 높지 않고 수림이 우거진 경사면이라 적의 매복이 있다면 골치 아픈 곳이었다. 때문에 일단 정찰조가 훑고 왔다지만 모두들 혹시 모를 일에 대해 긴장을 늦추지 않고 있었다.

"정상에서 속보! 속도 올려!"

장무성은 또다시 행렬의 속도를 높였다. 기분 나쁜 곳은 빨리 빠져나가는 게 좋은 거다. 속보로 시작되자 쟁자수들이 반쯤은 뛰듯 노새와 짐말을 재촉해 걷기 시작했다.

빗길이지만 수레에도 문제가 없었고 행렬도 흐트러질 기미가 보이지 않아 예의 주시하던 장무성을 흐뭇하게 했다. 그렇게 행렬이 유탄곡 내에서도 유난히 좁아 너비가 십 장도 되지 않는 지점을 지날 때쯤이었다.

선두에서 행렬을 이끌던 장무성의 눈에 누군가 절벽 앞에 앉아 있는 것을 발견했다. 순간 긴장했던 장무성은 상대가 별다른 무기도 없이 그저 곰방대를 물고 앉아 다리를 쉬고 있을 뿐이라는 것을 보고 설핏 긴장을 풀었다.

곰방대를 문 노인 옆에는 굵은 지팡이가 놓여 있었다. 혼자인 걸 보니 가까운 마을의 촌로라고 생각한 장무성이 근처까지 가자 그 노인에게 말을 걸었다.

"영감님, 날도 궂은데 왜 이런 곳에 혼자……."

"어, 만나볼 사람이 있어서 길을 좀 나왔어. 어허, 비가 올 줄 알았어야지. 그래도 다행이야. 금방 만났으니."

섬뜩한 느낌이 들었다. 곰방대를 뒤집어 연초의 찌꺼기를 제거한 노인이 곰방대를 허리춤에 꽂고 지팡이에 손을 댄 순간이었다.

우우우웅!

지팡이에서 절간의 종과도 같이 웅장한 진동음이 울려 퍼지며 폐부를 뒤흔들었다. 그 순간 지팡이라고 생각되는 그 무언가가 장무성이 타고 있는 말을 노리고 무겁게 다가들었다. 그 경력과 함께 비가 휘몰아쳐 사방으로 흩어졌다. 그것만으로도 피부가 따끔거릴 정도로 엄청난 위력이었다.

경력의 그 싸늘한 금기(金氣)를 느끼고야 장무성은 퍼뜩 자신이 지팡이라고 생각한 것이 나무가 아니라 쇠로 주조한 철곤임을 알아챘다. 그러나 그 성분이 무엇인지 알았다고 그 공격을 해소할 방법이 절로 생겨나는 것은 아니었다.

찰나, 장무성은 말을 노리고 날아오는 철곤을 향해 검을 뽑을 새도 없이 칼집째로 말과 철곤 사이를 가로막았다. 검집과 철곤이 부딪치는 순간 엄청난 굉음과 함께 섬심이 터져 나갔고, 장무성은 이를 악물고 필을 타고 올라오는 충격을 견뎌내야 했다.

그러나 말은 그 충격을 견뎌내지 못했다. 장무성의 몸을 통해 전달된 엄청난 힘이 말을 내동댕이쳤다. 절벽을 타고 메아리가 살아 울리는 가운데 표국 사람들은 장무성이 말과 함께 나가떨어지는 믿을 수 없는 광경을 봐야 했다.

장무성은 경력을 해소하지 못하자 할 수 없이 말에다 경력을 전가한 뒤 간신히 땅에 처박히기 전에 날아오를 수 있었다. 땅에 내려선 장무성은 터져 나간 검집에서 천천히 검을 빼 들고 싱글거리는 노인을 바라보았다.

"뭘 그리 노려보나? 만났으니 인사는 해야 사는 맛이 있는 게지."

그것이 인사라면 실로 강력하기 이를 데 없는 인사였다. 행렬이 멈춰 서고 표두와 표사가 앞으로 나오는 것을 무시하며 노인은 장무성만 바라보고 얘기를 계속하고 있었다.

"어허, 어허허, 이거 참. 내, 아이들이 물어다 준 얘기를 안 믿었는데 이거 진짜 쓸 만한 아이지 않은가 말이야. 응? 나름대로 성의껏 휘둘러 봤는데 멀쩡해. 어허허허허, 요즘 애들 센가 봐."

다리가 부러지고 처박힌 충격으로 목까지 부러졌는지 허무하게 숨을 몰아쉬던 자신의 애마를 바라보던 장무성이 다시 노인을 바라보았다. 몰래 기를 돌려 점검해 본 팔은 시큰거리긴 했지만 다행히도 무사했다.

"뭐 하는 노친네요?"

"응, 사람 참. 보기엔 안 그래 보이는데 순진하구먼. 그야 뭐 오늘은 도둑질이나 좀 해볼까 하고 나왔어. 그런데 대답을 할 거 같은가? 긴 소리 할 거 없이 일단 거기 표물 좀 털어보게."

그 말에 장무성이 코웃음을 쳤다.

"지금 나보고 영감 정도 되는 사람이 강도질이나 하러 나왔다는 말을 믿으라는 거요? 힘쓰는 거 보니 궁하게 사는 거 같지는 않은데 웬만하면 손 떼지 그러쇼?"

"맞아. 궁하게 살지는 않지. 그래도 먹일 입들이 많아서."

그 순간 노인의 뒤쪽에서 한 명, 두 명 무기를 든 사람들이 나타나기 시작했다.

"내 이럴 줄 알았다구. 혁태랑 진철이, 너네는 돌아가면 죽었어."

장무성은 나타나는 무인들을 보고 가슴 한 켠이 서늘하게 식어갔지만 짐짓 여유있는 표정으로 두 표사를 바라보며 농을 던졌다. 이 이상 기세에서 밀리면 일이 정말 어려워진다. 나타난 무인들은 모두 서른 명 정도. 얼추 저 노인만 제압할 수 있다면 막아낼 수도 있다.

장무성은 조금 전 노인의 공격을 떠올리며 남몰래 심호흡을 해야 했다. 비록 준비 없이 공격을 당해 손해를 보았다지만 남겨진 손맛이 너무 짜릿했다. 고수도 보통 고수가 아니다.

매복을 걱정했는데 이건 매복도 아니었다. 두 사람은 분명히 계곡 사이에 숨어 있을 적을 찾았겠지만 이들은 숨어 있던 게 아니라 때를 맞춰 정면으로 나타났다. 실력에 절대적인 자신이 있다는 얘기였다.

'어쩔까?'

아직 표두와 표사들은 말을 타고 있었다. 기승한 채 전원 기마 돌격을 하는 쪽이 나을지도 모른다. 기마의 돌파 충격이 생기기엔 거리가 너무 가까웠지만 기마의 이점을 그냥 버리기는 역시 아까웠다. 장무성이 손을 들어 올리자 표사들과 표두들이 검을 빼 들고 말을 앞으로 몰아왔다. 대치가 시작되었다.

한편, 쟁자수들은 쟁자수들대로 심각했다. 상혁이 욕설을 섞으며 그들을 독려했다.

"우왕좌왕하지 맛! 서 앞에 대표두님노 세시나! 안 셔! 질 수가 없시! 우리만 안 걸리적거리면 돼! 말들 날뛰지 않게 해! 수레들 모아! 절대 질리가 없어! 수레를 모으고 그 뒤에서 몸을 피하고 있어!"

상혁은 나름대로 상황이 심각함을 알고 있었기에 중요한 표물을 칼받이로 만들어서라도 인명을 구하려 하고 있었다. 만약 상황이 심각하지 않다면 중요 표물은 아예 뒤로 뺐을 것이다.

"거기 당신들도 일단 이리로 오슈."

상혁이 남궁세가의 인물들을 수레 방어막 안으로 부르자 남궁정의는 잠자코 그 근처로 말을 몰았다. 이미 마차 안에 있던 하태진 남매도 마차에서 내려 첨예하게 대치하고 있는 두 집단을 보고 있었다.

"대체 무슨 일이 벌어진 거야?"

마차 안에 있던 탓에 장무성이 말과 함께 나동그라지는 충격적인 광경을 보지 못하고 폭음만 들었던 그들은 앞쪽에서 벌어지고 있는 상황을 이해하지 못하고 있었다.

"하태진이, 턱 집어넣고 너도 이리 와서 거들어. 그 몸으론 나가봐야 짐만 될 테니까 여기서 놀고 있어."

상혁은 설명없이 재빨리 그의 손을 잡고 수레진 안으로 밀쳤다. 하태진은 주변에서 부산하게 움직이며 수레를 정리하는 쟁자수들을 보며 뭔가 일이 터져도 제대로 터졌다는 걸 직감했다.

한편, 수운은 다른 쟁자수들과 함께 부산하게 수레로 벽을 만들면서도 전방의 상황을 주시하고 있었다. 그의 몸은 부들부들 떨리고 있었다. 공포가 아니다. 전혀 다른 이유 때문이었다.

조금 전의 일이 머리에 떠올랐다. 장무성과 말이 하늘로 떠올라 처박힐 때는 숨이 멎을 정도로 놀랐다. 가슴을 울리던 그 굉음, 압도적인 힘, 살아 있는 생명처럼 꿈틀거리던 지팡이. 그것은 매혹적이기까지 했다. 자신이 멸명마공을 최대한 끌어올려 저 노인과 상대한다면 어떨까 하는 호승심이 절로 일었다.

그래서 손이 떨리기 시작했다. 불길한 생각이 전신을 오싹하게 지배했기 때문에. 그럴 리는 없겠지만 만에 하나라도 장무성을 비롯한 표사들이 무너진다면……. 그렇다면…….

그때 자신은 어떻게 행동해야 하는가? 아니, 지금 이 순간 어떻게 해야 하는가? 사부는 이런 상황에서 어떻게 하라는 가르침을 내린 적이 없

다. '그러니까 너는 왜 하는 일마다 그렇게 꼬이는 거냐?'라는 사부의
개탄스런 목소리가 들리는 듯했다.

남궁세가의 무인들은 묵묵히 마상 위에서 돌아가는 상황을 지켜보고
있었다. 이들도 뒤에 처져 있었지만 장무성과 말을 한꺼번에 날려 버린
노인의 위용을 똑똑히 지켜보았기에 유성표국의 비세를 점쳤다.

"공자, 어떻게 할까요?"

"잠시 상황을 지켜보자. 나타난 놈들, 단순히 떼도적이라 하기엔 하나
같이 심상치가 않은 놈들이구나."

"도울까요?"

"아니, 너희는 소류를 데리고 뒤로 빠져라. 데리고 돌아가. 난 여기 있
어 일이 돌아가는 모습을 보고 몸을 빼든 돕든 하겠다."

남궁세가의 이름은 위기에 빠진 동도를 두고 그 한 몸만 뺄 수 없게 만
들었다. 게다가 남궁정의도 성정이 오만하기는 했지만 일단 백도의 습성
에 물들어 있었기에 일이 벌어지기도 전에 적전 도주 같은 치욕스런 일
을 벌인다는 것은 생각지 않았다.

남궁정의는 당소류에게 다가가 헛기침으로 주의를 끈 뒤에 은근히 돌
아갈 것을 종용했다.

"소류 넌 여기서 돌아가라. 심상치가 않아."

"싫어."

"말 좀 들어. 그러면 나 여기까지 발걸음하게 한 거 다 잊어줄게."

"안 돼. 나도 당가의 사람이야. 여기서 도망치라고?"

당소류의 얼굴에는 굳은 결의 같은 것도 보였다. 정의는 내심 애가 탔
다. 자신이야 설혹 일이 뒤틀려도 한 몸 빼낼 자신은 있었으나 소류가 남
아 있다면 얘기가 달라진다.

"공자, 뒤를……."

연신 당소류에게 돌아가라고 협박과 애원을 하던 남궁정의는 세가의 무인 말에 뒤를 돌아보고는 한숨을 내쉬었다. 뒤에서도 일단의 무인들이 서서히 모습을 드러내고 있었던 것이다. 약 서른 정도. 그들 역시 녹록치 않은 인물들 같았다.

"대체 어떤 놈들이 이렇게 겁없는 짓을 벌이는 것이지? 이만한 세력이라면 만만한 곳도 아닐 텐데……. 정마련이 두렵지 않은 건가?"

"이젠 돌아가기도 늦은 거 같은데……."

"그래, 이 고집쟁이 공주님아! 속 시원해 좋겠다!"

남궁정의가 버럭 소리를 지른 뒤에 무인들의 대열을 정리시켰다.

노인과 대치하고 있던 장무성은 뒤쪽이 소란스러워지자 그쪽에서도 일단의 무리들이 다가오고 있음을 알아챘다. 상황은 완전히 열세로 돌아섰다. 여기서 그나마 전력을 반분해야 하는가? 내심 확신이 서지 않았으나 뒤를 잡혀서야 싸우기도 전에 쓰러지고 만다. 장무성은 입술을 깨물었다. 옆을 바라보고 손으로 지시를 내리자 지시를 받은 일단의 표사와 표두들이 조심스레 뒤로 물러서 후방을 경계하기 위해 나아갔다.

수레를 원형으로 둘러놓고 그 안에 옹기종기 모여 몸을 낮추고 있던 쟁자수들은 대규모의 적이 등장하자 불안감을 숨기지 않고 웅성거리고 있었다.

"심상치가 않군."

상혁의 입에서 처음으로 심상치 않다는 말이 흘러나오자 수운은 자기도 모르게 그를 바라보았다. 등골을 타고 오르는 오싹한 그 무엇이 단지 피풍의를 뚫고 들어온 습기 때문이기만을 바랐다.

기백의 사람들이 수많은 상념을 품고 살의를 내뿜으며 마주 보고 있음에도 잡음 하나 들리지 않는다. 오직 빗소리만이 기분 좋게 울리고 있었다. 언제까지라도 이 상태가 계속될 것만 같았다.

그러나 노인이 천천히 손을 움직이며 너털웃음을 터뜨려 침묵을 깨뜨렸다.

"어허, 어허허, 비도 오고……. 늙은이는 비 맞으면 뼈다귀가 시려서. 어여 빨리 끝내고 돌아가서 따끈한 화로에 몸이나 녹여야겠어."

철곤을 든 노인이 그렇게 말하며 손짓을 하자 노인 뒤에 도열해 있던 무인들이 소리도 없이 앞으로 돌격해 들어왔다. 동시에 장무성도 외쳤다.

"밟아버려라!"

표두들이 일제히 기마를 몰고 덮쳐 갔다. 조금 전까지 긴장된 정적이 흐르던 계곡 안은 순식간에 병장기와 기마의 울음소리로 더럽혀지고 있었다. 인간을 밟을 수 있도록 훈련된 기마와 기승 훈련 양이 많은 표사들이기에 만만해 보이지 않는 무인들과 비교적 잘 어울리고 있었다.

여기에 자신이 가세할 수만 있다면……. 그러나 장무성은 마음과 달리 조금도 움직일 수가 없었다. 전면에서 자신을 바라보며 씨익 웃고 있는 노인 때문에.

"자, 애들은 애들끼리 재미있게 놀고 있구먼 그래. 사실 나도 요즘 젊은이들 실력이 진짜 궁금했거든. 내가 왜 늙은 뼈다귀를 끌고 여기까지 왔겠나? 어허, 어허허, 나 심심해서 그린 거지. 그러니까 한 번만 더 해보자구. 실망시키지 말게."

웅얼웅얼 중얼거리던 그가 다시 철곤을 가슴께로 들어 올리자 철곤이 다시 살아 있는 짐승처럼 웅웅거렸다. 철곤에서 눈이 생겨났다. 입이, 이빨이 드러났다. 빗방울이 마치 맹수의 침처럼 떨어져 내리고 눈동자는 핏발이 선 채 적을 집어삼키려는 듯 맹렬히 움직인다.

장무성의 검도 무생물에서 생물로 탈피를 해간다. 우직한 장수의 그것

처럼 거체를 드러내고 장무성의 앞을 가로막은 채 오연히 상대를 바라본
다.

그 기세가 마음에 드는지 노인이 허허롭게 웃었고, 그 순간 철곤이 이
빨을 드러낸 채 달려들었다. 아까 한 수 손해를 본 장무성은 이번엔 준비
를 단단히 하고 있었기에 기꺼이 날아드는 철곤과 전력으로 부딪쳐 갔
다.

두 병장기가 부딪치는 순간 가공할 침묵이 주변을 덮쳤다. 모든 것이
두 사람 사이로 빨려 들어가는 듯했다. 빗방울이, 빛이, 소리가 말려들어
간다. 빛나는 어둠이 둘의 충돌을 표현할 수 있는 유일한 말일 듯했다.

그 다음 순간 응축된 무언가가 일제히 터져 나갔다.

최초의 굉음은 이 소리에 비하면 우물물에 조약돌을 퐁당 하고 던져
넣은 수준이었다. 갇혀 있던 폭음이 곱절에 곱절을 해서 터져 나오는 느
낌이었다.

그 소음과 함께 장무성이 검을 든 채 뒤로 주르르 밀려 나왔다. 서 있
던 곳부터 물러난 곳까지 바닥이 논바닥처럼 갈라져 있어 이제 갓 파인
싱싱한 흙 냄새가 흘러나온다.

울컥!

거기에 장무성이 뱉어낸 피비린내가 뒤섞였다.

이 가공할 충돌로 인해 양자의 결투가 잠시 중단되었다. 인간끼리의
충돌 같지가 않았다. 태산 꼭대기에서 집채만한 바위를 내던지면 이렇게
될까? 그러나 그렇게 대단한 대결이었음에도 누가 봐도 우열이 분명했
다.

강했다.

장무성의 굳건함도 상상 이상이었지만 노인은 그것을 뛰어넘어 인간
이상의 강함을 보이고 있었다.

"장무성 대표두가 밀려? 그럴 리가…….”

하태진이 방금 전 단 일 합의 겨룸을 보고 혼이 빠진 듯 중얼거렸다. 그는 장무성에게 원한을 품었던 만큼 그의 대단함을 잘 알고 있었다. 말이 강호삼십대고수지 그 많고 많은 무인 중 서른 명 안에 들어간다는 것은 ‘괴물’에 대한 다른 호칭이었다. 그런 그가 단 일 합에 밀렸다.

"씨발, 유수운이, 잘 들어. 옆으로 전달해. 지금부터 틈이 생기면 너희는 무조건 도망간다. 뒤도 돌아보지 말라고 해. 다시 싸움이 시작되면, 내가 신호를 보내면 일제히 저 능선을 타고 산을 넘는다. 전달 시작. 아, 그리고 너 이 새끼, 또 한 번 발작하면 그땐 내 손으로 때려죽인다.”

양자 간의 격투가 잠시 멈춘 틈을 타서 쟁자수들에게 지시를 내리는 상혁의 얼굴도 어두워 보였다. 그 역시 장무성이 단 한 수 만에 밀렸다는 것을 예상치 못한 것이다. 쟁자수들의 얼굴도 창백하게 질려 있었다. 머릿수로도 밀리고 실력으로도 밀리는 듯 보이니 자칫하다간 떼죽음이었다.

남궁세가의 무인들도 후미에서 격전에 휘말렸다가 다시 뒤로 물러나 있었다. 열한 명의 무인 중 크게 다친 사람은 없으나 세 명이 경미한 부상을 입고 있었고, 기승했던 말은 적들의 일차 목표가 되어 모두 죽어 있었다. 적들이 말을 노리는 틈을 타 적지 않게 피해를 주긴 했으나 발이 묶였다.

여하간 남궁정의도 혼전의 와중에서 갑자기 터진 폭음에 기경해 있었으며 장무성이 적어도 한 수 이상 손해를 봤다는 사실을 목격하자 머리 속이 복잡해지고 있었다.

그는 힐끗 당소류를 바라보았다. 아직 별다른 부상은 없어 보이지만 눈에 띄게 지쳐 보였다. 마음이 무거워졌다. 마른하늘에 날벼락도 유분수지 아무리 한 치 앞도 모르는 게 강호사라지만 이런 일이 자신들에게 벌어질 수 있단 말인가?

'어쩐다……?'

고민을 하고 있던 그의 눈에 상혁이 쟁자수들에게 뭔가 지시하는 모습이 들어왔다. 표두들과 표사는 괴한들을 견제하느라 주변에 신경도 쓰지 못하는 상황. 이런 때 표국에서 쓰는 계획이라도 있는 걸까? 그는 전방에서 선을 형성하고 있는 표사들을 힐끗 보고는 신중히 상혁이 있는 쪽까지 물러섰다.

"뭐요?"

그가 다가오자 상혁이 낮게 물었다. 대치 상황이라 양쪽은 조그만 움직임으로도 다시 격전이 시작될 분위기였으니 큰 소리를 낼 수 없는 처지였다.

"뭔가 계획이 있는 것 같군. 뭐냐?"

"이 판에 계획은 얼어죽을. 그냥 도주요. 표사들이 시간을 벌어줄 동안 힘없는 쟁자수들은 그냥 도망가는 거지. 저 자식들 눈깔 보니까 쟁자수라고 살려줄 거 같지는 않으니까."

남궁정의가 어이없다는 듯 그를 바라보았다.

"앞뒤가 다 막혔는데 어디로 도망가겠다는 거냐?"

"바보 아니쇼? 그야 당연히 옆으로지."

그의 말에 남궁정의는 경사면이 비교적 낮은 맞은편 계곡길을 바라보았다. 가파르긴 했지만 충분히 타고 올라갈 수 있을 것 같다. 그는 능선에서 눈을 뗀 뒤 매섭게 상혁을 노려보았다.

"쟁자수 주제에 입이 걸군. 이 난리통에 쟁자수 한 놈 더 죽어도 아무도 신경 안 쓴다는 걸 알아둬."

남궁정의가 살의를 드러내며 소리를 죽여 말하자 상혁이 히죽 웃으며 고개를 끄덕였다.

"아이고, 이 판에 참 예의도 바르셔라. 그럼 내가 쟁자수가 아니면 신경 좀 쓰시려나? 씨발, 이 판에 같잖은 위계질서 얘기는 관두고 살아나갈 궁리나 해봅시다. 알았소?"

"감히……."

"감히고 뭐고 살아 돌아가면 나중에라도 칼 맞아줄 테니까 지금은 좀 참으쇼. 그리고 말 나온 김에 움직일 거면 같이 움직입시다. 표사들이야 원래 이런 거 각오하고 칼밥 먹는 친구들이지만 댁들은 이상하게 끼어들었으니 쟁자수들 좀 보호하며 같이 튀면 아무 말 없을 거요."

건방진 쟁자수가 도주 운운하는 것은 몹시 자존심 상하는 말이었으나 정의는 대꾸를 하지 못했다. 절대고수가 낀 습격, 배를 넘어서는 공격 인원, 꽉 막힌 도주로. 절대 불리했으니까.

상혁이 조용히 도주를 지시하는 가운데 장무성은 들끓는 진기를 가라앉히며 놀란 가슴을 진정시키고 있었다. 피를 내뱉은 것은 충격으로 인해 내상이 커지지 않도록 조치한 것이어서 내상 자체는 심하지 않았다. 탁한 피를 내뱉어 속이 시원해지자 그는 다시 눈앞의 노인을 바라보았다.

경력으로 상대를 아예 짓누르는 자신이 가장 자신있는 부분에서 완패를 당했다. 강호를 통틀어 자신과 순수하게 힘과 힘으로만 김을 맞부딪쳐 우위를 차지할 수 있는 사람은 한 손가락으로 꼽을 수 있고, 그들의 면면은 잘 알고 있다. 동수를 이루거나 한 수 처지는 사람들도 마찬가지다. 대체 이 노인은 누구인가?

"노인장, 힘이 대단하오. 그런데 대체 어디에 누구쇼? 내 입으로 이런 말 하긴 쑥스럽지만 내게 이런 망신을 줄 수 있는 사람은 흔치 않은데……."

"어허, 어허허허. 자네, 보기보다 바보 같군. 왜 도둑이 굳이 이름을 밝히겠나? 알아서 짐작해 보게."

노인이 흰소리는 치우라는 듯 철곤을 다시 가슴 어림으로 들어 올렸고, 양측은 다시 격돌할 준비를 갖추기 시작했다. 철곤, 그리고 희미하게 들려오는 진동음. 장무성이 희번득 잊혀진 이름을 잡아내곤 침음성을 내뱉었다.

"과연… 말하지 않는 것도 이해할 만하구려, 노인장. 하지만 방금 짚이는 이름 하나가 떠올랐수."

"호오, 그래? 내 이름을 짐작할 수 있다고?"

노인은 오히려 기대가 된다는 듯 고갯짓을 했다. 마치 자신의 이름이 그의 입에서 나오는 것을 즐기는 듯한 표정이었다. 장무성은 자신의 짐작이 틀리기를 바라면서도 비릿한 미소를 피워 올리며 이름 자 하나를 밖으로 내뱉었다.

"혈성곤 도유천. 틀리오?"

"어허허허허허, 강산이 몇 번이 뒤바뀌었는데도 이 늙은이의 이름을 기억하는 사람이 있네그려? 이거 참, 사람은 죽어서 이름을 남긴다니 지금 바로 죽어도 후회없는 일생이로구먼. 어허허허허."

"그럼 좀 죽어주쇼."

"이 사람 참, 늙은이가 이제 죽어야지 하는 건 거짓말인 것도 모르나? 그런데 어떻게 이 늙은이 이름을 떠올렸나 그래?"

두 사람의 농지거리가 이어졌다.

"젠장, 장난하쇼? 철곤을 이 정도 위력으로 휘두를 인물이 당금 강호에 있다고 생각하쇼? 그 나이에 날 짓누를 정도의 철곤. '나 누구요' 라고 아예 얼굴에 써놓고 나오지 그랬소?"

"어허허허, 좀 그랬나? 아니, 그게… 오래간만에 강호에 나오는데 아무도 못 알아주면 섭섭하잖나? 그나마 알아주니 마음이 놓이네그려."

"꼭 팔불출 같습니다, 영감. 아니, 청혈교 호법사마왕 중 적혈마왕의 위치에 계시던 분이 여기까지 와서 이게 무슨 짓이쇼? 정마련에선, 아니, 정마련은 관두고 마맹에선 이런 거 안답니까?"

장무성은 고의로 약간의 내공을 불어 넣어 도유천의 정체를 표사들에게 알렸다. 만약 일이 잘못되면 하나라도 탈출해 사실을 알려야 하니까. 그의 심사를 짐작했겠지만 도유천은 얼굴에 미소 하나 일그러뜨리지 않고 아까와 같이 농을 지껄였다.

"어허, 어허, 요즘 애들은 정말 버릇도 없어. 알았으면 냉큼 모가지 내밀고 처분이나 바라고 있어야 하거늘……."

쟁자수들을 도피시키기 위해 틈을 엿보던 상혁과 남궁세가 무인들의 귀에까지 장무성의 고함이 들어갔다. 상혁은 물론 대치하고 있던 표사들과 늙수그레한 쟁자수들, 그리고 하태진 남매의 얼굴까지 얼굴이 창백해졌다.

상혁은 본능적으로 철곤을 든 노인을 바라보며 쥐어짜듯 말했다.

"씨발, 적혈마왕이라고? 이거 완전 똥 밟았구먼. 그럼 이 새끼들 전부 청혈교 마졸들이란 거 아냐?"

상혁 옆에서 웅크리고 있던 수운이 끼어들었다.

"뭡니까? 적혈마왕이라니? 뭔가 거창하게 들리는데요?"

"거창하게 들린다? 씨발, 그렇게 들리기만 하면 다행이지. 청혈교의 사대수호마왕 중 한 명이다. 이런 씨발, 월광혈사 다음 정마련 생기고 강호무림에서 사라진 지 오십 년이 넘은 괴물이 왜 갑자기 나타난 거야?"

남궁정의도 입술을 깨물었다. 생각보다 훨씬 큰일이 벌어진 것이다. 남궁세가도 정마련에 힘을 보태고 있는 명문가. 그 남궁세가의 직계가, 청혈교가 공공연히 표행을 덮쳤다는 게 무슨 의미인지 잘 알고 있었다.

청혈교가 정마련 탈퇴, 혹은 그에 준하는 무언가를 노리고 있다는 의미였다.

상혁이 주위의 쟁자수들에게 급히 지시를 내리기 시작했다.

"상황이 급해. 잘 들어. 모두 될 수 있는 대로 흩어져서 움직인다. 경사의 수림을 타고 올라가서 산을 넘어라. 그리고… 거기 남궁세가."

상혁이 돌연 자신들을 부르자 남궁정의가 고개를 돌렸다.

"아까 말한 대로 그만두고 여기 쟁자수들과 함께 움직여 주쇼. 될 수 있는 대로 따라오는 녀석들을 처리하면서 뒤를 막아주면 좋겠는데……. 그리고 저기 태진이랑 혜진이도 좀 부탁하겠소. 아무래도 아직 몸이 성치 않은 것 같으니."

상혁은 마지막 말을 하면서 잠시 머뭇거렸으나 결국 하태진의 신병을 남궁세가에 부탁했다. 남궁정의는 한낱 쟁자수 나부랭이가 유성표국 소국주의 이름을 함부로 부르는 것을 의아해했으나 곧 고개를 끄덕였다.

"알았다. 손이 닿는 대로 막지. 그리고 하태진 소국주 역시 남궁세가의 이름으로 보살피겠다."

사실 그는 청혈교의 행사를 반드시 정마련에 알려야 한다는 생각 때문에 쟁자수들의 죽음 따위는 염두에 두지도 않았지만 하태진 남매라면 크게 호의를 베풀어둘 필요가 있었다.

그는 은밀히 수하들에게 전음을 넣었다. 쟁자수들은 신경 쓰지 말라, 당소류와 하태진 등의 보호, 그리고 탈출을 최우선으로 생각하라.

상혁이 신호를 보내자 쟁자수들이 일제히 능선에 달라붙어 힘들게 올라가기 시작했다. 하태진과 하혜진도 상황이 급한 것을 아는지 남궁세가 무인들의 부축을 받으며 능선으로 뛰어갔다. 다행히 공력은 온전히 쓸 수 있어 무인이 옆에서 돕자 약간이나마 경공을 발휘할 수 있었고, 그 속

도는 일반 쟁자수들에 비할 바가 아니었다. 괴한들은 그 모습을 보면서
도 도유천의 신호가 없어서인지 묵묵히 그들의 도주를 지켜만 보고 있었
다.

"유수운이 이 새끼, 뭘 얼어 있어? 빨랑 도망가!"

상혁이 수레 한 켠에서 검을 꺼내 들며 움직이지 않고 있는 유수운에
게 욕을 퍼부었다. 유수운은 다급한 심정으로 말을 꺼냈다.

"뭐 하는 거예요, 조장? 조장님은 안 가요?"

"나? 씨발! 나야 여기서 도와야지. 안 그래도 손 모자라다."

유수운이 울컥했다.

"무슨 소리예요? 쟁자수는 칼을 들지 않는다. 조장이 말해 줬잖아요!
말한 걸 어길 셈입니까? 우선……."

"조용."

"네."

"유수운이, 난 지금 칼을 들었어. 내가 말했지? 칼 든 놈은 표사라고.
그러니까 난 지금 쟁자수가 아니야. 칼을 든 놈, 싸우는 놈인 거야. 표사
지. 시간을 벌어줄게. 빨리 가. 시간이 없어."

그가 등을 밀자 유수운은 머뭇거렸다. 어찌해야 하는가? 아까 마음을
따라 달려나가려던 충동은 이미 사라져 있었다. 그런 유수운을 겁먹었다
고 오해한 상혁이 소리나게 등짝을 후려갈긴 뒤 기세게 밀어냈다.

'일단은… 일단 올라가서 생각을 정리하자.'

등을 떠밀린 수운은 결국 다른 쟁자수들을 따라 달려나가며 복잡한 생
각을 정리해 나갔다. 그리고 그는 몰랐지만 다른 남궁세가의 인물들에게
채근을 당해 능선을 타고 도주하던 당소류는 줄곧 뒤를 돌아보며 유수운
을 확인하고 있었다. 그녀는 이런 상황이라면 뭔가 감추고 있는 듯한 유
수운의 참모습을 확인할 수 있을 거라는 다소 유아적인 생각을 하고 있

었다.

상혁은 달려가는 유수운의 뒷모습과 능선을 개미 떼처럼 달라붙어 올라가는 쟁자수들을 말없이 바라보았다. 그리고 후미로 다가가 표두에게 다가섰다.

"오랜만이지? 아니, 검을 드셨으니 다시 말을 높여 드려야겠구만. 오랜만입니다. 그간 몸이 근질거려서 어떻게 참으셨소?"

그가 나올 줄 알았다는 듯 장 표두가 씨익 웃으며 상혁을 반겼다. 상혁 역시 웃으면서 장 표두를 바라보았다.

"웃음이 나오쇼? 시간만 좀 벌다 전원 도주요. 이대로 있으면 개죽음이니까."

"글쎄, 그러고는 싶은데 얘들, 만만치 않잖겠소? 청혈교라……. 내 살아생전 혈교 녀석들하고 부딪칠 일이 있을 줄은 몰랐군요."

"그러게 말요."

상혁은 심호흡을 한 뒤 검을 한 번 튕겨보았다.

"다시 검을 잡은 날 개 떼 타작이라……. 경사로구먼. 장 표두, 죽지 마쇼. 내 다시 검을 잡은 기념으로 석 달 열흘은 마시려고 하는데 장 표두 없으면 흥이 떨어지니까."

"그럽시다."

둘은 눈을 마주치고는 동시에 전장으로 뛰어들어 갔다.

난전이 시작되었다.

〈제1권 끝〉

청 어 람 신 무 협 판 타 지 소 설

『초일』, 『건곤권』으로 유명해진 작가 백준의 신작!!

송백(松百) / 백준 지음

그녀의 검끝… 그 검끝에 닿은 그의 목젖… 목젖에 맺힌 붉은 피 한 방울.
그리고 그 피 한 방울이 흘리… 닿아비린 반쪽의 승룡패……

"당신… 누구?"

"너를 위해 살아왔다."

"…저의 과거는… 아무것도 없어요."

『초일』의 끈끈함, 『건곤권』의 시원화끈함!

이번 작품 『송백(松百)』에
작가 백준의 모든 것을 걸었다!

청 어 람 신 무 협 판 타 지 소 설

「Go! 무림판타지」를 점령한
최고의 인기와 화제를 뿌리는 대작!

화산질풍검(華山疾風劍) / 한백림 지음

화산에는 질풍검이 있고 무당에는 마검이 있으니, 소림에는 신권이 있어 구파의 영명을 드높인다.
육가에는 잠룡인 파천과 오호도가 있고 낭인들은 그들만의 왕이 있어 천지에 제각기 힘을 뽐내도다.

겁난의 시대에 장강에서 교룡이 승천하니, 법술의 환신이 하늘을 날고,
광륜의 주인이 지상을 배회하며, 천룡의 의지와 살문의 유업이 강호를 누빈다.
천하 열 명의 제천이, 도래하는 팔황에 맞서 십익의 날개를 드높이고…
구주가 좁다 한들, 대지는 끝없이 펼쳤구나.

"잔잔한 미풍으로 시작한 한 사람이, 천하를 질주하는 질풍이 될 때까지.
그의 삶은 그의 이름처럼 한줄기 바람과 같았다."